후아유

Who are you

조진행 판타지 장편소설

FANTASY STORY & ADVENTURE

7

dream books
드림북스

후아유(Who are you) 7(완결)
Apocalypse(종말)

초판 1쇄 인쇄 / 2012년 9월 25일
초판 1쇄 발행 / 2012년 10월 2일

지은이 / 조진행

발행인 / 오영배
편집팀장 / 권용범
책임편집 / 편집부
펴낸 곳 / (주)삼양출판사 · 드림북스

주소 / 서울특별시 강북구 송천동 322-10호
대표 전화 / 02-980-2112 팩스 / 02-983-0660
편집부 전화 / 02-980-2116 팩스 / 02-983-8201
블로그 / blog.naver.com/dreambookss

등록번호 / 제9-00046호
등록일자 / 1999년 3월 11일

값 9,000원

ISBN 978-89-542-4449-7 04810
ISBN 978-89-542-4103-8 (세트)

* 지은이와 협의하에 인지는 생략합니다.
* 잘못된 책은 구입한 곳에서 바꾸어 드립니다.

후아유
7
Apocalypse (종말)
조진행 판타지 장편소설
FANTASY STORY & ADVENTURE
dream books
드림북스

Who are you

후아유

7 Apocalypse(종말)

Contents

제1화

묻지 말지어다. 누구를 위하여 종은 울리느냐고

강유진은 서울의 야경(夜景)으로 시선을 돌렸다. 그레이 사도가 자신을 찾아온 이유는 뜻밖에도 회유나 암살을 위해서가 아닌 것 같았다. 그걸 알고 나니 조금 긴장이 풀리며 마음에 여유가 생긴다. 생사의 대결이 아니라면 날을 세우고 있을 필요가 없다.

"왜 내가 초고대문명의 멸망에 대해 알아야 하지?"

당연히 어리석은 질문이다. 하지만 그런 질문이 아니라면 그레이 사도의 진심을 엿볼 수가 없다.

그레이 사도가 구조물에 등을 기대어 섰다. 그레이의 눈도 자연스럽게 강유진이 보고 있는 도시의 야경으로 향했다.

"당신이 에르 라크리마이니까."

"종말의 예언자?"

"우리가 경험한 바에 따르면 그렇다."

"당신이 말하는 우리란 루인족을 의미하는 거겠지?"

"그렇다."

그레이 사도는 부인하지 않았다. 강유진에게 온 것은 그를 속이거나 이용하기 위해서가 아니다. 예컨대 사도들은 마신 세티쉬 카르나크를 죽일 능력이 없다. 그런데 에르 라크리마는 세티쉬 카르나크와 비교할 바가 아니다. 마신인 세티쉬 카르나크도 종말을 피할 수 없으니까 말이다.

"종말의 예언자란 구체적으로 무슨 뜻인가?"

"루인족이 세상을 지배하던 시대에 위대한 정령술사가 나타났다. 그를 위대하다고 하는 것은 그가 처음이자 마지막으로 타이탄의 정령술을 사용했기 때문이다."

"아하!"

강유진은 정령술이라는 말에 고개를 끄덕였다. 확실히 다른 차원의 존재를 묘사하는 말로 가장 적합한 것은 정령이었다.

"그는 루인족에게 세상의 종말을 선언했다. 그걸 받아들이지 못한 루인족은 그를 상대로 전쟁을 벌였지. 전쟁의 결과는 참혹했다. 한 개인과 국가들 간의 전쟁에 수만 명의 사상자가 발생했으니까. 그렇게 하고도 루인족은 에르 라크리마를 제압하지 못했다. 하지만 에르 라크리마는 자신과 관계된 사람들이 전쟁에 휘말려 모두 죽게 되자…… 머리를 숙였다."

그레이 사도는 과거를 생각하는지 잠시 말을 멈췄다.

이미 블루 타블렛을 통해 과거를 알고 있던 강유진은 묵묵히 고개를 끄덕였다.

"루인족은 그것으로 모든 게 정리됐다고 믿었다. 하지만 그건 루인족의 착각이었지. 에르 라크리마가 제국에 투항한 날로부터 세상의 멸망이 시작되었으니까. 태풍과 대지진, 그리고 홍수와 화산 폭발로 1년 만에 생명체의 50퍼센트가 사라졌다. 그리고 다시 1년이 지난 뒤에는 90퍼센트가 멸종했다. 내가 기억하는 것은 2년 9개월까지다. 그때의 지구는 완전히 초토화되어 더 이상 생명체가 살 수 있는 환경이 아니었다. 끝까지 남아 최후를 봐야 한다고…… 의무감으로 버티던 나도 결국은 크리스털에 들어가야 했다. 우리 크라노시안들은 그 기간을 종말의 3년이라고 부른다."

"……."

강유진은 그레이 사도가 왜 의무감을 느끼고 있는지 궁금했지만 묻지 않았다. 그건 자신의 일과 무관한 그의 영역이었기 때문이다.

"에르 라크리마의 예언대로 세상은 종말을 맞이했다. 참혹했던 종말의 3년 동안 루인족은 에르 라크리마에 관한 모든 것을 조사했다. 그의 출생과 흑탑에서의 성장, 그리고 제국과의 전쟁에 이르기까지…… 그리고 얻은 결론은."

그레이 사도가 갑자기 말을 멈추었다.

"결론은?"

"어쩌면 에르 라크리마는 단지 예언자가 아니라, 종말의 시작을 알리는 존재였을지도 모른다는 생각을 하게 된 것이다."

"무슨 말이지?"

"종말이 그로부터 시작된 것일지도 모른다는 뜻이다."

"……."

강유진은 너무도 엄청난 소리에 그만 할 말을 잃고 말았다.

그레이 사도가 고개를 들어 어두운 밤하늘을 바라보았다.

"당신은 타이탄의 신화를 알고 있나?"

"대충은."

"최강의 종족이 어느 날 갑자기 멸망했다. 남겨진 건 배신에 관계된 신화뿐이지. 나는 세 종족이 연합해서 타이탄을 멸망시켰다고 믿지 않는다. 고작 그 정도에 무너질 힘이었다면 천 년이나 세 종족을 지배할 수도 없었을 테니까."

"그럼?"

그레이 사도의 얼굴에 예의 그 기괴한 미소가 떠올랐다.

"타이탄이 왜 멸망했는지는 타이탄이 알겠지."

"무책임한 상상이로군."

"루인족이 알고 있는 것은 단지 신화다. 하지만 신화는 신화일 뿐이다. 그것으로 역사의 진실을 모두 알 수는 없지 않은가?"

"……."

강유진이 잠시 생각에 잠겨 있을 때다.

뜬금없이 그레이 사도가 물었다.

"당신이라면 타이탄의 멸망 원인을 알 거라고 생각하는데, 어떤가? 나에게 진실을 말해 줄 수 있나?"

예상 밖의 질문에 강유진은 당혹감을 감추지 못했다.

"어째서 내가 그런 걸 알고 있을 거라고 생각하지?"

"그야 당신이 에르 라크리마이니까."

"허! 당신은 왜 내가 에르 라크리마라고 생각하지? 정작 나는 루인족에 대해 아는 게 없는데?"

"당신이 에르 라크리마가 아니라면 벌써 내 손에 죽었을 것이다. 보통의 크라노시안은 사도에게 대적할 수 없다. 우리는 루인족 최고의 마법사들이니까. 그런데 당신은 사도보다 강하고, 몸에서는 정령의 향기까지 난다. 자신이 에르 라크리마라는 사실을 부인하지 마라."

강유진은 절반쯤 시인하지 않을 수 없었다.

"흐음! 에르 라크리마가 뭔지는 몰라도, 나는 정령술을 사용할 수 있다."

"그럴 줄 알았다."

…….

두 사람 사이에 침묵이 흘렀다.

한참 만에 강유진이 물었다.

"정령의 향기란 어떤 냄새지?"

"그런 게 있다."

"그렇다면 나를 처음 만났을 때는 왜 크라노시안이냐고 물었나? 정령의 향기가 났다면 물어볼 필요가 없지 않았나?"

"그때는 지금처럼 강렬하지 않았으니까."

"아하, 그럼 지금은 향기가 강하게 풍긴다는 말인가?"

"그렇다고 할 수 있지."

"그럼 다른 사도들도 내가 에르 라크리마라는 걸 알겠군?"

"아니, 오늘날 정령의 향기를 맡을 수 있는 존재는…… 없다."

"당신은 맡았지 않은가?"

"나는 특별하니까."

"……."

강유진은 저도 모르게 그레이 사도의 얼굴을 힐끔 바라봤다. 변함없는 회색의 얼굴을 보니 농담이 아니다.

'특별하다고?'

물론 그가 특별하다는 것은 외형만 봐도 알 수 있다.

그런데 그레이 사도의 특별함은 단지 특별한 모습 때문일까? 왠지 그건 아니라는 생각이 든다. 머리가 좀 복잡해지는 느낌이다.

"당신이 나를 찾아온 목적은 그게 전부인가? 초고대문명의 멸망에 대해 알려 주는 것?"

강유진의 물음에 그레이 사도가 다시 히죽 웃었다.

"후후, 나는 당신이 에르 라크리마로서의 자각을 가졌으면 한다."

"종말의 예언자 말인가?"

"예언뿐 아니라, 그 기원이 될 수도 있는 존재라는 것을……."

"훗! 허리우드 영화를 너무 본 게 아닌가? 나에게는 그 정도의 능력이 없다. 힘이 있다면, 그저 주변의 소소한 것들을 처리할 정도에 불과하다."

그레이 사도가 떨떠름한 음성으로 중얼거렸다.

"역시 내가 만나러 오길 잘한 것 같군. 자신의 능력이 어느 정도인지 자각하지 않으면, 세상은 다시 멸망할 수밖에 없다."

"이런, 나를 그렇게나 대단한 존재로 생각해 준다니 감사하다고 해야 하나."

강유진의 가벼운 농담에도 그레이 사도는 흔들리지 않았다.

"누가 뭐라고 해도 당신이 에르 라크리마라는 사실은 변하지 않는다. 그리고 그 의미도."

결국 강유진이 먼저 고집을 꺾었다.

"좋아. 그렇다면 내가 에르 라크리마라고 인정하지. 그럼 이제 내가 묻겠다. 나는 사도들의 적인가?"

"그럴 리가 있나. 사도는 에르 라크리마의 적수가 되지 못한다.”

뜻밖의 말에 고개를 갸웃거리던 강유진이 다시 물었다.

“그렇다면 앞으로 국제범죄단체 크라노스가 나의 앞을 막지 않을 거라고 받아들여도 되나?”

“솔직하게 말하자면 그건 장담할 수 없다.”

“응? 방금 사도들은 나의 적수가 되지 못한다고 하지 않았나?”

“거기에는 조금 복잡한 사정이 있다. 사도들을 이끄는 자는 후안 페르난데스다. 하지만 후안 페르난데스조차도 마왕 세티쉬 카르나크를 거역하지 못한다.”

“혹시 세티쉬 카르나크라는 마왕이 나를 반대하고 있나?”

“단순히 반대 정도가 아니라 당신을 죽이겠다고 벼르고 있다.”

“허, 나와 무슨 철천지 원한이 있다고?”

“아마도 세티쉬 카르나크의 몸에 새겨진 기억이 당신을 거부하고 있는 거라고 생각한다.”

“어떤 몸이기에?”

“당신이 죽이려고 했던 남자의 몸에 마왕이 현신했다.”

강유진이 인상을 찌푸렸다. 죽인 게 아니라 죽이려고 했던 남자라니? 문득 한 남자의 얼굴이 떠올랐다. 자신이 죽음을 확인하지 않은 남자는 그밖에 없었다.

“설마 장 테스카틀?”

“그렇다. 질긴 악연이라고 생각해라.”

"그러니까 세티쉬 카르나크라는 미친 녀석 때문에 사도들이 나를 노릴 수 있다는 말로 들리는데, 맞나?"

"정확하다."

"미리 말해 두겠는데 나는 손해 보면서 살지 않는다."

"무슨 뜻이지?"

"누구라도 나를 건드리면 앞뒤 가리지 않고 응징하겠다는 말이다."

"종말이 앞당겨져도?"

"지금 종말이라고 했나? 알아 둬라. 누구라도 그 자신이 우주의 중심이다. 하나든, 열이든, 백이든, 영혼의 무게는 같다."

"그야말로 인간에게 해(害)가 되는 가치관이로군."

"허! 모든 생명을 존중하자는 생각이 어떻게 인간에게 해가 될 수 있다는 거지?"

"대체로 인간은 다수를 위해 소수를 희생하지 않나? 인간의 문명이란 것도 결국 그런 인식 위에 세워진 것 같던데. 뭐, 꼭 희생을 감수하라는 말은 아니지만, 공동체의 운명을 소중히 여기는 마음을 좀 가졌으면 하는 바람이다."

"국제적인 범죄단체의 일원답지 않은 발언이로군. 지금까지 너의 행적과도 맞지 않고."

"한 가지 일로 모든 것을 판단하는 실수를 범하고 있다는 생각은 들지 않나?"

뭔가 의미심장한 말이다. 그러나 강유진은 뻔한 이야기로 시간을 질질 끌고 싶지 않았다.

"이봐, 너무 복잡하게 생각하지 마라. 알고 보면 인간은 사소한 일로 살 수도 죽을 수도 있는 존재니까."

"쯧!"

그레이 사도가 고개를 절레절레 저었다.

도무지 생각의 차이를 좁힐 수가 없다. 이래서는 다른 사도들이 그를 자극하지 않기만을 기도해야 한다. 하지만 그건 불가능한 일이다. 사도들을 지배하고 있는 자가 마왕인데, 그 마왕이 강유진에게 원한을 품고 있기 때문이다.

그레이 사도는 저도 모르게 중얼거렸다.

"결국 모든 건 엘의 뜻이라는 건가."

하지만 강유진은 그레이 사도의 혼잣말도 내버려 두지 않았다.

"일은 자신들이 벌이고 엉뚱하게 엘의 뜻이라고 하면 안 되지. 우리는 그런 경우 인과응보(因果應報)라는 말을 사용한다고."

"인과응보라…… 실로 무서운 말이로군."

그 말을 끝으로 그레이 사도는 어둠 속으로 녹아들었다.

*　　*　　*

이제 끝인가?

강유진은 서울의 야경에서 눈을 떼지 못했다.

특수부대가 동원될 정도로 피 튀는 싸움을 염두에 둔 자리였다. 그 기념비적인 첫 만남이 끝나자 안도감과 함께 공허함이 밀려왔다.

종말과 관계된 그레이 사도의 말을 들어서일까? 왠지 기분이 묘했다.

그러는 한편 '다른 사도들도 그레이 사도처럼 대화가 통하는 사람들이면 좋겠다.' 는 생각이 든다. 물론 모두가 그런 사람들이라면 국제범죄단체를 구성하지도 않았겠지만 말이다.

그렇게 생각하니 그레이 사도의 정체가 더욱 궁금해진다. 그는 사도지만, 사도들과 다른 길을 가고 있다. 자신에게 한 말들을 생각하면 더욱 그렇다. 오히려 그는 자신과 사도의 사이에서 중재를 하고 싶어 하는 것 같았다.

'그는 누굴까?'

그레이 사도의 얼굴을 떠올리던 강유진은 고개를 설레설레 젓고 말았다. 전체적으로 회색이라는 것 이외에 아무것도 유추해낼 수 없었던 것이다.

'가자.'

구조물에 기대어 서 있던 강유진이 허리를 세웠다.

하지만 강유진은 자리를 떠날 수 없었다.

전망대의 중간에 유령처럼 네 사람이 나타났던 것이다.

그들은 내려오라는 듯 가볍게 손짓까지 해 보였다.

강유진의 얼굴이 가볍게 굳었다.

삼남 일녀. 모두 사도들이다.

두 남자는 처음 보는 얼굴이지만, 여자와 남자 하나는 낯이 익었다. 화사한 옷차림의 그녀는 인천의 요리점에서 살육을 벌이던 여자고, 남자는 언젠가 호수공원에서 마주쳤던 일본인이다. 일본인의 얼굴을 확인한 순간 분노가 치밀어 올랐다. 참혹하게 살해당한 후배들이 떠오른 탓이다.

'쯧! 그레이 사도, 아무래도 좋게 넘어가긴 틀린 것 같다.'

가볍게 혀를 차던 강유진은 벤투스를 불러낸 뒤 허공에 몸을 맡겼다.

사도들이 다소 놀란 눈으로 공중에서 내려오는 강유진을 바라보았다. 저런 건 초고대문명의 시대에도 보기 힘든 마법이었다.

먼저 정신을 차린 이소빙(李少氷)이 웃으며 인사를 건넸다.

"안녕? 벌써 두 번째죠? 그때는 당신이 우리와 같은 크라노시안(시간을 건너온 루인족 마법사)인 줄 몰랐어요."

강유진이 적당한 거리에 서서 고개를 저었다.

"틀렸다. 나는 분명히 인간이라고 했을 텐데."

눈썹에 피어싱을 한 남자, 요조라가 소리를 버럭 내질렀다.

"칙쇼(ちく-しょう)! 너 같은 인간이 어디 있다고 그따위 헛소리냐!"

피어싱을 한 남자의 말에 강유진이 코웃음을 쳤다.

"흥! 쪽발이! 아니, 난쟁이(루인족)라고 해야 하나? 너만 욕을 할 줄 아는 게 아니야. 새꺄! 나도 참을 만큼 참아 줬다고. 그레이 사도에게는 미안한 말이지만, 너만큼은 오늘 죽어 줘야겠다."

강유진의 말이 끝나기가 무섭게 요조라가 벼락처럼 손을 휘저었다.

"너나 죽어!"

꽈르릉.

하늘에서 뇌전이 떨어져 내렸다.

강유진의 몸이 미끌어지듯 뒤로 물러났다.

하지만 그렇게 하는 것만으로는 뇌전을 모두 피해 낼 수는 없었다.

몇 가닥의 뇌전이 강유진의 몸통을 파고들었다.

파지지직.

파르스름한 불꽃이 튀는가 싶더니 강유진의 머리카락이 하늘로 곤두섰다.

하지만 그게 전부다.

강유진은 벼락에 맞고도 쓰러지지 않았다.

요조라가 그런 강유진을 집요하게 따라붙었다.

이소빙과 남자가 잠시 한숨을 내쉬는가 싶더니 이내 강유진의 뒤쪽으로 이동했다. 어차피 대화를 위해 이곳까지 온 건 아니다. 비록 요조라가 갑작스럽게 일을 벌였지만, 어차피 누군가 시작했어야 한다. 이소빙과 남자의 입에서 루인족의 언어가 쏟아져 나왔다.

*　　*　　*

"죄송합니다. 저는 도저히 그렇게 못 하겠습니다."

최명석의 항명에 박영찬 차장이 인상을 찡그렸다. 그의 마음을 이해 못 하는 바는 아니다.

"나라의 일을 하는 사람이 사사로운 감정을 앞세우면 되나. 못 들은 걸로 하겠다."

"차장님. 아무리 그래도 이건 아닌 것 같습니다. 함께 일하던 동료를 배신하고 팔아넘기다뇨. 강 선생이 무슨 죄를 지었습니까? 오히려 강 선생 덕분에 누가 생각해도 불가능한 임무도 보란 듯이 해내지 않았습니까? 그런 사람에게 훈장은 주지 못할망정! 배신이라뇨!"

"최명석! 말 함부로 하지 마라! 누군 좋아서 그러는 줄 아나! 나도! 우리도!"

배신이라는 말에 박영찬 차장이 버럭 소리를 내질렀다.

박영찬 차장의 얼굴은 수치심과 분노로 한껏 일그러져 있었다.

…….

박영찬 차장은 거칠게 숨을 몰아쉬며 한동안 말을 잇지 못했다.

한참 만에 겨우 흥분을 가라앉힌 박영찬은 마치 어른이 초등학생을 타이르듯 또박또박 말했다.

"최명석 요원, 이성적으로 판단해라. 미국과 유럽은 물론 중국과 러시아까지 나서서 그를 포기하라고 한다. 그를 아끼는 마음은 나도 크다. 그러나 나는 강 선생과 대한민국 중 어느 하나를 선택해야 한다면 대한민국이다. 버림받아야 하는 사람이 나라고 해도 마찬가지다. 여러분이 조국을 위해 나를 버린다 해도, 나는 여러분을 원망하지 않을 것이다."

최명석이 원망스러운 눈으로 박영찬 차장과 그의 지시를 순순히 따르고 있는 동료들을 바라보았다.

나라고 해도 마찬가지라니, 그런 말은 위선이다. 이건 그저 한 사람을 지옥으로 밀어 넣는 일일 뿐이다.

최명석은 이를 악물고 전면의 패널을 바라보았다.

707부대원은 촘촘하게 남산타워를 포위하고 있었다. 그러나 특수부대의 총구가 향한 곳은 크라노시안(특이 능력자들)이 아니다. 그들은 오히려 크라노시안과 맞서 싸우고 있는 강유진을 제거하는 데 동원된 상태였다. 지금의 남산에서 그걸 모르고 있는 사람은 강유진밖에 없었다.

'하아!'

최명석의 입에서 한숨이 흘러나왔다.

적과 아군이 뒤바뀐 것은 일주일 전에 청와대로 날아든 한 통의 전화 때문이다.

미국의 대통령은 "강유진이 미국에서 테러를 저질렀으며, 그는 크라노시안과 같이 슈퍼파워를 가진 극히 위험한 사람"이라고 했다.

자신이 어떻게 크라노시안을 아는지, 강유진의 슈퍼파워가 무엇인지에 대한 설명은 없었다. 그는 단지 한국이 강유진을 제거하지 않으면 주한미군을 철수하고, 닉슨 독트린-아시아의 방위는 아시아인의 힘으로 한다-을 다시 선언할 것이라고 했다.

유럽연합은 한술 더 떴다. 의장인 헤르만 슈타이너는 "슈퍼 테러리스트를 공직에 앉힌 한국 정부가 모종의 조치를 취하지 않는다면 유럽연합과의 통상 조약이 파기될 수도 있다."고 했다. 그에 의하면 슈퍼 테러리스트는 인류가 우선적으로 말살해야 하는 끔찍한 악이었다.

중국은 외교를 단절하고 자국에 진출한 한국 기업의 재산을 압류하겠다고 했으며, 러시아도 외교 단절과 한국 기업의 추방을 들고 나왔다.

그 모든 일이 단 사흘간에 걸쳐 순차적으로 일어났다.

대통령은 자다가 날벼락을 맞은 꼴이 되어 사흘간 비상 대책

회의를 열었다.

그리고 얻은 결론은 강유진의 제거였다.

팀장인 김동식이 최명석의 어깨를 가볍게 토닥였다.

"어쩔 수 없잖나. 미국이 공개적으로 한국에서 발을 빼면, 북한의 위협 때문에 해외 자본이 일시에 빠져나갈 거라고. 한국은 곧바로 국가 부도 사태를 맞이하게 될 테지. 해외로의 수출이 막힌 상태에서 국가 부도면 생각할 것도 없어. 하루아침에 인도나 남아프리카 공화국 수준으로 추락하게 될 거야. 굳이 북한과의 전쟁이 아니더라도 끝장이라는 소리지. 차장님이라고 좋아서 그런 명령을 내렸겠나. 세계가 강 선생을 원하지 않는 거야. 그건 우리의 힘으로 막거나 거부할 수 있는 게 아니라고."

"네, 압니다. 알지만, 알지만 말입니다."

말이 길어지는 듯하자 김동식이 단호한 얼굴로 명령했다.

"알면 그만해. 다른 방법이 없잖나. 강유진 요원의 건은 우리가 감당할 수 있는 수준의 일이 아니야."

최명석은 침울한 얼굴로 고개를 떨구었다.

한동안 침묵하던 최명석이 김동식을 바라보았다.

"그런데 말입니다. 팀장님."

"왜?"

"세계의 지도자들이 유진 형을 없애라고 요구하고 있잖습니까?"

"그러고 있지."

"그 말은 다시 말해 유진 형이 그들에게 그만큼 두려운 존재라는 뜻 아닌가요?"

"그럴 수도 있고, 아닐 수도 있겠지."

김동식은 자신 없다는 표정으로 어깨를 으쓱해 보였다.

세계의 지도자들이 강유진의 죽음을 원하는 게 그를 두려워해서인지, 크라노시안의 협박 때문인지는 아직 모른다. 솔직히 김동식은 후자일 거라고 생각했다. 강유진에 대해 잘 아는 사람은 크라노시안밖에 없었기 때문이다.

"그들이 강 선생에 대해 뭘 알겠어? 크라노시안들이라면 모를까……."

김동식의 중얼거림에 최명석의 입에서 다시 한숨이 흘러나왔다.

확실히 김동식 팀장의 말이 맞다. 그들은 강유진을 모른다. 그러니 그들이 두려워하는 것은 강유진이 아닐 것이다. 세계의 지도자들이 두려워하는 것은 크라노시안들이다. 국제범죄단체에게 세계가 휘둘리고 있는 것이다.

최명석은 우울한 얼굴로 전방의 대형 패널로 시선을 돌렸다.

707부대원들을 나타내는 붉은 점들이 남산타워로 조금씩 이동하고 있었다.

'형!'

최명석은 주머니 속으로 손을 넣어 스마트폰을 만지작거렸다.
그러나 그것뿐이다.
안타깝지만 자신도 국가의 편에 서야 한다. 개인적인 친분으로 나라를 망하게 할 수는 없었다.
'미안해, 형.'
문득 딸의 머리를 쓰다듬던 강유진의 소박한 미소가 떠올랐다.
그리던 가족을 만났으니 여한은 없으리라.
마침내 최명석은 긴 한숨과 함께 주머니에서 손을 뺐다.
연민은 여기까지만.
새삼 다짐하는 최명석의 얼굴이 어딘지 개운치 않아 보인다.
붉은 점들 속에서 반짝이는 파란 점 하나. 저 파란색의 점이 강유진이다.
강유진이 정말 오늘 죽을까?
솔직히 최명석은 확신할 수 없었다.
만약 저 파란색의 점이 끝까지 살아남는다면 어떤 일이 벌어질까?
생각이 거기까지 미친 최명석은 힐끔 박영찬 차장을 바라보았다.
때마침 고개를 돌리던 박영찬과 최명석의 시선이 마주쳤다.
"할 말 있나?"
"차장님, 강 선생이…… 살아남는다면 어떻게 되는 겁니까?"

"자네는 강 선생이 크라노시안이라는 초능력자들과 707부대의 공격 속에서 살아남을 수 있을 거라고 보나?"

"……만약에 그런 일이 생긴다면요?"

"글쎄, 생각하고 싶지 않은 결과지만. 정말 그런 일이 벌어진다면 누군가는 대가를 치러야 하겠지. 어쩌면 우리 모두가 대가를 치러야 할지도 모르고."

"그런 게 아니라…… 저는 다른 나라들, 그러니까 미국과 유럽연합, 중국, 러시아가 어떻게 나올 것인지를 묻고 있는 겁니다."

"흠! 그건 걱정하지 않아도 될 걸세. 한반도를 감시하고 있는 첩보위성이 있지 않은가. 그들도 우리가 할 만큼 했다는 걸 알 테니…… 더 물고 늘어지지 않을 거야. 다른 뜻이 없다면 말이지."

박영찬 차장이 말끝을 흐렸다.

국제 사회가 한국의 문제에 지나치게 차갑게 반응하고 있었다. 중국과 러시아는 그렇다 쳐도, 동맹인 미국은 물론 유럽연합까지도 평소와 달랐다. 그게 단지 강유진의 문제 때문일까?

박영찬 차장은 냉소를 흘렸다.

하지만 그뿐이다. 이상한 조짐이 느껴지지만 다른 방법이 없으니 원하는 대로 움직여 줘야 한다.

'강 선생, 숭고한 희생 잊지 않으리다.'

그렇게 박영찬 차장은 강유진의 명복을 빌었다.

*　　*　　*

야간 투시경으로 전방을 주시하던 박우식의 입에서 신음 같은 탄성이 흘러나왔다.

"으음! 사람 맞아? 훨훨 날아다니네. 씨벌."

박우식과 같은 조인 김인철이 저격 소총의 총신을 닦으며 중얼거렸다.

"박 병장님, 타겟이 아시아인이었잖아요? 어느 나라 사람 같아 보여요? 중국? 일본? 이왕이면 중국 놈이면 좋겠는데."

"사진으로 봐서는 중국 쪽 같던데, 모르지. 아시아 사람들 거기서 거기라."

남산에 투입된 707부대원들은 제거해야 할 대상이 누군지 잘 모른다. 그저 초저녁에 한 남자의 정면 상반신 사진을 받은 게 전부다.

"죄다 악질 테러범들이라면서요? 아무나 쏴도 되겠네."

"그런 소리 하지 마라. 그놈만 쏘라는 지시 벌써 잊었냐?"

"다 같은 범죄자인데 왜 그놈만 쏘라는 거예요?"

"새꺄, 까라면 가는 거지 무슨 말이 그렇게 많아? 내가 부대장이냐? 나한테 묻게."

"아니, 상식적으로 이상하잖아요. 다 같은 테러범들인데 하나만 쏘라니……."

"뭐, 백이 없나 보지."

박우식의 말에 김인철이 고개를 주억거렸다.

"역시 그런 거죠?"

박우식은 망원경에서 눈을 떼지 않았다.

"알게 뭐냐. 그나저나 저렇게 빠르면 맞추기도 어렵겠는데."

"지칠 때까지 기다려야죠."

"우리가 먼저 지치겠다. 하루 종일 처박혀서 이게 뭔지."

말과 달리 박우식의 얼굴은 긴장과 흥분으로 붉게 달아올라 있었다. 슈퍼파워를 가진 테러범과의 사투가 코앞으로 다가왔기 때문이다.

*　　　*　　　*

강유진은 허리를 뒤틀어 붉은 채찍-남자의 손톱에서 뻗어 나온 것이 분명한-을 피했다.

그리고 그 회전력을 이용해 요조라의 앞으로 날아갔다.

남자를 믿고 잠깐 숨을 돌리려던 요조라의 눈이 부릅떠졌다. 미처 다른 곳으로 피할 틈도 없었다.

요조라는 강유진의 순수한 적의 앞에서 그만 멈칫거리고 말았다.

그 순간 강유진의 희고 부드러운 손이 요조라를 가리켰다.

심상치 않은 강유진의 표정을 확인한 이소빙이 허겁지겁 달려왔다.

남자의 채찍이 다시 강유진의 등 뒤로 날아갔다.

그 짧은 순간 강유진이 말했다.

"카데 바쿰!"

요조라는 재빨리 물러나며 주변을 살폈다.

마법인가?

그러나 요조라의 생각은 길게 이어지지 않았다.

와드드득.

팔과 다리는 물론 목의 뼈가 거의 동시에 기이한 방향으로 꺾였다. 일부는 관절이 꺾이는 방향과 같았지만, 대부분의 뼈들이 관절과 무관하게 꺾이는 바람에 요조라는 비명도 지르지 못하고 쓰러졌다.

요조라가 눈을 부릅떴다.

눈앞에 등 쪽의 어두운 숲이 보였다.

등 쪽이라고 생각한 건 자신의 등판이 커다랗게 보인 까닭이다.

자기의 등을 정면으로 바라보다니?

뒤늦게 불안과 공포가 밀려들었지만 그것도 잠깐, 이내 끔찍한 고통이 찾아왔다. 그래도 요조라는 신음조차 흘리지 못했다.

미미하게 꿈틀거리던 요조라의 몸은 조용히 굳어 갔다.

이소빙의 손에서 일어난 불의 고리가 강유진을 둘러쌌다. 그리고 맹렬히 회전하기 시작했다.

하지만 이번에는 강유진도 구경만 하고 있지는 않았다.

"벤투스!"

강유진의 외침에 불의 고리가 썩은 새끼줄처럼 토막토막 끊어져 흩어졌다.

불씨가 튄 숲에서 불길이 일어났다.

그 혼란을 틈타 남자가 다시 강유진에게 다가갔다. 순간적으로 이동했다는 표현이 맞을 정도로 빠른 움직임이었다.

하지만 남자는 한 걸음 정도를 남겨 두고 더 움직이지 못했다.

어느 틈에 생겨난 불기둥이 자신과 강유진의 사이를 가로막고 있었던 것이다.

강유진이 불의 벽 건너편에 서 있는 남자를 향해 말했다.

"그 벽을 넘으면 죽는다."

곧이어 강유진은 이소빙에게 시선을 돌렸다.

"계속할 텐가? 자비는 여기까지다."

강유진은 그레이 사도의 말을 떠올리며 살기를 가라앉히기 위해 노력하는 중이었다.

"나는……."

세 사람 사이로 침묵이 감돌았다.

그때다.
타앙.
한발의 총성을 시작으로 수십 발의 총성이 꼬리를 물었다.
불의 벽 앞에 무기력하게 서 있던 남자는 급히 어둠 속으로 몸을 숨겼다.
이소빙의 얼굴에 야릇한 미소가 떠올랐다.
총탄이 빗발치는 와중에도 이소빙은 달아나지 않았다. 오히려 보란 듯이 달빛아래 몸을 더 드러냈다.
“이젠 당신의 말을 믿을 수 있겠네요.”
“무슨 말!”
화가 난 강유진은 이소빙을 뚫어져라 노려보았다.
여유 있어 보이는 저 미소는 꼬리를 말고 달아나야 할 사람이 지을 수 있는 것이 아니었다.
핑, 핑, 핑.
수십 개의 탄환이 얼굴을 스치고 지나갔다.
공간왜곡의 마법을 생각하면 이 탄환들의 목표가 어디였을지 짐작이 간다.
하지만 강유진은 그걸 인정하고 싶지 않았다.
그래서 더 화가 났다.
“흣! 당신은 크라노시안이 아니에요. 당신의 주장처럼 인간일지도 모르죠. 좋아요. 그런데, 인간인 당신은 대체 누구를 위해 싸우고 있는 거죠?"

"……."

강유진은 대답하지 않았다.

가가가각.

엘이 심어 둔 공간왜곡의 마법도 그 힘이 다해 가는지, 몇 개의 탄환이 클레베스의 방어막에 와 닿았다.

마법의 힘은 무한한 것이 아니다.

이런 식이라면 곧 클레베스의 방어막은 파괴될 것이다.

그걸 알면서도 강유진은 아무런 행동도 할 수 없었다.

가족에게 버림받았던 날의 아픔만큼이나 큰 절망과 회한에 발이 묶여 버린 것이다.

"당신은 루인족과 인간족 모두에게 환영받지 못하고 있군요. 쯧쯧! 불쌍한 사람."

피잉.

탄환 하나가 볼을 스치고 지나갔다.

얼굴이 화끈거리는 것을 보니 찢어지기라도 한 모양이다.

드드드드.

주머니 속에서 휴대폰이 진동을 했다.

강유진은 산책이라도 나온 사람처럼 천천히 휴대폰을 꺼내 들었다.

임지연이었다.

급박한 현실에 어울리지 않는 그의 행동은 이소빙조차 할 말을 잃게 만들었다.

"이봐요. 당신이 지금 처한 상황은……."

강유진이 손을 들어 이소빙의 말을 막았다.

"잠깐 전화 좀 받읍시다."

"……."

이소빙은 멍한 얼굴로 강유진을 바라보았다.

"강입니다."

강유진의 음성은 침울했다.

"임지연이에요. 남산인가요?"

"네."

"당장 피하세요! 707부대가 노리는 건 크라노스가 아니라 강 선생님이에요!"

임지연의 음성에서 분노와 억눌린 감정이 느껴졌다.

그 소리를 들으니 머리가 조금 맑아지는 느낌이다. 그렇다고 해도 아무것도 하고 싶지 않을 만큼의 지독한 슬픔은 여전했다.

"알고 있습니다."

"네? 어떻게?"

"그들이 지금 총질을 하고 있거든요. 나한테 말이죠."

"강 선생님! 자세한 사정은 나중에 말씀드릴게요! 우선 그곳에서 피하세요!"

"이런 일에도 고려할 만한 사정이라는 게 있는 걸까요?"

"네! 있어요! 그러니 어서 피하세요!"

"……."

강유진은 가타부타 답하지 않았다.

"강 선생님! 강 선생님!"

임지연의 애끓는 부름을 뒤로하고 강유진은 어둠에 잠긴 숲을 둘러보았다.

검은 어둠 속에서 빨간 불빛이 명멸하고 있다. 그럴 때마다 대기를 찢어발기는 끔찍한 소리와 파동이 몸을 뒤흔든다.

한참 만에 강유진이 물었다.

"여기서 피하면, 나라에서 나를 찾지 않겠다던가요?"

"그건…… 아니에요."

"역시 지명수배자가 되는 거군요. 알고 보면 법 없이도 살 사람인데."

"……."

임지연은 차마 답하지 못했다.

강유진은 조금 전 특급 테러리스트로 전국에 지명수배되었다. 그러지 않았다면 자신은 여전히 강유진에게 일어난 일을 몰랐을 것이다. 5과에서 자신에게 비밀로 하고 있었기 때문이다. 하지만 5과가 알지 못한 것이 있다. 자신은 5과에 합류하자마자 경찰청의 데이터베이스에 강유진의 이름이 뜨면 자동으로 알려 오게 만들어 두었었다. 그를 보호하고, 확실하게 지원해 주기 위해서다. 그 작은 노력 덕분에, 늦었지만 강유진이 처한 상황을 알게 되었던 것이다. 지명수배와 동시에 말이다.

"아하하……."

강유진은 허탈하게 웃었다.

조국이 자신을 죽이려고 한다는 것의 의미는 간단한 게 아니다. 게다가 국가가 내린 결정은 쉽게 철회되거나 바뀌지 않는다.

'그럴 수 있었다면 처음부터 죽이려 들지 않았겠지.'

강유진은 무심코 이소빙을 바라보았다.

저 여자의 말이 맞았다. 국가는 확실하게 자신을 배신했다. 그리고 끝까지 죽이려고 할 것이다. 어떤 이유에서건 그 사실은 변하지 않는다.

최고의 후원자가 최악의 적이 되어 버린 셈이다.

강유진은 담담한 어조로 말했다.

"임지연 씨, 나는 대의(大義)니 소의(少義)니 하는 따위의 말을 신봉하지 않아요."

"네. 알아요."

"한국이 나를 버린다면 나는 기꺼이 아나키스트가 되겠습니다."

"무, 무슨 말씀이세요?"

"말 그대로예요. 인간의 정부를 인정하지 않겠다는 겁니다."

“정말 테러라도 하겠다는 말씀이세요!”

“저한테 그런 심오한 사상 같은 거 없다는 걸 알잖아요. 그냥 자연인으로 혼자 살아가겠다는 뜻입니다.”

“…….”

수화기 건너편에서 임지연의 한숨이 들려왔다.

타앙.

집요한 총질에 결국 휴대폰이 박살이 나서 날아갔다.

강유진은 너털웃음을 터드리고 말았다.

국정원에서 지급해 준 휴대폰이었다. 적절한 시기에 가루가 되고 만 셈이다.

‘빈손으로 왔다가 빈손으로 간다더니.’

고개를 설레설레 젓던 강유진은 지면으로 내려와 남산타워로 달려갔다. 일단 몸을 숨길 곳이 필요했던 것이다.

강유진이 남산타워에 들어간 뒤로 5분쯤 지났을까?

밤하늘 저편에서 하얀 유성이 붉은 꼬리를 끌고 나타나는가 싶더니, 이내 남산타워에 꽂혔다.

꽈과과광!

굉음과 함께 지진이라도 난 듯 땅이 세차게 흔들렸다.

남산타워에서 멀찍이 떨어져 있던 이소빙은 후폭풍에 휘말려 어둠 속으로 날아갔다.

한참 만에 피칠갑을 한 이소빙이 비틀거리는 걸음으로 나타났다.

'아아!'

남산타워는 흔적도 없이 사라진 뒤였다.

짙은 어둠 속에서 버섯구름이 작게 피어오르고 있었다.

이소빙은 멍한 표정으로 재와 연기만 남은 자리를 응시하다가 조용히 떠나갔다.

곧이어 소방헬기와 수백 대의 소방차가 남산으로 몰려들었다.

대폭발 속에서 살아남은 707부대원들은 적십자 마크가 선명한 군용 구급차에 실려 어디론가 보내졌다.

제2화

양계장 작전 (Poultry Farming Operation)

공식적으로 '남산타워를 지나가는 도시가스관의 폭발' 이 일어난 그 다음날, 국정원의 5과는 해체됐다. 대부분의 요원들은 그들이 복무하던 부서로 되돌아갔다. 훈련 중 탈락된 것으로 알려졌던 최명석은, 그간 모처에서 특수 훈련을 받은 것으로 기록을 고치고, 국내 정보 부서로 정식 발령이 났다.

임지연 박사는 순수한 민간인의 신분으로 되돌아갔다.

그렇게 강유진과 관계된 일련의 사건은 일단락 지어지는 것처럼 보였다.

남산 인근의 방사능 수치가 높게 검출된다느니, 남산의 폭발은 테러라느니, 유성이 떨어진 거라느니, 말들이 많았지만 정부는 침묵으로 일관했다.

남산 가스관 폭발 사고에 대한 국민의 관심은 오래가지 못했다. 무장한 일본 우익이 독도 상륙을 감행하면서 유혈 충돌이 일어났다. 그 사건으로 한일의 긴장은 과거 어느 때보다 높아졌다. 그 와중에 5월의 한미연합 공군훈련(Max Thunder)을 반대하는 시민단체의 격렬한 시위가 이어졌다.

언론은 연일 한일(韓日) 간의 마찰과 시민단체의 반미(反美) 시위를 보도했다. 말도 많고 탈도 많던 남산 폭발은 그렇게 잊혀 갔다.

그때까지만 해도 한국은 물론 세계의 누구도 그런 일이 21세기에 일어나리라고는 생각하지 않았다.

하지만 그것은 1차 세계 대전의 도화선이 된 사라예보 사건처럼, 부지불식간에 찾아왔다. 그것도 세계의 이목이 집중된 순간에 말이다.

ARF(ASEAN Regional Forum, 아세안지역안보포럼)가 열리고 있는 한국의 서울.

지난 사흘간 국정원은 물론 경찰청까지 24시간 비상대기 상태였다. 당연히 세계의 정상들을 보호하기 위해서다.

그중에서도 국정원은 극도로 긴장한 빛이 역력했다.

"회의장은 물론 주변까지 2차, 3차 확인하세요!"

눈 밑에 다크서클이 짙게 드리워진 국정원장 김태식의 쉰 듯한 음성이 회의실을 울렸다.

그럴 때마다 반사적으로 요원들의 움직임이 빨라졌다. 급하게 여기저기에 전화를 걸어 댔고, 간간히 누군가를 향해 호통도 쳤다.

요원들의 빈틈없는 모습을 보고 있으면서도 김태식 원장은 어딘지 모르게 불안한 얼굴이다.

슈퍼 요원 강유진과 5과의 지원 없이 치러야 하는 ARF가 숨통을 조이고 있는 것이다.

국가적인 위기 상황에서 어쩔 수 없이 강유진을 제거했지만, 국제범죄단체 크라노스의 협박은 아직도 유효했다.

'하늘도 무심하시지. 왜 우리나라에만 이런 시련을…….'

김태식 원장은 입안이 바싹바싹 타들어 가는 것 같은 느낌에 쉬지 않고 생수를 마셨다.

강유진이 있었다면 이렇게까지 쫓기는 심정은 아니었을 것이다.

그렇다고 강유진이라는 극강의 패를 버린 것을 후회하지는 않는다. 그때 강유진을 제거하지 않았다면 한국은 세계무대에 명함도 내밀지 못할 정도로 추락했을 테니까.

김태식 원장은 번득이는 눈으로 행사 진행표를 분석하고 또 분석했다.

오늘은 ARF에서 그간 논의된 주요 안건을 발표하고, 새 의장국을 선출하는 날이다. 크라노스에게 이보다 더 좋은 때도 없을 것이었다.

게다가 테러를 예고한 집단이 지금까지 아무런 일도 벌이지 않았다.

국정원과 경찰청의 고위 간부들은 긴장 속에서도 내심 그들이 아무 일도 벌이지 않았으면 하고 바랐다.

'오늘만 무사히 넘기면 된다!'

김태식 원장의 목울대로 마른침이 꿀꺽 넘어갔다.

자신뿐 아니라, 크라노스의 협박을 알고 있는 정부 고위층은 모두 타들어 가는 심정으로 시계를 보고 있을 것이었다.

멀리서 2차장 조성호의 외침이 들려왔다.

"원장님! 이것 좀 보셔야겠습니다!"

ARF의 일정표를 노려보고 있던 김태식 원장이 놀란 눈으로 돌아보았다.

"뭡니까?"

"북한 중앙 방송에서 이상한 소리를 하고 있습니다."

"허, 그 사람들 이번에는 또 무슨 일이래."

김태식 원장이 다가가자 조성호 차장이 재생 버튼을 눌렀다.

"조금 전 오전 10시에 있었던 특별 방송입니다."

곧이어 컴퓨터 모니터에 낯익은 북한 여자 아나운서가 등장했다. 그녀는 한껏 격앙된 목소리로 뭔가를 읽어 나갔다.

“……ARF가 남조선 역적패당들의 모략에 부화뇌동하여 우리 공화국의 존엄을 훼손한다면, 우리 공화국의 인민군대는 역적패당들의 분별없는 도전을 짓부셔 버리기 위해, 우리 혁명무력의 특별행동을 개시할 것이다. 우리 혁명무력의 특별행동은 일단 개시되면 3~4분, 아니, 그보다 더 짧은 순간에, 지금까지 있어 본 적이 없는 특이한 수단과 우리 식의 방법으로, 모든 쥐새끼 무리들과 도발의 근원을 불이 번쩍 나게 초토화시켜 버릴 것이다!”

“…….”

김태식 원장이 멍한 얼굴로 조성호 차장을 바라보았다.

“어째 많이 듣던 소리군요.”

“예, 우리가 뭘 한다고 하면 늘상 따라붙는 위협이기는 합니다만. 오비이락(烏飛梨落)이라고 때가 때인지라…….”

조성호 차장이 말끝을 흐렸다.

“쯧! 그쪽까지 신경 쓸 겨를이 없습니다. 그런다고 ARF에서 북한을 핵보유국으로 인정할 것도 아니고.”

“역시 핵사찰과 인도적 차원의 대북 지원 문제가 분리되지 않았기 때문이겠죠?”

“어쩔 수 없지요. 강도질 잘하라고 살을 찌워 줄 수는 없으니까요.”

“원장님, 북한이 ARF에 테러를 가하지는 않겠죠?”

“물리적으로 불가능한 일이겠지만, 일단 경보 조치는 취해 둡

시다.”

“알겠습니다.”

얼마 지나지 않아 북한 중앙 방송의 특별 방송은 인터넷에도 올라왔다.

한국 사회에서 북한의 특별 방송은 수없이 반복되어 온 일인지라 특별한 관심거리가 되지 못했다. 그러나 ARF를 바라보고 있던 다른 나라들은 달랐다.

깜짝 놀란 미국과 유럽의 방송사들은 친절하게 자막까지 달아가며 북한의 협박을 소개했다. 하지만 그때까지만 해도 실제로 무슨 일이 일어날 거라고 믿는 사람은 없었다.

* * *

그 역사적인 순간의 발언자는 미국의 국무부 장관 커트 클린턴이다.

그는 “북한이 국제 원자력 기구(IAEA)의 핵사찰을 수용하고, 우라늄 농축 프로그램(UEP)과 탄도 미사일 관련 프로그램을 중단한다면, 경수로 건설 사업 및 식량을 지원하겠다.”는 국제 사회의 결의를 낭독했다.

“썅! 이게 무슨 개수작이야!”

커트 클린턴의 발표를 듣던 북한의 대표 김원홍이 자리에서 벌떡 일어섰다.

핵사찰의 수용과 우라늄 농축 프로그램은 이미 북미(北美) 간에 합의한 바였다. 그런데 느닷없이 커트 클린턴이 탄도 미사일 관련 프로그램의 중단을 덧붙인 것이다. 사실 탄도 미사일 프로그램의 중단은 이번 ARF에서 거론되지 않았었다.

결국 김원홍은 "제국주의 종간나 새끼들!"이라는 욕설을 퍼부으며 회의장을 나가 버렸다.

그 끔찍한 테러는 김원홍이 자리를 박차고 나간 지 3분 만에 발생했다.

꽈광!

컨벤션 센터 그랜드볼룸이 단 한 번의 폭발음과 함께 사라졌다.

폭발은 반경 300미터까지 영향을 미쳤다. 컨벤션 센터는 녹아서 사라졌고, 폭발 지점을 기준으로 1백 미터 안쪽의 건물이 완파되었다.

서울 시민들의 증언에 따르면 강렬한 빛과 폭풍, 그리고 버섯구름이 목격되었다.

조사 결과도 별반 다르지 않았다.

폭발의 직접적인 영향을 받은 지역에서 대량의 방사능이 검출되었다.

UN 특별 조사단은 테러 발생 3일 뒤, 컨벤션 센터의 폭발은 핵 배낭에 의한 폭탄 테러라고 발표했다.

세계의 지도자들은 핵 테러를 규탄하며 누가 그런 짓을 했는지 밝혀내 응징해야 한다고 입을 모았다.

처음에 세계인들은 일본의 극우파와 이슬람 원리주의자들, 그리고 중국의 비밀결사 등을 의심했다. 최근 아시아의 정세가 영토 분쟁으로 혼란스러웠기 때문이다.

그러나 핵 배낭 테러 발표 다음날, 북한이 구소련에서 세 개의 핵 배낭을 밀반입한 사실이 드러났다. 물론 북한은 그런 사실 자체가 없다고 발뺌했다. 하지만 며칠이 지나지 않아 구소련 관계자들의 증언이 이어졌다. 그들에 의하면 북한이 핵 배낭을 구입한 이유는 언제고 서울에 핵 테러를 가하기 위한 것이었다.

북한은 뒤늦게 "구소련으로부터 핵 배낭을 구입한 것은 맞지만 실전에 투입할 수 없을 정도로 조잡해서 연구 목적으로만 사용했다."고 해명했다. 그러나 북한은 핵 배낭의 연구와 폐기 과정을 공개하지 못함으로 의심을 떨치지 못한다.

비슷한 시기에 ARF를 협박하는 북한 중앙 방송의 보도가 주요 10개국 언어로 번역되어 널리 퍼졌다.

그 방송을 본 사람들은 '핵 배낭 테러가 북한 대표가 퇴장한 지 3분 만에 이루어졌다.'는 사실에 주목한다. 그리고 '북한이 지금까지 있어 본 적이 없는 특이한 수단과 북한식의 방법으로 서울을 초토화시켰다.' 는 결론을 내리게 된다.

그즈음 북한을 탈출한 사람들의 입을 통해 "인민군이 서울에서 핵 배낭을 사용했다는 소문이 북한 전역에 퍼져 있다."는 사실이 알려진다.

핵 배낭 테러로부터 한 달 뒤, UN 특별 조사단은 북한의 특수부대인 정찰총국 소속의 대위 최석호와 상위 김진만, 소위 이을석이 자폭 테러를 저질렀다고 발표한다. 그리고 테러 당일에 그들이 군청색의 배낭을 매고 강남역에서 내리는 장면이 찍힌 CCTV 화면을 공개했다.

세계인들은 벌떼같이 일어나 북한과 한국을 싸잡아 비난했다.

북한이 전대미문(前代未聞)의 핵 테러를 저지른 나라라서 욕을 먹었다면, 남한은 평소 북한의 테러에 미적지근한 반응을 보여 이런 결과를 초래했다는 비난을 받았다. 세계의 언론은 북한이 한국에 폭탄 테러를 가한게 이번이 처음이 아니라며 '1983년 10월 9일의 아웅산 테러 사건' 을 앞다투어 소개했다.

아웅산 테러는 1983년 10월 9일 당시 전두환 대통령의 서남아, 대양주 6개국 공식 순방 첫 방문국인 버마(현 미얀마)의 아웅산 묘소에서 일어난 강력한 폭발 사건이다. 이때의 폭발로 대통령의 공식, 비공식 수행원 17명이 사망하고 14명이 중경상을 입었다. 하지만 그 테러에 대해 당시 한국 정부는 공식적으로 이렇다 할 대응책을 내놓지 않았다.

UN특별 조사단의 발표에 북한은 강하게 혐의를 부인했다. 그리고 계속해서 핵 배낭의 연구와 폐기를 주장했지만, 그 과정이 담긴 자료는 공개하지 못했다. 자료를 분실한 것인지, 핵 배낭을 테러에 사용했는지는 오리무중(五里霧中)이었다. 북한의 고위층 사이에 "어느 부대가 충성 경쟁을 하다가 큰 사고를 친 것 같다."는 말이 나돌았다.

UN에서는 연일 대책 회의가 열렸다.

미국과 일본, 영국, 프랑스, 독일 등은 북한에 대한 즉각적인 군사적 보복을 주장했다.

하지만 중국과 러시아의 반대로 회의는 언제나 제자리걸음이었다.

중국과 러시아도 피해 국가 가운데 하나인 걸 감안하면 대단한 의리 같지만, 내막을 알고 보면 그렇지만도 않았다. 중국과 러시아는, ARF회원국의 군사 보복으로 북한이 무너져 남한에 흡수통일되기라도 한다면, 당장 자본주의와 국경을 맞대야 하는 현실에 부담을 느끼고 있었던 것이다.

그리고 운명의 6월 25일 밤 12시.

미국은 중국과 러시아의 반대에도 불구하고 스텔스 전략 폭격기 B2 4대를 동원해 평양과 무수단리(舞水端里, 함경북도 동해) 기지, 동창리(東倉里, 평안북도 서해) 기지, 그리고 기대령(旗對

嶺, 강원도 동해) 기지를 기습 폭격해 버렸다. 기대령 기지는 중거리 미사일 기지로 규모도 작았지만 미국은 핵에 대한 노이로제 상태여서 작은 것 하나도 놓치지 않았다.

북한은 미국에 대한 보복 차원에서 즉시 서울과 경기도 지역으로 장사정포를 발사했다.

서울에서 핵 배낭 테러가 일어난 지 한 달 보름 만의 일이었다.

핵 테러를 당하고도 주변국의 눈치만 살피던 한국의 대통령은 마침내 국군에게 북진(北進)을 명령한다. 지난 1953년 7월 27일 이후 계속되던 기나긴 휴전이 핵 배낭 테러로 깨지고 만 것이다.

한반도에 전쟁이 발발하자 중국과 러시아는 "한국인들끼리의 전쟁이라면 관여하지 않겠지만, 다른 나라의 군대가 북한에 들어가면 자동으로 개입하겠다."고 선언했다.

그러나 ARF에 참석했다가 핵 테러를 당한 국가들은 중국과 러시아의 말을 귀담아 듣지 않았다. 기본적으로 그들은 이 전쟁이 한국과 북한만의 것이라는 데 동의하지 않았다. 북한의 핵 테러에 피해를 본 국가들은 스스로 북한을 응징할 자격이 있다고 믿었다.

게다가 북한이 중국과 러시아의 지원 없이 홀로 전쟁을 수행해 나갈 리가 없지 않은가? 누가 봐도 중국과 러시아의 경고는 눈 가리고 아웅 하는 격이었다.

가장 먼저 미국의 핵추진 항공모함 조지 워싱턴호(USS

George Washington)와 13척의 호위함이 부산항에 입항했다.

그 뒤를 이어 영국과 프랑스의 지상군과 공군이 한국에 발을 디뎠다.

중국과 러시아의 강력한 경고에도 불구하고 개전(開戰) 직후 무려 12개국이 자국의 군대를 한국에 파병했다.

이에 질세라 북한의 동맹국들과 반미 성향의 몇몇 이슬람권 국가들도 중국과 러시아로 모여들기 시작했다.

원하든 원하지 않든 한반도에서 발발한 전쟁은 아시아 대전(大戰)으로 번지는 양상이었다.

그때까지 중국과 러시아는 한반도에서만 전쟁을 수행하려고 했다. 남의 나라 일로 자신들의 국토가 유린당하게 만들고 싶지 않아서다.

그러나 영토 문제로 긴장 관계에 있던 주변국들이 그걸 허락하지 않았다.

7월 1일 미국의 항모 조지 워싱턴호가 한국의 서해 함대와 함께 동중국해로 이동했다.

같은 날 일본과 대만의 함대가 상하이 점령을 목표로 군사 행동을 개시했다. 결국 동중국해에서 중국, 러시아의 동맹 함대와 미국, 한국, 일본, 대만의 연합 함대가 맞붙고 말았다. 1차 아시아 해전이라 명명된 그 전투에서 중국과 러시아는 큰 피해를 입고 물러났다.

1차 서해 대전의 결과는 베트남의 선택에 큰 영향을 미쳤다. 중국과의 빈번한 국경 분쟁에 손해만 보던 베트남이 같은 공산권인 중국을 향해 칼을 빼든 것이다. 중국이 혼란한 틈을 타서 베트남의 3개 보병 사단이 중국의 국경을 넘었다.

한편 중국이 전란에 휘말려 들자 티벳과 몽골 등 중국의 소수 민족도 독립을 요구하며 무장봉기했다.

중국으로서는 본의 아니게 내우외환(內憂外患)에 휘말리게 된 셈이다.

괴롭게 된 건 러시아도 마찬가지다. 체첸과 그루지야가 기다렸다는 듯 러시아와 전쟁을 선포했다. 러시아로부터 독립을 꿈꾸며 오랜 세월 피를 흘려온 체첸이나, 이미 2008년에 한 차례 러시아와 전쟁을 치른 그루지야로서는 놓칠 수 없는 호기였던 것이다.

갑작스럽게 일어난 전쟁은 들불처럼 아시아 전역을 뒤덮고 말았다.

하지만 강대국들이 복잡하게 얽힌 이번 전쟁은 기이하게도 아시아에 국한된 것처럼 보였다. 세계의 군대는 약속이라도 한 듯 아시아로 몰려와 동맹과 연합으로 편을 갈라 피터지게 싸웠다. 그 바람에 한국과 북한은 물론 중국, 러시아, 일본의 산업 기반까지도 파괴되기 시작했다.

* * *

스텔스 전략 폭격기 B2로 북한을 폭격하기 일주일 전, 미군은 비전투 인원 소개 작전(NEO:Non-combatant Evacuation Operation)을 개시했다. 한국에 남아 있던 미국인 9만 8천여 명이 일본으로 긴급 피신했다. 그들은 주한미군의 가족과 군무원, 그리고 한국에 진출해 경제 활동을 하던 순혈(純血)의 미국인들이었다. 1차 비전투 인원 소개 작전은 성공적으로 끝났다.

그러나 연이어 진행된 2차 비전투 인원 소개 작전은, 결과적으로 실패했다. 8만여 명에 달하는 미국 우방국 시민권자들(주로 이중 국적자들)은 한국 정부로부터 특별 혜택을 받을 상황이 아니었다. 북한의 장사정포로 서울과 경기 북부 지역이 초토화되면서 한국을 탈출하기 위한 최초 집결지가 대구로 정해진 까닭이다. 그때는 이미 전국의 도로와 철도가 군수물자 운송 위주로 전환되었기 때문에 대부분 한국인인 그들은 자력으로 대구나 부산(최종 집결지)으로 이동해야 했다.

2차 비전투 인원 소개 작전은 지지부진(遲遲不進)했지만, 멈추지는 않았다.

미국의 대통령도 틈이 날 때마다 "미국 시민권자들이 모두 탈출할 때까지 비전투 인원 소개 작전을 끝내지 않겠다."고 공언했다.

덕분에 부산은 대다수 한국인들에게 애증(愛憎)의 도시로 자리

매김당했다. 부산은 지옥(한국)과 천국(미국)을 연결해 주는 유일한 도시였다. 지옥에 발을 담근 한국인들은 요행으로라도 천국에 가기 위해 부산으로 몰려들었다.

"박사님, 아직 부산에 안 가 보셨죠? 부산은 전쟁의 흔적이 느껴지지 않는 도시 중 하나예요. 아마 가서 보시면 옛날 생각이 많이 나실 거예요."

김미연이 애써 웃음 지으며 말을 걸었다.

국정원의 지원과로 돌아가서 일을 한 지 석 달이 넘었다. 그러던 중 그녀는 상부로부터 모종의 임무를 받았다. 그것은 임지연 박사를 미국으로 긴급 피신시키라는 것이었다. 김미연은 임지연이 주요 인물이니 미국으로 보내 보호하려는 것으로 이해했다.

"그런데 굳이 저를 내보내려고 하는 건 한국 정부의 뜻인가요? 아니면, 미국의 요청 때문인가요?"

임지연 박사의 물음에 김미연은 곤혹스러운 표정을 지어 보였다. 솔직히 자신의 위치에서는 그런 고급 정보를 알 수 없다.

원래 임지연 박사는 미국의 1차 NEO(비전투 인원 소개 작전)에 이름이 올라 있었다. 미국 정부가 미국 시민권자도 아닌 그녀를 데리고 가려 했던 것은 정보 계통에 몸담은 사람들 간의 공공연한 비밀이었다. 그러나 임지연은 보란 듯이 거절했다. 김미연은 죽어도 한국을 떠나지 않을 것 같았던 그녀가 갑자기 심경의 변화를 보인 이유가 궁금했다.

"그건 저도 모르겠네요. 그런데…… 왜 마음을 바꾸신 거죠?"

한국에 남았다는 이유 하나만으로 애국자라 불리는 것과 달리 임지연은 한국 정부를 좋아하지 않았다. 강유진이 남산에서 제거된 뒤로 임지연은 자신이 맡았던 모든 일에서 손을 놓았다. 국정원은 물론 연구소에도 나가지 않았다. 누가 봐도 될 대로 되라는 심보였다.

"한국이 싫어졌어요."

임지연 박사는 그 말을 끝으로 다시 입을 열지 않았다.

그 침울한 분위기에 감염된 김지연도 침묵했다.

김미연은 차창 밖으로 스쳐 지나는 황폐한 풍경을 바라보며 내심 중얼거렸다.

'이건 인과응보야…….'

한국은 강유진이라는 한 사람을 버림으로 임지연이라는 희대의 천재에게 버림받았다. 솔직히 자신도 지금의 한국 상황을 보면 허탈하기만 하다. 선진국으로 진입하기 위해 강유진을 희생시켰는데, 한국은 지금 70년대로 돌아갔다고 해도 과언이 아니다.

고속도로를 달리던 자동차가 검문에 걸려 정차했다.

검문소에 세워진 커다란 이정표에는 부산 국제공항 10Km라고 적혀 있었다.

K2 소총을 들고 국군 두 명이 다가왔다.

"충성! 일반 차량의 진입은 금지되어 있습니다! 차량 운행 허가증을 보여 주시기 바랍니다!"

조수석에 앉아 있던 정장 차림의 남자가 품안에서 한 장의 서류를 꺼내 창밖으로 넘겼다.

잠시 후 바리케이드가 걷혔다.

"충성!"

검은색 중형 세단의 뒤로 국군의 우렁우렁한 경례 소리가 따라붙었다.

10분쯤 지나 임지연 박사를 태운 중형 세단은 부산 국제공항의 주차장으로 들어갔다. 이미 일반 차량은 모두 징발되고, 군용 차량 수십 대가 가지런히 주차되어 있었다.

김미연은 임지연 박사와 함께 청사로 걸어갔다.

주차장에서 청사로 가는 길은 온통 군인들뿐이었다.

마주치는 군인들마다 모처럼의 미녀에 놀라 눈을 휘둥그렇게 떴지만 그뿐이다. 끝이 보이지 않는 전쟁은 군인들의 마음에서 여유를 앗아간 뒤였다.

*　　*　　*

"당신 뭐야! 줄 선 거 안 보여?"

"이거 왜 이래. 내가 당신보다 먼저 왔어."

"뭐? 당신? 야! 너 몇 살이야? 아무리 전쟁 통이라고 해도 아래위가 있지! 어디서 당신이야!"

"뭐? 야? 지금 야라고 했어? 나 40살이다. 그러는 당신은 몇 살인데?"

"나는 42살이다."

"아이, 씨발, 나는 또 오십 대라도 되는 줄 알았네."

"뭐? 씨발?"

길게 늘어선 줄에서 남자 둘이 마주보며 욕설을 날리고 있었다.

금방 주먹다짐을 할 것 같은 분위기지만 두 남자는 섣불리 상대를 치지 않았다.

"에혀! 씨발, 내가 참는다. 원, 별 거지 같은 것들까지 다 미국으로 보내 주니까 이런 일이 생기는 거지. 한국은 이래서 안 된다니까."

"거지? 야, 씨발. 전쟁 통에 이렇게 잘 입은 거지 본 적 있냐?"

40살이라고 한 남자가 지지 않고 되받아쳤다. 아닌 게 아니라 40살 남자의 옷은 명품이었다. 오히려 42살 남자의 옷차림이 수수해 보였다.

말싸움이 길어지자 두 남자의 가족들이 나섰다.

"여보, 그만해."

"아빠, 엄마가 오래요."

두 남자는 삼십 대 여자와 십 대 소녀의 손에 이끌려 떨어졌다. 잡아끄는 여자들의 힘이 강하지 않음에도 싸움은 흐지부지 끝이 났다. 전쟁의 스트레스보다 소란을 피우면 불이익을 당하게 될지도 모른다는 걱정이 더 컸던 탓이다.

남자와 그 가족들은 근처에 팔짱을 끼고 서 있는 미군헌병의 눈치를 살폈다. 다행히 미군헌병은 그런 일을 많이 보아 온 듯 눈도 끔뻑하지 않았다.

사실 미군헌병들은 피난민들의 가벼운 다툼을 어느 정도 이해하고 있었다. 부산 국제공항에서 미국행 비행기를 기다리고 있는 사람들은 수천 명에 달한다. 하지만 피난민을 실어 나르는 특별기는 하루 다섯 차례밖에 운항을 안 한다. 다섯 차례라고 해 봐야 하루에 고작 천여 명. 그러는 동안 또 새로운 피난민이 합류한다. 그러다 보니 대기자는 언제나 수천 명의 숫자를 유지하고 있다.

스미스 상병이 축 처져 있는 두 남자를 보며 중얼거렸다.

"참 불쌍한 사람들입니다."

팔짱을 끼고 있던 존 병장이 고개를 저었다.

"그래도 부산항으로 가야 하는 사람들보다는 행복한 거야. 거기는 진짜 쓰레기장 같다고."

존 병장의 말에 "아!" 하는 탄성과 함께 스미스 상병이 고개를 주억거렸다. 확실히 이곳에 있는 사람들은 부산항에 있는 사람들보다 낫다. 미국까지 비행기를 타고 가느냐, 배로 가느냐는 하늘과 땅 차이였다. 시간은 물론 그들이 받는 대우까지도 말이다.

"그러고 보니 여기 있는 한국인들은 성공한 사람들이네요."

"기업체 사장이나 연구원들 가족이 대부분이지."

두 사람이 떠드는 동안 미군 하나가 대기자들에게 번호표를 나누어 주기 시작했다.

왁자지껄 떠들던 사람들이 한순간 조용해졌다.

스미스 상병이 무심코 입을 열었다.

"성찬식이라도 하는 것 같은 분위기네요. 이것은 내 몸이다. 이것은 내 피다……."

스미스 상병의 농담에 독실한 크리스찬인 존 병장이 쓴웃음을 지어 보였다.

아닌 게 아니라 두 손으로 번호표를 받는 한국인들의 표정은 경건해 보이기까지 했다.

번호표를 받은 사람들은 희망이 가득한 얼굴로 가족들의 손을 잡고 자리에서 떠나갔다.

스미스 상병의 농담 때문일까? 그 모습이 어쩐지 성체(聖體)를 들고 자리로 돌아가는 독실한 기독교인들 같았다.

수백 명의 사람들이 빠져나간 자리는 이내 새로운 사람들로 가득 찼다. 마르지 않는 샘물을 보고 있는 기분이다.

"놀랍군, 정말 놀라워."

중얼거리고 있는 존 병장의 앞으로 두 여자가 다가왔다.

존 병장은 두 여자의 미모에 조금 긴장했다.

“아가씨들, 뭘 도와 드릴까요?”

존 병장의 입에서 저도 모르게 작업을 걸 때 사용하던 말이 튀어나왔다.

평범한 한국인이 자신들의 앞까지 왔다면 손짓으로 다가오는 걸 막았을 것이다. 그러나 상대는 여신 급 미모의 여자들이다.

경호원처럼 보이던 여자가 품안으로 손을 집어넣었다.

그 순간 존 병장의 손은 반사적으로 허리에 찬 권총집으로 내려갔다.

그러나 다행히 여자가 내민 것은 초록색의 종이 한 장이었다.

종이를 받아들고 내용을 확인하던 존 병장의 얼굴이 가볍게 굳었다.

한국으로 파병 오기 전에 배웠던 ‘비전투 인원 소개 작전(NEO) 지침’의 교육 내용이 벼락 치듯 머릿속으로 떠올랐다. 여자가 불쑥 내민 초록색(Green)의 허가서는, 특별히, 무조건적인 우선 탑승의 권한을 포함하고 있었다. 놀란 가슴을 진정시키고 차분히 살펴보니 발행일이 무려 아시아 전쟁 발발 한 달 전이다. 그래서일까? 서류에는 ‘오산이나 미 공군 기지로 직접 안내하라’고 되어 있었다.

‘역시! 전쟁 전에 만들어진 것이라 오산을 지정했나 보군.’

지금은 오산에 미 공군 기지가 없다. 얼마 전 북중 동맹군의 폭격으로 활주로가 파괴된 까닭이다.

존 병장은 두 미녀가 그래서 부산까지 내려온 것이라고 생각했다.

"뭡니까? 병장님?"

스미스 상병이 들뜬 얼굴로 다가왔다. 모처럼 만의 미녀들인지라 한 자리 끼고 싶은 눈치다.

존 병장이 굳은 얼굴로 답했다.

"상병, 미 국무부(Department of State)가 발행한 특별 탑승 허가증이다. 나는 이분들을 안으로 모실 테니까, 자네는 계속 수고해 주게."

"예!"

스미스 상병이 놀란 눈으로 두 미녀를 바라보았다.

아시아 전쟁이 시작된 이후 미국 국무부가 발행한 특별 탑승 허가증은 세 가지 등급으로 구별되어 있었다. 무조건적인 우선 탑승은 그린, 우선 탑승은 옐로우(Yellow), 탑승 허가는 레드(Red)다.

한국에서의 1차 NEO(비전투 인원 소개 작전) 때에도 옐로우 티켓을 가진 사람은 고작 다섯에 불과했다. 그들은 주한(駐韓) 대사관 가족들이었다. 대사 가족들보다도 더한 대접을 받는 사람들이 왜 아직도 한국에 남아 있었단 말인가?

길게 줄지어 서 있던 한국 사람들은 미군을 따라가는 두 여자를 보며 손가락질했다.

"뭐야?"

"보면 몰라? 양공주겠지."

"아빠, 양공주가 뭐야?"

"응, 그건, 그러니까…… 넌 몰라도 돼."

"누구래?"

"양공주라는데?"

한국말을 모르는 스미스 상병은 멍한 눈으로 멀어져 가는 두 미녀를 바라볼 뿐이었다.

*　　*　　*

명품 옷으로 도배를 한 사십 대 남자 이도훈이 고개를 갸웃거렸다.

계속해서 그러는 이도훈이 신경 쓰이는지 그의 처 김연아가 물었다.

"여보. 아까부터 왜 그래요? 뭐 두고 온 물건이라도 있어요? 있다고 해도 잊어버려요. 이미 비행기에 올라탔으니까."

"아니, 그게 아니라, 아까 이 앞자리로 간 사람들 중 하나가 낯이 익어서.”

“앞자리요?”

김연아가 손가락으로 비즈니스석 쪽을 가리켰다. 이 피난의 와중에도 비즈니스석을 이용하는 사람들이라니? 그들이 누군지 궁금하기는 했다. 자기 남편처럼 세계에 여러 개의 기업체를 가지고 있는 사람도 일반석을 타고 가는 마당에 말이다.

“정재계 인사들 중에 아는 분이 탔나 보죠?”

“그건 아니고, 여자인데 얼굴이 좀 낯이 익어서.”

“여자? 아! 아까 두 여자?”

“응, 어디서 봤는데…….”

“엄청 예쁘던데, 그죠?”

“에이, 그래도 내 스타일은 아니야.”

이도훈이 황급히 보신 발언을 했다.

그제야 김연아의 얼굴에 부드러운 미소가 떠올랐다.

이도훈은 김연아의 질투가 수그러드는 것 같자 다시 고개를 갸웃거렸다.

“근데 진짜 누구지?”

임지연 박사의 경우 몇 번 월간지에 사진이 실린 적이 있다. 그러나 사진과 실물은 미묘한 차이가 있는 법이다. 덕분에 이도훈과 김연아도 비즈니스석의 그녀가 대한민국이 낳은 세계적인 과학자 임지연이라고는 상상도 하지 못했다.

*　　*　　*

"……비행기가 곧 착륙할 예정이오니 승객 여러분들께서는 자리에서 일어나지 마시고……."

까무룩 잠이 들었던 김미연은 기장의 안내 방송에 눈을 떴다.

'아아, 드디어 LA인가?'

그러고 보니 허리가 아프도록 잠을 잤다.

김미연은 기지개를 켜다가 힐끗 옆자리로 시선을 돌렸다. 임지연 박사는 생각에 잠긴 얼굴로 창밖을 내다보고 있었다.

"어머, 죄송해요. 이번엔 좀 오래 잤나 보네요. 요즘은 눈만 감으면 잠이 쏟아져서."

김미연이 변명을 하며 입술의 양 끝을 손가락으로 매만졌다. 혹시라도 침을 흘리고 잤을까 봐 점검하는 것이다.

휴대전화를 켜서 시간을 확인한 임지연 박사가 담담한 어조로 말했다.

"경유지도 없이 13시간이나 비행을 했네요. 시간상 우리는 미국이 아니라 유럽의 어디쯤에 가게 되는 것 같아요."

"네에? 미국으로 간다고 들었는데요? 분명히 탑승 수속 때도 미국이라고 했잖아요?"

"전쟁 통에 뭔들 제대로 되겠어요."

"아무리 그래도……."

김미연은 손목시계를 확인했다.

정말 13시간이나 지나 있었다.

'날짜 변경선 지날 때 시간을 잘못 맞췄나?'

속으로 별생각을 다 해 봤지만 임지연 박사가 착각한 것 같지는 않았다. 힐끗 고개를 들어 보니 비행기의 시계도 같았다.

'정말 13시간 비행을 했네!'

비행기가 고도를 낮추자 이곳이 LA가 아니라는 건 더 분명해졌다. 몇 달 전에 보았던 LA의 모습과는 너무도 다른 풍경이었다.

묵묵히 창밖을 내려다보던 임지연 박사가 중얼거렸다.

"여긴 런던이군요."

"런던요?"

임지연 박사는 더 이상 아무런 설명도 해 주지 않았다. 대신 그녀는 귀찮고, 피곤하다는 표정으로 눈을 감았다.

그제야 김미연은 '임지연 박사가 한국의 공무원들에게 호의적이지 않다.'는 사실을 떠올렸다. 자신과 같은 5과 출신들에게는 더더욱.

*　*　*

뜻밖에도 런던국제공항에 내린 한국인 피난민들을 맞이한 것은 영국의 군인들이었다. 그들은 한국인 피난민들을 비행장 외곽에 세워진 임시 막사로 데리고 갔다. 막사에는 전날 도착한 것으로 보이는 사백여 명의 한국인들이 갈아탈 비행기를 기다리고 있었다.

가는 도중에 흥분한 몇몇 피난민들이 "왜 LA가 아니라 런던이냐?"며 영국 군인들에게 항의를 했다. 그때마다 영국 군인들은 "임시 숙소로 가면 미 국무부의 관리가 모든 것을 설명해 줄 것이다."라는 숙련된 답을 반복했다.

"안녕하십니까? 저는 미 국무부의 에릭 크라우드라고 합니다. LA로 가는 줄 알았는데 런던으로 와서 놀라셨을 줄 압니다. 예기치 않은 상황에 여러분이 큰 충격과 상처를 받았을 것입니다. 미리 양해를 구하지 못한 점에 대해서는 미안하게 생각하고 있습니다. 결론부터 말씀드리자면 LA에 긴급하게 마련된 보호 시설은 포화 상태에 이르렀습니다. 그래서 미 국무부는 유럽연합과 협의하여 임시적으로 페로제도(Faeroe Is)에 대규모 보호 시설을 새로이 건설하게 되었습니다. 촉박하게 일이 진행되어 사전에 알려드리지 못한 점을 양해해 주시면 고맙겠습니다. 페로제도로 떠나는 비행기는 하루에 세 대가 있습니다. 런던 도착 시간을 기준으로 최대 24시간 정도를 기다리면 페로제도행 비행기를 타실 수 있겠습니다. 감사합니다."

준비한 말을 마치고 에릭 크라우드는 돌아섰다.

기다렸다는 듯이 수십 명의 사람들이 손을 들었다.

"잠깐만요!"

"여기요! 질문 있습니다!"

"에릭 크라우드 씨!"

수십 명의 외침에 에릭 크라우드는 다시 제자리로 돌아와야 했다.

"어쩔 수 없군요. 같은 질문이라고 생각되는 분은 손을 내려 주시기 바랍니다. 앞에 검은 재킷을 입으신 신사분, 질문이 뭡니까?"

에릭 크라우드가 가리키자 이도훈이 자리에서 일어섰다.

"나는 미국 시민권자이며, 미국에 사업체도 가지고 있습니다. 뉴욕에는 내 아파트도 있습니다. 그런데 왜 내가 보호 시설에서 지내야 하는 겁니까?"

이도훈의 말에 백여 명의 한국인들이 "나도 미국에 살 집이 있다."고 소리쳤다. 그들 중에는 실제로 주택을 소유한 사람도 있었지만, 대부분의 사람들은 친인척이나 지인의 집에 머무를 계획으로 미국행을 택한 사람들이었다.

손을 들어 장내의 소란을 가라앉힌 에릭 크라우드가 담담한 어조로 답했다.

"알겠습니다. 역시 제 설명이 부족했군요. 잘 들어 주십시오. 지난달 10일에 미국 내 테러 방지 특별법이 발효(發效)되었습니다. 테러방지 특별법에 의하면 아시아인들, 특별히 북한인의 핵 배낭 자살폭탄 테러를 방지하기 위해, 미국에 입국하는 모든 아시아의 피난민들은, 의무적으로 일정 기간 동안 보호 시설에 거주하도록 되어 있습니다. 물론 군 관계자나 사업 목적으로 출입하는 아시아인들은 예외입니다. 여러분들은 모두 입국 목적이 긴급피난에 해당되는 분들이며, 그에 맞게 목적지가 LA에서 페로제도로 변경된 것입니다. 자, 다른 질문 계십니까?"

대부분의 한국인들이 슬그머니 손을 내렸다.

"네, 아직도 십여 분이나 남았군요. 이번에는 반대편의 아름다운 여성분, 무엇이 궁금하십니까?"

에릭 크라우드가 김미연을 가리키며 부드러운 미소를 지어 보였다.

김미연이 황당하다는 표정을 숨기지 않고 물었다.

"한 달 전에 그런 법안이 통과되었다면 당연히 한국에도 알렸어야 되는 것 아닌가요? 어떻게 지금까지도 그런 법이 있다는 것을 우리가 모를 수 있는 거죠? 게다가 우리는 이곳에 도착하기 전까지는 목적지 변경에 대한 어떤 설명도 듣지 못했어요. 한 달 동안이나 피난민들을 페로제도로 보내 왔다면, 한국에서 그에 대한 충분한 안내가 되었어야 하는 것 아닌가요? 아무리 전시 중이라고 해도 이건 지나치게 비정상적인 일로 보이는데요? 그렇지 않습니까?"

"테러 방지 특별법에 의하면 '아시아 전쟁의 주요 대상국들에게는 보호 시설에 관한 일체의 정보를 알리지 말 것' 으로 되어 있습니다. 북한과 중국의 핵 배낭 테러가 다른 방법으로 진행된다면 손쓸 수 없게 되기 때문입니다."

에릭 크라우드의 말이 끝나자 이곳저곳에서 수군거림이 들려왔다.

"뭐야, 그러니까 우리를 테러범 취급하는 거야?"

"우린 미국 시민권자인데 뭐 이런 개떡 같은 경우가 다 있대?"

"참아요, 그래도 한국보다는 낫잖아."

"뭐, 그렇기는 하지만. 그래도 자존심 상하네."

"어휴! 한국은 지금 개판이에요. 무정부 상태나 마찬가지라니까요."

"그래도 군인과 경찰이 있는데 어떻게 무정부 상태가 돼요?"

"서울 같은 대도시나 그렇죠. 지방은 완전히 끝장났어요. 동맹군과 평화유지군이 엎치락뒤치락하는 통에 남아난 게 없다니까요. 부서지고, 깨지고, 살아남은 사람들은 남쪽으로 피난 가고, 그 와중에 막 뒤죽박죽이 돼서…… 이젠 뭐가 뭔지도 몰라요."

"지방에도 경찰은 있잖아요?"

"무장 간첩들이 경찰을 암살하고 다니는 거 몰라요? 살아남은 경찰들은 경찰서에서 밖으로 나다니지도 못한다고 하더라고요. 뭐, 군인에 비해 상대적으로 제압하기 쉬우니까 경찰이 우선 타깃이 된 모양이더라고요."

"경찰도 총 있잖아요?"

"그래도 군인들처럼 몰려다니지는 않으니까. 총도 다 털리고 그런다는데 말 다했죠."

에릭 크라우드는 갑자기 자기들끼리 수군거리는 한국인들을 둘러보다가 계면쩍은지 어깨를 으쓱해 보였다.

"더 이상 질문이 없다면……."

에릭 크라우드가 떠나려고 하자 김미연이 다시 손을 들고 말했다.

"우리는 미 국무부의 초대를 받았는데요. 그래도 역시 페로제도의 보호소로 가야 하는 건가요?"

김미연의 갑작스러운 물음에 에릭 크라우드는 잠시 당황했다. 여기서 국무부의 이름이 왜 튀어나와야 하는지 이해할 수가 없었다. 1, 2차 NEO(비전투 인원 소개 작전) 이후에 미 국무부는 공식적으로 이 일에서 손을 뗐기 때문이다.

"실례합니다만 무슨 말씀이신지?"

"여기 이 서류에 의하면 우리는 분명히 미국으로 갈 수 있는 것으로 아는데요."

김미연이 예의 그 초록색 서류를 꺼내서 흔들어 보였다.

에릭 크라우드는 미모의 아가씨를 향해 성큼성큼 다가갔다.

눈으로 서류를 직접 확인하기 전에는 뭐라고 해 줄 말이 없었던 것이다.

초록색 서류를 읽은 에릭 크라우드가 묘한 눈으로 두 미녀를 바라보았다. 아무래도 이 두 미녀는 1차 NEO의 대상이었던 모양이다. 하지만 현재 미국은 비공식적으로 NEO를 끝낸 상태였다. NEO를 종료한 직후 양계장 작전(Poultry Farming Operation)이 시작 되었다. 양계장 작전(PFO)은 그 조잡한 이름 그대로 피난민들을 미국이 정한 보호소에 수용하는 것이다.

'이 문제를 어떻게 한다?'

양계장 작전은 그 이름의 조잡함과 별것 아닌 내용과는 다르게 극비 중의 극비였다. 그런 이유로 아시아는 미국과 유럽연합이 양계장 작전이라는 이름으로 보호소를 운영하고 있다는 것을 모른다.

'왜 그걸 비밀로 하는지 나도 이해할 수 없지만…….'

그래도 테러로부터 국민을 지키기 위한 것이라니 따를 수밖에 없지 않은가?

그런데 눈앞의 두 미녀는 보호소에 대한 반감이 극에 달한 것으로 보였다. 하긴 누구라도 그럴 것이다. 집과 수용 시설은 하늘과 땅의 차이니 말이다. 설상가상(雪上加霜)이라고 국적조차 한국인이다. 이 두 미녀는 엉성한 이중 국적자가 아니라 뼛속까지 한국인인 것이다. 이대로 진행된다면 양계장 작전이 외부에 알려지는 건 시간문제다. 오래전에 끝나 버린 NEO 프로그램을 따라 미국에 온 두 여자가, 하필 양계장 작전에 대해 알아 버렸다니!

한참 동안 고민하던 에릭 크라우드는 자신이 두 미녀의 일을 처리할 수 없다는 것을 깨달았다.

"두 분의 일은 상부에 보고한 후에 다시 알려 드리도록 하겠습니다. 그때까지는 불편하시더라도 다른 분들과 함께 행동해 주시면 감사하겠습니다."

에릭 크라우드는 두 미녀에게 목례를 해 보인 후 자리를 떠나갔다.

"어떻게 된 일이죠?"

임지연 박사의 물음에 김미연이 고개를 저었다.

"저도 잘 모르겠어요. 한국 정부는 아직 이런 사실을 모르고 있을 거예요."

"모르는 척하고 있는 건지도 모르죠. 위정자(爲政者)들의 속성이란 본래 그렇잖아요. 자신의 이익이 걸린 일에만 열중하고 나머지는 될 대로 되라는 식."

"듣고 보니 그럴지도 모르겠네요."

김미연이 씁쓰름한 미소로 고개를 끄덕였다. 그녀도 강유진이 토사구팽(兎死狗烹)을 당한 이후로는 정부를 믿지 않고 있었다.

"가요. 아쉬우면 찾아오겠죠."

말과 함께 임지연 박사는 주섬주섬 짐을 꾸려 움직이는 한국인들의 후미에 따라붙었다. 런던 공항 어딘가에 마련된 임시 보호소로 향하는 것일 게다. 분위기를 보아하니 이곳에서도 배정받은 번호표대로 탑승을 하게 될 모양이다.

임시 보호소에 도착한 임지연 박사는 저도 모르게 한숨을 길게 내쉬고 말았다. 단순 무식하게 지은 건물과 그 안에 빽빽이 들어찬 한국인들이라니! 이건 마치 초등학교 시절에 경기도 외곽에서 보았던 양계장을 보는 느낌이다.

제3화

빅맨(Big man)

신임 미국 국무부 장관 워렌 베이커(Warren Baker)가 특별한 초록색의 티켓에 대한 보고를 받은 것은 점심 직전이었다.

워렌 베이커는 행정담당(Management) 차관 제임스 블레인(James Blaine)이 가지고 온 초록색 티켓의 복사본과 그와 관련된 몇 건의 행정 서류를 읽자마자 자리에서 벌떡 일어섰다.

"이거 큰일 났군! 임지연 박사는 무슨 수를 써서라도 모셔 와야 할 사람인데! 정말 큰일이군! 어쩌다가 일이 이렇게 된 거지? 임 박사가 런던에 입국한 지 며칠이 지났지?"

"서류상으로는 사흘 전에 런던에 도착했습니다. 지금쯤 페로제도의 보호 시설로 이송 조치되었을 겁니다. 페로제도의 보호소로 영접할 사람을 보낼까요?"

"사흘이라고? 정말 미치겠군!"

"고작 사흘입니다. 듣기로는 보호소의 생활도 그렇게 나쁘지만은 않다고……."

"닥치게! NEO에 관한 운영 지침을 내릴 때, 몇 번이고 '그린 티켓의 소지자에 대해서는 무조건 미군 기지로 호송하라'는 훈령이 나가지 않았나? 대체 왜 일처리를 이 모양으로 한 거지?"

상관인 워렌 베이커가 소리를 지르자 제임스 블레인이 주눅 든 얼굴로 답했다.

"……하지만 사람들은 NEO가 종료되었다고 알고 있습니다. 이번에 임 박사 일행을 페로제도로 보낸 것도 그런 이유에서일 겁니다."

"젠장! 알고 있어! 그래도 공식적으로 NEO는 아시아 전쟁 종료까지 지속되는 거라고! 누구라도 그린 티켓을 봤으면 무조건 미군 기지로 호송했어야지!"

"그야 그렇지만…… 그런데 장관님, 페로제도에 무슨 문제라도?"

워렌 베이커나 길길이 날뛰자 제임스 블레인은 묻지 않을 수 없었다. 대체 왜 워렌 베이커는 세상이 끝난 것처럼 호들갑을 떨고 있는 것일까? 임지연 박사가 미국의 국익에 대단히 큰 영향을 미칠 거라는 것은 자신도 안다. 그럼 늦었지만 가서 모셔 오면 될 일이 아닌가?

"아무 문제도 없네. 자네는 이번 일에 대해 잊어버리게."

"알겠습니다."

"나가 보게."

"예."

제임스 블레인이 나가자 워렌 베이커는 즉시 CIA(미국 중앙 정보국)국장 데이비드 레이어스에게 전화를 걸었다.

초조한지 입술을 질겅질겅 물어뜯던 워렌 베이커는 레이어스가 전화를 받자마자 거두절미(去頭截尾)하고 본론을 꺼냈다.

"레이어스, 골치 아픈 일이 생겼네. 지금 당장 자네의 도움이 필요해."

"무슨 일인데 그렇게 호들갑인가? 부인이 이혼이라도 하자던가?"

"그린 티켓을 가진 한국인이 페로제도로 보내졌네."

"……."

CIA국장은 뜻밖의 말에 놀랐는지 잠시 아무런 말도 하지 않았다. 그도 그린 티켓이 미국에게 어떤 의미인지 잘 알고 있었던 것이다.

잠시 후 레이어스가 격앙된 음성이 물었다.

"대체 어떤 멍청한 놈들이 일처리를 그렇게 한 거지? 그린 티켓의 한국인이라면 보나마나 임지연 박사로군! 1, 2차 NEO에 참여하기를 거부했다더니…… 결국 이렇게 일이 꼬이는군."

"맞네. 그녀가 개발한 나노융합 플라즈마 전지는 인류의 미래 그 자체일세. 그런데 미국보다 무려 50년 이상 앞서 있다는 그 기술이 사라질 위기에 처해 있네. 그 기술만으로도 미국은 세계 1등 국가의 지위를 100년 이상 누릴 수 있다고. 무조건 그녀를 살려서 데리고 와야 하네."

"알겠네. 스페셜 요원들을 보내겠네. 하지만 페로제도는 이미 우리의 능력 밖에 있어. 요원들이 그녀를 데리고 나올 수 있을지 없을지도 장담하지 못해."

"자네가 데리고 있는 스페셜 요원들이 할 수 없다면 누구도 할 수 없는 일이겠지. 그 정도는 각오하고 있겠네."

"좋아! 최선을 다할 테니 너무 염려하지 말게."

"그런데, 페로제도에 대한 이상한 소문이 떠돌던데……. 그에 대해 아는 바가 있나?"

"보호소가 설치된 지역은 아시아 전쟁 직후부터 UN의 감시단만 출입이 가능한 곳으로 변했다네. 유럽의 큰손들이 투자 기금을 조성해서 매입했다는 설도 있고…… 아마도 그래서 온갖 루머가 나돌고 있는 거라고 생각하네."

"역시 자네도 루머 이상은 모르나 보군."

"관광객은 물론 덴마크 정부 관리들조차 함부로 출입하지 못한다니 말 다했지."

"UN감시단은 그곳에서 정확하게 무얼 하고 있지?"

"보호소가 잘 운영되고 있는지를 감독하고 있지 않겠나?"

"UN감시단이 상주해 있는데도 루머가 나돈다면, 뭔가 UN감시단의 운영에도 이상이 있다는 게 아닌가?"

"그야 UN에서 해결할 문제고."

"쩝, 하여튼 잘 부탁하네. 필요하다면 임 박사의 인도를 요청하는 공문을 보낼 수도 있네."

"아! 만일을 대비해서 그걸 준비하는 게 좋겠군."

"우리 요청을 페로제도의 보호소에서 거절하지는 못할 테지?"

"그러기를 바라야지. 그들이 거절할 때를 대비해서 우리 요원들을 보내려는 거고."

"제길, 간단하게 끝날 수도 있는 일이었는데, 너무 꼬여 버렸어. 하필 페로제도의 보호소라니……."

"페로제도에서 그녀의 가치를 모르기만을 기도하게. 알게 된다면 몸값을 상당히 원할 지도 모르니까 말이야."

"뭐라고? 임 박사가 미국에 오기를 원하고, 미국이 그녀의 신병 인도를 요청하는데, 그들이 순순히 인도하지 않을 수 있다는 소리인가?"

"……오늘 저녁이나 함께 들지. 어떤가?"

레이어스의 갑작스러운 저녁 식사 제의에 워렌 베이커는 잠시 망설였다. 정보국의 수장이 뜬금없이 저런 소리를 할 때는 그만한 이유가 있을 것이었다.

“좋네. 우리가 자주 가던 그곳에서 만나도록 하지. 시간은?”
“저녁 8시가 좋겠군. 그렇게 알고 자리를 예약해 두겠네.”
“그러게.”
저녁 약속을 끝으로 워렌 베이커는 레이어스와의 통화를 끝냈다.
수화기를 내려놓는 워렌 베이커의 얼굴은, 전화를 걸기 전보다 더 어두웠다. CIA국장이 눈치를 봐야 할 정도로 페로제도의 상황이 심각한 것일까?
워렌 베이커는 자리에 앉아 인터넷으로 페로제도를 검색했다.
‘세상에 이럴 수가!’
없었다.
관광지로 나름 명성을 떨치던 페로제도의 이름은 어느새 인터넷에서 사라져 있었다. 누군가 페로제도에 관한 정보를 삭제시켜 버린 것이다.

* * *

워렌 베이커는 저녁 7시 50분쯤 레이어스와 약속한 레스토랑으로 갔다. 그의 품속에는 ‘임지연 박사의 인도 요청’ 공문이 들어 있었다.
단정한 옷차림의 웨이트리스가 이름을 대자 예약석으로 안내를 했다.
레이어스는 워렌 베이커보다 5분 늦은 7시 55분에 도착했다.
워렌 베이커는 의자를 끌어다가 앉는 레이어스를 보며 피식 웃었다.
"여전하군."
대학 시절부터 레이어스는 언제나 약속 시간 5분 전에 등장하곤 했다.
"시간은 소중한 거니까. 최대한 활용해야지."
레이어스가 착석하자 웨이트리스가 메뉴판을 들고 다가왔다.
두 사람은 아주 오래전처럼 스테이크와 맥주를 시키고 멀뚱멀뚱 서로를 바라보았다.
먼저 입을 연 사람은 워렌 베이커였다.
"담배는 안 피나?"
"지난달에 끊었네. 건강 검진을 괜히 했어. 집사람 등쌀에 견딜 수가 있어야지."
"그랬군. 건강이 우선이지."
그러면서 워렌 베이커는 담배를 꺼내 물었다.
워렌 베이커가 담배에 불을 붙이자마자 웨이트리스가 다가와 속삭였다.
"죄송합니다만 실내에서는 금연입니다."
"아, 미안합니다. 전에는 여기서 막 피고 그랬는데……."

웨이트리스가 배시시 웃으며 말했다.

"아주 오래전에 오셨었나 봐요."

워렌 베이커는 급히 담뱃불을 끄며 고개를 끄덕였다.

"좀 오래되긴 했지요."

"감사합니다. 좋은 시간 되세요."

웨이트리스는 다시 자기 자리로 가서 뭔가에 열중하는 모습이었다.

워렌 베이커가 한숨을 쉬며 중얼거렸다.

"하아! 낭만이 없는 시대가 되고 말았어."

한차례 담배 소동이 지나고 난 뒤로 음식이 나왔다.

그때부터 두 사람은 묵묵히 나이프로 스테이크를 잘라 입안에 넣고 그 맛을 음미하는 데 열중했다.

간간이 맥주로 목을 축이는 두 사람의 모습은 영락없는 동네 아저씨들의 모습이었다.

얼마쯤 시간이 지났을까?

맥주가 거의 바닥을 드러낼 무렵, 레이어스가 입을 열었다.

"그곳에서 임 박사를 내주지 않을 수도 있냐고 물었지? 그럴 수 있네. 대통령조차 그곳에 대해 언급하기를 피하고 있는 실정이야. 솔직히 그곳에 대해 말하는 것도 자유롭지 않다네. 우리에게조차 그곳은 금기시되고 있는 형편이지."

"어떻게 그럴 수 있나?"

“자네, 어릴 때 말이야, 어둠 속에서 세상을 지배하는 빅맨(Big man)에 대해 들어본 적이 있나?”

“빅맨? 초등학교 시절의 놀이를 말하는 건가?”

“그래, 바로 그 빅맨 말일세.”

“그게 왜?”

“빅맨은 있을지도 모르네. 그게 빅맨인지 혹은 다른 이름으로 불리는지는 모르지만 말일세. 솔직히 나는 그곳의 주인이 빅맨일 거라고 생각하고 있네.”

“허! 그 빅맨이 우리 미국 정부보다 강한 힘을 가지고 있다?”

워렌 베이커가 믿어지지 않는다는 얼굴로 레이어스를 바라보았다.

레이어스가 속삭이듯 나직한 음성으로 말했다.

“빅맨은 한 사람이 아닐 수도 있어. 우리는 그들을 ‘사도들’, 또는 ‘의회’라고 부른다네.”

“사도라면…… 설마…….”

“쉬잇.”

레이어스가 검지손가락으로 자신의 입술을 막아 보였다. 더 이상 말하지 말라는 뜻이다.

“그들이 세계를 좌우하고 있네. 다행히 우리에게도 손해나는 일이 아니라서 지켜보고만 있지. 그나마 불행 중 다행이라고 할까.”

"그들이 정착한 곳이…… 그곳이었나?"

"그렇다고 보고 있네."

"왜?"

"모르지. 그런 작은 섬 한 귀퉁이로 만족한다니 고맙다고 할 수밖에."

"보호 시설도 그들이 운영하고 있는 건가?"

"아마도."

"허어! 그렇다면 정말 신병 인도의 대가로 돈을 원할 수도 있겠군."

"이제야 자네도 상황을 이해하는 것 같군. 정확하게 봤네. 그들이 신기술에 연연하지 않는다면, 십중팔구 돈을 요구할 걸세. 과거 행적을 볼 때…… 그러고도 남을 사람들이지."

"임 박사를 미국으로 데리고 올 수만 있다면, 하와이를 팔아서라도 사 와야지."

"이 친구, 자기 땅이 아니라고 막말을 하는구먼."

"그 정도로 중요한 사안이라는 말일세. 여하튼 이쪽에서도 외교력을 집중할 테니, 자네도 힘 좀 써 주게. 임지연 박사야 말로 아시아 전쟁에서 얻을 수 있는 최고의 포상이 아닌가? 그걸 뻔히 눈뜨고 도둑맞을 수는 없네."

"염려 말게. 최고의 협상 전문가를 딸려 보낼 테니까."

"만약 협상에 실패한다면……."

"비극으로 끝나야겠지."

"……."

워렌 베이커는 포크로 접시에 남아 있던 마지막 스테이크 조각을 쿡 찍어 입으로 가져갔다. 그리고 고기를 질겅질겅 씹으며 중얼거렸다.

"하느님이 계시다면 자네와 나는 지옥에 가게 될 거야."

"너무 걱정하지 말게. 하느님도 그리 좋은 분은 아닌 것 같으니까."

*　　*　　*

"이곳은 정말 이상해요."

김미연이 잔뜩 주눅 든 얼굴로 사방을 힐끔거렸다.

임지연은 김미연이 무슨 말을 하고 싶어 하는지 알고 있었기에 왜냐고 묻지 않았다.

"제가 한국에서 불법체류자 보호 시설도 가 본 적이 있는데요. 거기도 이런 분위기는 아니었어요."

"거기는 어땠는데요?"

"대체로 체념하는 분위기였지만 그래도 돌아가는 상황 정도는 인식하고 있는 눈치더라고요. 고향에 연락도 하고. 그런데 여기는 완전히……."

김미연은 사방을 휘휘 둘러본 후에 나직이 말했다.

"수. 용. 소. 같잖아요."

"……."

임지연은 가타부타 말하지 않았다. 수용소 같다는 김미연의 말은 틀리지 않았다. 런던에 있을 때까지만 해도 전화 정도는 사용할 수 있었다. 그래서 사람들은 고향에 두고 온 가족과 지인들에게 자신이 처한 상황을 자세하게 설명했다.

그런데 페로제도라는 섬으로 오면서부터는 상황이 180도로 변했다. 휴대전화를 압수해 간 것은 아니지만, 페로제도에서는 휴대전화가 되지 않았다. 임지연은 그것이 강력한 전파방해 때문이라는 것을 알 수 있었다. 그래서 대부분의 휴대폰은 무용지물이 되고 말았다.

물론 수백 동이나 되는 보호소에는 각 건물마다 세 대의 유선전화 부스가 있다. 그러나 애석하게도 모두 먹통이었다. 그러다 보니 사람들은 외부와의 연락이 단절된 채 살아가야 했다. 초거대의 아파트 단지를 연상케 하는 보호소의 외곽은 놀랍게도 고압의 전기 철조망으로 둘러싸여 있었다. 그래서 사람들은 바깥으로의 출입을 꿈도 꾸지 못했다.

김미연이 보호소를 수용소라고 표현한 것은 그런 이유에서다.

"박사님, 오늘 이상한 소문을 들었어요."

"뭔데요?"

임지연은 정보원답게 하루 종일 밖으로 나다니는 김미연 덕분에 보호소의 생활이 지루하지 않았다. 그래서 이전의 서먹함은 많이 해소된 상태였다.

"한 달에 한 번씩 거주지를 재배치하잖아요."

"그런데요?"

"재배치라는 게 컨베이어(conveyor, 재료 또는 화물을 일정한 거리를 두고 자동으로 연속 운반하는 기계장치) 시스템처럼 두세 칸씩 옆으로 이동시키는 거래요."

"그런 것 같더라고요."

임미연이 알고 있다는 듯 고개를 끄덕였다.

"그런데 문제는 말이죠. 중앙 통제 센터 옆에 있는 마지막 회색 건물 있잖아요. 거기에 입주해 있던 사람들이 사라진다고 하네요."

"사라져요?"

"네, 거기에 입주한 분들은 다른 곳으로 보내진다나 봐요."

"다른 곳 어디요?"

임지연이 불안한 얼굴로 김미연을 바라보았다.

한 달을 주기로 숙소를 바꾸게 하는데, 마지막 한 동의 사람들이 사라진다? 아무리 생각해도 그건 보통일이 아니었다.

"말로는 신원이 확인된 사람들을 미국으로 다시 보내는 거라는데…… 그렇다고 하기에는 여기가 너무 격리되어 있잖아요. 전쟁이 끝날 때까지 가두어 둘 것처럼 하다가, 갑자기 미국 본토로 보내 준다니? 이상하지 않으세요?"

"그분들이 미국으로 갔는지 아닌지 알 수 있는 길은 없는 거죠?"

"네, 보호소는 유선 무선 모두 막혀 있어요. 아! 진짜 답답하다. 박사님, 저 하얀 보호소 건물들 좀 보세요. 무슨 닭장 같지 않아요?"

김미연이 짜증 난다는 듯 투덜거렸다.

그때 임지연과 김미연의 곁으로 한 사람이 다가오며 아는 체를 했다. 사업가 이도훈이었다.

"여어! 박사님들! 무슨 재밌는 거라도 있나요?"

이도훈은 왠지 낯이 익은 임지연을 주목하고 있다가 마침내 그녀의 신분에 관해 알게 되었다. 한국이 낳은 세계적인 과학자 임지연 박사. 그 뒤로 이도훈은 거의 매일 임지연을 찾았다. 그로서는 보호소에서 건질 만한 최고의 인맥이니 소홀히 할 수 없었던 것이다.

가볍게 눈인사를 한 임지연이 회색 건물을 가리켜 보였다.

"그냥 저 마지막 보호소 건물에 대한 이야기를 하던 중이에요."

"아! 천국의 계단요?"

"네? 저 건물이 천국의 계단이에요?"

"그렇게들 부르고 있습니다. 미국행 비행기를 타려고 줄서서 번호표를 받던 때처럼, 여기서 나가려면 저 건물에 입주(入住)를 해야 하니까요. 신원 조회가 끝난 사람들만 저곳에 들어갈 수 있다고 들었습니다. 입주 후에는 정말 미국행이니, 천국의 계단이라고 할 만하죠?"

임지연은 닭장처럼 늘어서 있는 보호소와 천국의 계단이라 불리는 마지막 건물을 번갈아 바라보았다. 이도훈의 말이 사실이라면, 저 건물은 정말 천국의 계단이라 불릴 만도 하다. 그러나 그게 아니라면? 닭장과 천국의 계단 사이의 묘한 부조화(不調和)에 임지연은 오싹한 전율을 느껴야 했다.

"어떤 분들은 보호소 시설에 들어오게 된 걸 부정적으로 생각하지만, 저는 다릅니다. 솔직히 피난민들 중에는 미국에 떨어뜨려 놓으면 오래 못 가 홈리스(homeless)가 될 분들도 많아요. 그럴 바에야 차라리 먹여 주고 재워 주는 보호소 생활이 백배 더 낫습니다."

"어머, 이 사장님은 수용소 생활이 좋으신가 봐요?"

이미연이 살짝 비꼬는 듯 말하자 이도훈은 정색을 하고 변명했다.

"최소한 여기서는 총에 맞아 죽거나, 폭탄이 터져 죽을 일은 없잖습니까? 한국은 망했어요. 6.25 저리 가라예요. 도시는 황폐화됐고, 경찰은 살해당하고, 시도 때도 없이 사람들이 죽어 나가죠. 이곳이 한국보다 훨씬 낫다는 걸 부정하는 사람은 없을 겁니다."

"하지만 자유가 없잖아요. 우리는 피난민이지 사육당하는 돼지가 아니라고요."

"솔직히 저는 배고픈 소크라테스보다 배부른 돼지가 백배 낫다고 믿고 있는 사람입니다. 젊은 분들은 배고픔이 얼마나 비참한 일인지를 잘 몰라요."

김미연은 지지 않았다.

"이왕이면 배부른 사람이 되어야죠. 왜 배부른 돼지를 꿈꿔요? 안 그래요?"

"아, 물론 그렇습니다. 배부른 사람이면 더 좋죠."

이도훈은 김미연의 집요한 공격에 쩔쩔매는 것 같았다.

하지만 그것도 잠깐 이도훈은 싱글벙글 웃으며 말했다.

"험, 험, 저는 운 좋게도 다음 차에 저곳으로 이사를 가게 될 것 같습니다."

"입주 허가서라도 받으셨어요?"

"네, 오늘 아침에 이주를 준비하라고 하더군요. 늦어도 다음 달이면 저도 미국으로 들어가는 셈입니다."

"축하드려요. 지겨운 보호소 생활도 끝나시겠네요?"

"저도 축하드립니다. 사모님과 애들이 좋아하겠어요."

임지연도 웃으며 인사를 건넸다.

이도훈은 두 미녀의 축하 인사에 부끄러운 듯 얼굴을 붉혔다.

"그런데 두 분은 아직 소식이 없나요? 두 분 정도면 벌써 조사가 끝났을 텐데…….”

임지연이 아무렇지도 않다는 얼굴로 답했다.

“저는 이곳도 마음에 들어요. 말씀하신 대로 숙소에 먹을 것까지 무상으로 제공받고 있으니까요.”

사실 임지연으로서는 한국이나 미국이나 별 감흥이 없었다. 한국에 대한 실망 못지않게 미국에 대한 반감도 컸다. 그래서-한국과 미국 모두로부터 자유로울 수 있다는 이유만으로-페로제도의 생활이 심정적으로 편안했다.

“하하, 그런가요? 역시 임 박사님은 과학자시라서 그런지 실용적이시군요.”

“흥! 저도 과학자 맞거든요.”

김미연이 입술을 삐죽이 내밀었다.

“하하, 제가 실언을 했군요. 두 분 모두 과학자셨지요. 그런데 해변의 전망을 가리는 저 건물은 뭡니까? 등대 같기도 한데 밤에 특별히 불을 밝히는 것 같지도 않고, 마지막 보호소 건물의 전망을 상당히 해치는 위치에 있는 것 같은데.”

이도훈이 천국의 계단이라 불리는 마지막 보호소와 바닷가 중간쯤에 삐죽 솟아 있는 검은색의 탑을 가리켜 보였다.

“글쎄요. 뭘까요.”

임지연과 김미연이 모르겠다는 듯 어깨를 으쓱해 보였다.

*　　*　　*

아시아 전쟁 이후 사도들은 그들의 회동 장소를 뉴욕 록펠러 센터 GE플라자에서 페로제도로 옮겼다. 정확하게는 페로제도의 서편에 약 50미터 높이로 마치 등대처럼 우뚝 솟아 있는 검은색의 탑이다. 사도들은 그 탑을 마탑(Magic Tower)이라고 불렀다.

당연히 마탑의 실질적인 주인은 마왕인 세티쉬 카르나크였다.

그 세티쉬 카르나크가 무료한 표정을 숨기지 않고 원탁에 둘러앉아 있는 사도들을 쓸어보고 있다.

사도회의 의장이자 마탑을 설계하고 건축한 후안 페르난데스는 그런 세티쉬 카르나크의 눈치를 살피며 조심스럽게 말문을 열었다.

"미국에서 대사를 보내 임지연 박사를 내놓으라고 하는데, 여러 사도들의 의견은 어떻소?"

"안 됩니다."

의장의 말이 끝나기가 무섭게 크림슨(crimson) 사도가 거부했다.

"임지연 박사를 데려오기 위해 몇 년이나 공을 들였던 걸 잊었습니까? 그녀가 제 발로 우리에게 찾아왔지만, 우리는 아직 그녀에게서 기술을 이전받지 못했습니다. 기술 이전이 끝난 뒤에는 더더욱 내줄 수 없고요. 임지연 박사가 페로제도를 벗어나는 일은 없어야 합니다.”

“나도 안 된다는데 한 표 던집니다. 임지연은 세계를 경영하는데 꼭 필요한 재원입니다.”

“맞습니다. 그녀는 미래의 에너지 그 자체입니다.”

후안 페르난데스가 슬쩍 세티쉬 카르나크를 바라보았다.

하지만 세티쉬 카르나크는 가타부타 말하지 않았다.

별수 없이 후안 페르난데스는 사도들의 입장을 정리해야 했다.

“여러 사도들의 생각이 그러시다면 임지연 박사는 보내지 않는 것으로 하겠소. 이렇게 결론 내려도 괜찮겠습니까?”

아무래도 세티쉬 카르나크의 침묵이 마음에 걸린 후안 페르난데스는 노골적으로 세티쉬 카르나크의 의견을 구했다.

“그깟 과학자 하나를 두고 호들갑 떨기는…….”

세티쉬 카르나크가 못마땅한 얼굴로 투덜거렸다.

아직도 그는 사도들이 왜 인간들처럼 경제활동에 목을 매는지 이해할 수가 없었다. 필요한 게 있다면 아무 때고 취할 수 있는 능력이 있으면서 말이다.

“하여간 마법사들은 이해할 수 없는 족속들이라니까…… 마음대로 해라.”

“그렇게 하겠습니다.”

후안 페르난데스가 조심스럽게 목례를 해 보였다.

그로서는 이성과 합리가 결여된 마신이 저주스러웠지만, 그를 깨운 건 다름 아닌 자신이었다.

후안 페르난데스가 사도들에게 뭐라고 말을 하려고 할 때였다.

"그런데 말이야. 뭔가 이상해. 나만 느끼고 있는 건가?"

갑작스러운 세티쉬 카르나크의 말에 후안 페르난데스가 의아한 얼굴로 물었다.

"마신이시여, 무엇이 이상하십니까?"

"너희가 벌벌 떨던 강유진 말이야. 그렇게 한 방에 훅하고 가 버릴 수도 있는 건가? 고작 토마호크 미사일 한 방에 그가 가 버렸다는 게 납득이 되질 않아."

"주한 미군이 보유하고 있던 전술핵을 사용했으니 별수 없었을 것입니다."

그날 남산타워에 발사된 건 전술핵이 탑재된 건 BGM-109G 그리폰 GLCM(Ground Launched Cruise Missile) 토마호크 미사일이었다. 1987년 중거리 핵전력 협정에 따라 이미 폐기된 것으로 알려진 것이 비밀리에 사용된 것이다.

"핵이라면 너희들이 가장 경멸해 마지않던 인간의 무기체계 아니었나?"

"물론 그렇습니다만, 동양에는 이이제이(以夷制夷, 어떤 적을 이용하여 다른 적을 제어함)라는 말이 있더군요."

"흥! 어째 점점 뻔뻔해지는군. 만약 사도들에게 그 전술핵을 발사한다면 어떻게 되나?"

"공간 이동의 마법이 발현될 최소한의 시간만 주어진다면, 피하는 건 어렵지 않습니다. 거듭 말씀드리지만 강유진에게는 그럴 만한 시간이 없었습니다. 아군이라고 믿고 있던 한미(韓美) 연합의 공격은 그도 생각지 못한 것일 테니까요."

"흐음! 최소한의 시간이라……."

후안 페르난데스의 설명을 듣고도 세티쉬 카르나크는 개운한 표정이 아니었다. 솔직히 핵무기의 위력 앞에서는 마신인 자신도 움츠러든다. 하지만 말 그대로 그 위력에 놀라 움츠러들 뿐이다. 사도들처럼 자신에게도 강력한 범위 공격을 피할 비기(秘技)가 하나쯤은 있었다.

잠시 생각하던 세티쉬 카르나크가 갑자기 그레이 사도를 향해 물었다.

"그레이, 너도 강유진이 폭사(爆死)했다고 생각하나?"

그레이 사도는 예의 그 표정을 알 수 없는 짙은 회색 얼굴로 담담하게 답했다.

"그날 죽었기만을 바랄 뿐이다. 그게 우리와 인류의 생존을 위한 최선이니까."

"그가 살아 있을 수도 있다는 듯이 들리는군."

"벌써 잊은 거냐? 제국이 발굴했던 타이탄의 무구(武具)들 가운데는 인간의 핵무기보다 더 뛰어난 '빛의 무구'들이 있었다. 그런 제국과 자그마치 10년간이나 전쟁을 벌인 존재가 에르 라크리마다. 만약 그가 정말 에르 라크리마라면, 우리는 건드려서는 안 될 것을 건드린 거야."

한순간 그레이 사도의 눈에서 붉은 섬광이 번득였다. 그가 정말로 분노하고 있다는 뜻이었다.

마신 세티쉬 카르나크는 그 붉은빛을 직시하고도 별다른 반응을 보이지 않았다.

그러나 후안 페르난데스는 달랐다.

그는 그레이의 눈과 마주친 순간, 아주 잠깐 동안이지만 극도의 공포에 사로잡혀 숨을 쉴 수 없었다.

후안 페르난데스는 공황 상태에 빠지고 말았다. 종속(從屬)의 인(印)을 맺은 뒤로 그레이 사도는 자신의 종이다. 그런데 종의 권세에 주인이라고 할 수 있는 자신이 눌린 것이다. 그건 창조신 엘이 만든 질서를 역행하는 것이었다. 사도들의 권능이라고 할 수 있는 마법은 주신(主神) 엘로부터 나온 것이다. 그래서 사도는 더더욱 마법의 권능을 거스를 수가 없다. 그게 지금까지 자신이 알고 있던 마법의 기본이었다.

'그러고 보니 마신과 그레이 사도는 격의 없이 대화를 나누고 있구나!'

마신을 바라만 봐도 오금이 저리는 자신과 달리 그레이 사도는 아무런 영향도 받지 않은 모습이다.

후안 페르난데스는 새삼스러운 눈으로 그레이 사도를 바라보았다.

이전까지 우스꽝스럽게 보이던 외형이-각성에 실패해서 저런 모습이 되었다고 믿었었다-다르게 다가오기 시작했다. 회색으로 덧칠한 것 같은 그레이 사도의 핏기 없는 얼굴에서 희미하게 빛을 발하는 눈은 새벽별 같았고, 두드러지게 검은 입은 모든 것을 빨아들이는 블랙홀처럼 보였다.

마신 세티쉬 카르나크의 얼굴에 뒤틀린 미소가 떠올랐다.

"후후후! 너, 그놈이 정말 살아 있다고 믿고 있군!"

세티쉬 카르나크는 그레이 사도가 강유진에게 집착하고 있다는 사실이 기분 나빴다. 어쩌면 질투인지도 모른다. 마신이 되었지만 인간의 기억을 고스란히 가지고 있었기 때문이다. 그것이 질투 때문이건, 강유진에 대한 원한 때문이건, 세티쉬 카르나크는 불쾌하기 그지없었다.

"놈이 운 좋게 살아 있든, 에르 라크리마라서 살았든 관계없다. 살아 있다면 다시 죽인다. 놈이 고통 속에서 죽어가는 것을 지켜볼 것이다."

이를 갈며 또박또박 말을 뱉던 세티쉬 카르나크가 후안 페르난데스에게 시선을 돌렸다.

"내가 한국으로 가겠다. 차질이 없도록 준비해라."

"마탑의 관리는 어떻게?"

"흥! 안내자는 이소빙과 그레이 사도면 충분하다. 네놈들이 이곳에서 하고 있는 일을 방해할 생각은 없으니까."

"감사합니다. 전용기를 준비하겠으니 편안하게 다녀오십시오."

문득 생각난 듯 세티쉬 카르나크가 물었다.

"흑마석(black mana cristal)은 몇 개나 완성되었느냐?"

"이제 겨우 하나를 완성했을 뿐입니다."

"헐! 최소한 십만 명이 사라졌다는 소리로군. 요조라의 죽음이 아시아인들에게는 축복이겠어. 그 한 목숨으로 십만 명을 구했으니까 말이야."

"마신이시여, 우리 루인족에 비하면 인간은 개미와도 같은 존재입니다."

"으흐흐, 그건 맞는 말이야. 너희가 나에게 개미로 보이듯이…… 그런 거겠지?"

"그렇습니다."

후안 페르난데스는 마신의 다분히 조롱 섞인 말을 부정하지 않았다. 듣기에 좋건 싫건 그건 사실이었기 때문이다.

세티쉬 카르나크가 후안 페르난데스를 묘한 시선으로 내려다보았다.

확실히 초고대문명의 시대에 번성했던 루인족은 뛰어나다. 그러나 그것은 마법사에 한해서다. 루인족 전체가 인간보다 뛰어나다는 증거는 없다. 사도들은 '인간들 가운데 백인이 가장 우월하다.' 고 믿는 인종차별 주의자들과 다를 바 없었다.

그런 그릇된 신념 하나 때문에 수백만의 인간이 희생될 것을 생각하니 괜히 웃음이 나왔다. 창조신 엘은 알까? 자신의 피조물 가운데 이런 괴물이 있다는 것을.

제4화

함께 살고 함께 죽는다

아시아의 전쟁은 확실히 이전의 세계 전쟁사와 달랐다. 예컨대 전선은 고착화된 채 변하지 않았고, 쌍방은 지루하게 서로의 영역을 향해 재래식 무기를 쏟아붓기만 했다. 핵무기를 입에 담고 살던 북한조차도 핵을 사용할 생각은 하지 않았다.

핵은 마치 도미노와 같은 것이어서, 어느 한쪽이 그걸 사용하는 순간 전 세계로 걷잡을 수 없이 번지게 된다는 걸 모두가 알고 있었기 때문이다. 예컨대 만약 미국을 중심으로 하는 연합군이 중국과 러시아를 향해 핵을 사용한다면, 중국과 러시아 역시 미국과 유럽을 향해 핵무기를 날릴 준비가 되어 있었다.

그러다 보니 동맹과 연합은 세력 분할선을 사이에 두고 지루한 공방을 되풀이했다. 양측의 무기 체계와 전술 전략이 비슷해서 일어난 현상이었다. 전쟁을 연구하는 학자들이 이구동성(異口同聲)으로 "만약 중국과 러시아에서 내전(內戰)이 일어나지 않았다면 전쟁은 한반도에 국한되었을 것이다."라고 말할 정도다.

가끔 열혈의 사단장들이 적진 깊숙이 파고들 때도 있었지만, 대부분 상대의 격렬한 저항에 밀려 제자리로 돌아갔다. 그러다 보니 양측은 포격이나 미사일, 폭격(爆擊) 등 원거리 공격에 의존하는 경향을 보였다. 전방과 후방이 없어지고, 거리마다 시체가 넘쳤다.

중국과 러시아에 내전이 발발했다면, 한국과 북한은 극심한 내홍을 앓고 있었다. 북한은 곳곳에서 시민들의 무장 저항 운동이 일어났다. 북한에서는 "하루를 살더라도 자유롭게 살고 싶다."며 무장한 시민들을 '해방군' 이라고 불렀다.

그것은 한국이라고 해도 다르지 않았다. 북한 특작 부대와 사회에 뿌리내린 좌파의 활약으로 한국은 해방 직후(1945년)와 같은 분위기였다. 낮 시간 동안은 계엄령(戒嚴令)에 의해 그런대로 사회의 규범이 지켜졌지만 해가 떨어지면 곳곳에서 총칼이 난무했다. 무장투쟁은 극렬 좌파에서 갈라져 나온 비밀결사가 이끌고 있었는데, 그들은 스스로를 '혁명군' 이라고 불렀다.

계속된 폭격과 혁명군에 의한 테러로 공공 기관은 대부분 소실되었다. 당연히 제대로 된 자료 하나 남아 있지 않아 사회 규모는 대폭 축소되었고, 낯선 사람들을 극도로 경계하는 풍토가 생겨났다. 작아진 사회는 스스로를 보호하기 위해 하나둘씩 무장(武裝)한 자경단(自警團)을 만들어 냈다.

정부에서는 자경단을 인정하지 않고 경찰 조직을 복구하려고 했다. 그러나 경찰 조직의 재건 계획은 시작되지도 못했다. 대전 정부청사에 떨어진 한 발의 전술핵 미사일 때문이다. 비밀리에 개발이 완료된 러시아의 중거리 스텔스 초음속 미사일 Meteorit-X가 대전정부청사 방공호에서 회의 중이던 대통령과 내각을 한 방에 날려 버린 것이다.

러시아가 갑자기 한국에 핵미사일을 날린 이유를 아는 사람은 없었다. 갑작스러운 러시아의 만행에 세계는 연합국, 특별히 미국을 주목했다. 핵사용의 원칙에 따르면 연합국은 당연히 즉각적인 보복을 해야 한다. 세계의 언론은 아시아 전쟁이 세계 대전으로 번질 것인가를 두고 갑론을박(甲論乙駁)했다.

바로 그때 기적이 일어났다. 러시아의 대통령은 즉각 국방 장관을 파면하고, Meteorit-X의 발사는 정신병력이 있던 미사일 부대장의 미친 짓이었노라고 해명한 것이다. 그리고 사죄의 표시로 아시아 전쟁의 참전 포기와 연합국에 대한 전쟁 배상금, 한국에 대한 전폭적인 재건 지원 등을 약속한다.

연합국 총사령관인 제임스 윌러드는 장고(長考) 끝에 러시아의 제안을 받아들인다.

한국인들의 격렬한 반대에도 불구하고 '제3차 세계 대전을 막아야 한다.'는 그의 신념에 세계의 언론은 갈채를 보낸다.

러시아가 빠진 뒤로 동맹과 연합의 전선(戰線)은 미친 듯이 요동쳤다. 중국과 함께 동맹군의 양대 축을 이루던 러시아가 물러난 자리는 너무도 컸다. 연합군은 파죽지세(破竹之勢)의 기세로 동맹군을 밀어붙였다. 드디어 38선이 무너지고, 북한군의 주력은 압록강 너머로 후퇴했다.

아시아의 전쟁이 연합군에게 유리하게 진행되었음에도 불구하고 한반도는 치안 공백의 상태를 맞이해야 했다. 사실상 무정부 상태에 빠져 버린 한반도는 자경대와 해방군과 혁명군의 전성시대라고 해도 과언이 아니었다. 뒤늦게 UN의 평화 유지군이 파견되었지만, 매일 거듭되는 테러와 총격전은 아프가니스탄이나 소말리아 등과 다를 바 없었다.

중국(中國) 북경(北京) 조어대(釣魚臺)의 집무실에 두 남자가 마주 보고 있었다.

국가주석 리진타오(李錦濤)와 총리 진자바오(金家寶)다.

두 사람 모두 제대로 쉬지 못한 듯 초췌한 몰골이다. 강력한 동맹인 러시아의 이해할 수 없는 행동 덕분에 연전연패(連戰連敗)하고 있는 까닭이다.

리진타오가 잔뜩 쉰 목소리로 물었다.

"러시아와의 핫라인은 여전히 불통이오?"

"그렇습니다. 아무래도 우리와의 통신을 거부하고 있는 것 같습니다."

"연합군이 만주를 점령했다고 하지요?"

"해군도 괴멸 직전입니다."

중국이 자랑하는 항공모함 랴오닝(遼寧)은 서해 대전 때 수장되었다. 그 전투에서 동맹인 러시아의 항모 어드미럴 쿠즈네초프(Admiral Flota Sovetskogo Soyuza Kuznetsov)는 가까스로 살아남았지만, 랴오닝에게는 그런 행운이 뒤따르지 않았다.

"허어! 러시아가 왜……."

잠시 망설이던 진자바오가 조심스럽게 운을 뗐다.

"무역상사(貿易商社)에 침투해 있는 요원들은 모든 게 유럽과 미국의 음모일 거라고 합니다."

"전쟁 중에 고의로 패착(敗着)을 두고, 동맹국까지 배신할 정도의 음모가 가능하오?"

리진타오는 아직도 믿어지지 않는 표정이다. 러시아가 무조건 항복을 선언한 뒤로 잃어야 할 것이 너무 큰 탓이다.

"연합국에서 러시아의 정상을 참작해 준다면, 우리보다 훨씬 적게 잃을 수 있습니다."

"우리가 잃게 될 것은 무엇이오?"

"작게는 댜오위다오(釣魚島)를 일본에 내어줘야 할 테고, 베트남과 접한 국경의 축소, 티벳의 독립…… 그리고 천문학적인 전쟁 배상금이 예상됩니다."

"이미 우리가 연합국의 폭격으로 동부 지방의 산업 기반을 거의 잃었는데…… 여기다가 전쟁 배상금까지 물게 된다면 청나라 시대로 돌아가겠구려. 그런데 그 정도가 작은 거라면 큰 거는 대체 뭐요?"

"실은 어제 연합국 총사령관의 특사(特使)를 만났습니다."

진자바오는 차마 리진타오 국가주석의 얼굴을 마주 보지 못했다. 특사로부터 전해 들은 정전(停戰)의 조건이 너무도 충격스러운 탓이다.

"도대체 무슨 말을 들었기에 표정이 그렇소?"

"미국에 상하이를 99년간 조차(租借)하고, 홍콩을 총독령으로 완전 독립시키라는……."

"미쳤군."

진자바오가 격하게 고개를 끄덕였다.

"그렇습니다. 그들은 미쳤습니다. 러시아가 갑자기 한국에 핵미사일을 발사하고 발을 뺀 것도 그들의 사주일지도 모릅니다."

"그들이 아시아를 휘저어서 얻을 게 뭐가 있다고?"

"아시아의 경제력은 이번 전쟁으로 20세기 초반 수준으로 떨어졌습니다. 이대로라면 아시아는 원하든 원하지 않든 미국과 유럽의 경제 식민지가 되고 말 것입니다."

심각한 얼굴로 뭔가를 곰곰이 생각하던 리진타오의 입에서 탄성이 흘러나왔다.

"아! 그러고 보니 서울에서 터진 핵 배낭도 러시아의 것이었다지요?"

"그렇습니다."

"진 총리, 아시아 전쟁이 기획된 것 같지 않소?"

아시아 전쟁의 과정을 되짚어 보던 진자바오가 파르르 떨었다.

"만약 이 전쟁을 미국과 유럽에서 계획했다면…… 결코 용서해서는 안 됩니다."

"총리는 어떤지 몰라도 나는…… 우리나라가 다시 외세에 짓밟히는 것을 그냥 보고 있지만은 않을 것이오."

"맞습니다. 이 땅에서 또다시 그런 일이 일어나서는 안 됩니다. 중국인은 영원히 패배주의에서 벗어나지 못할 겁니다."

리진타오가 진자바오를 물끄러미 바라보았다.

"중국의 산업이 20세기로 퇴보했다면, 세계도 그렇게 돼야 하오. 내 말이 무슨 뜻인지 아시겠소?"

"하지만 어떻게……."

진자바오가 의아한 얼굴로 리진타오를 바라보았다. 이미 지고 있는 전쟁에서 세계의 산업을 무슨 수로 동반 퇴보시킨단 말인가?

"나는 중국을 미국과 유럽의 식민지로 내줄 생각이 없소. 그건 국민 모두가 바라지 않을 것이오."

곧이어 리진타오의 눈에서 원념(怨念)의 불길이 피어올랐다.

"같이 흥(興)할 수 없다면, 같이 망(亡)하는 수밖에!"

"……."

진자바오는 아찔한 현기증에 눈을 질끈 감았다.

리진타오가 그런 진자바오를 바라보며 다짐하듯 중얼거렸다.

"오(汚)와 욕(辱)은 모두 내가 안고 가리다. 총리는 끝까지 살아남아 중국의 재건에 힘을 쏟아 주시오."

"……."

진자바오는 차마 리진타오를 말릴 수 없었다.

지금 이대로라면 어차피 중국은 망한다. 땅은 갈가리 찢기고, 남자와 여자는 이리저리 팔려 나갈 것이다. 그런 꼴을 보느니 차라리 다 같이 망하는 게 나을지도 모른다. 컴퓨터를 포맷(Format)하듯이 모든 걸 원점으로 돌리는 거다.

그렇게 세계의 운명은 애국심에 고취된 두 남자에 의해 결정되었다.

운명의 날, 궁지에 몰린 중국은 미국과 유럽을 향해 개량한 대륙 간 탄도 미사일(ICBM) 동풍(東風)-55 112기를 발사하고 만다. 비록 러시아 미사일 기지 부대장처럼 미친 사람이 내린 결정은 아니지만, 결과는 비교할 수 없을 만큼 훨씬 더 참혹했다.

중국의 전략핵 미사일 사용은 한순간에 아시아 전쟁을 파국으로 이끌었다.

미국과 유럽은 중국에서 대륙 간 탄도 미사일을 발사하자마자 즉시 보복 공격을 실시했다. 미국과 유럽의 보복 공격에는 이미 패전(敗戰)을 선언하고 발을 뺀 러시아까지 포함되었다. 미국과 유럽이 굳이 러시아까지 공격한 것은 '핵전쟁 이후 러시아를 견제할 국가가 없다.'는 판단에 의해서다.

전무후무(前無後無)할 인간의 전쟁은 승자(勝者)도 패자(敗者)도 없이 한순간에 끝났다.

같은 날 무려 400여 개의 핵폭탄이 터졌지만, 몇몇 지구과학자들이 우려했던 것처럼, 지구가 박살 난다거나 인류가 멸망하지는 않았다. 다만 인공위성을 제외한 대부분의 문명이 파괴되어 인류는 산업혁명 즈음으로 쇠퇴할 수밖에 없었다.

정부가 제 기능을 못 하자 군대는 거의 대부분 해산됐다.

살아남은 사람들은 생존을 위해 몸부림쳤지만, 황폐한 자연환경 속에서 인간이 얻을 수 있는 것은 그리 많지 않았다.

중국의 국가주석 리진타오가 바라던 평등한 세상은 인간에게 가혹한 것이었다.

그러나 아직 자연은 인간에게 적대적이지는 않았다. 인간이 파괴된 환경에 적응하는 데 어려움을 겪을 뿐, 자연은 이렇다 할 변화를 보이지 않았다. 그저 대기 중에 먼지가 많아 해가 일찍 진다거나, 겨울이 좀 일찍 찾아왔다는 것 정도였다.

*　　*　　*

양력으로 10월 1일.

한반도는 이른 폭설로 하얗게 뒤덮여 있었다. 이르다지만 이미 기온은 영하로 떨어진 지 오래라, 눈은 대낮에도 녹지 않았다. 덕분에 불과 6개월 전만 해도 남산타워가 솟아 있던 구덩이 위에는 1미터가 넘는 눈이 쌓여 있었다.

우우웅-

기괴한 공명음과 함께 허공에 원형의 서클이 나타났다.

그리고 서클 안에서 반투명한 소년 하나가 조심스럽게 걸어 나왔다.

소년은 서클 밖의 풍경을 휘휘 둘러보더니 다시 서클 안쪽으로 뛰어 들어갔다.

잠시 후 소년은 한 남자의 손을 이끌고 밖으로 나왔다.

온몸이 검게 그을리고, 넝마처럼 찢어진 옷을 입은 남자는 강유진이었다.

"루카, 고마워."

강유진의 말에 소년이 해맑게 웃으며 서클의 주변을 깡충깡충 뛰어다녔다.

차원의 힘이자 루카라고 불리는 정령을 바라보던 강유진이 손을 흔들었다.

거짓말처럼 루카가 사라졌다.

곧이어 하얗게 반짝이던 서클이 서서히 작아지는가 싶더니, 이내 흔적도 없이 사라졌다.

강유진은 실감이 나지 않는 얼굴로 자신의 몸 이곳저곳을 더듬었다.

다행히 사지(四肢)와 감각이 멀쩡했다.

"하아! 지독한 폭발이었어……."

강유진은 생각만 해도 끔찍하다는 듯 몸을 부르르 떨었다.

지금 자신이 살아 있는 것 자체가 기적이다.

그날, '쐐애액!' 하고 뭔가 고속으로 바람을 가르는 소리에 위기를 감지했다.

곧이어 고막이 터질 정도의 폭음.

동시에 밀려온 충격으로 몸이 떠올랐을 때는 죽었다고 생각했다.

만약 그때 다른 정령을 불러 막아 보려고 했다면, 이렇게 살아 있지도 못했을 것이다.

하지만 엘의 마법이 공간왜곡으로 몸을 보호한 찰나지간에 본능적으로 도피처를 떠올렸다.

그 절체절명의 순간, 오래전 블루 태블릿(Blue Tablet)에서 보았던 장면이 주마등(走馬燈)처럼 뇌리를 스치고 지나간 것은 우연일까? 운명일까?

그때 분명히 카론은 루카를 따라 기이한 서클로 들어갔었다.

대폭발 속에서 자신이 한 일이라고는, 그 기억에 의지해, "루카!"라고 외친 것밖에 없다.

결과는 이렇듯 생존이다.

열풍(熱風)에 완전히 삼켜지기 직전, 루카의 작은 손에 이끌려 서클 안으로 들어갔던 것이다.

서클 안은 완전히 다른 세상이었다.

그곳은 마치 우주처럼-우주과학을 연구하는 사람은 그걸 화이트홀이라고 부를지도 모르겠다-넓었는데, 재미없게도 텅 비어 있었다.

그 눈부신 빛의 공간에서 찢긴 고막과 화상으로 익은 몸을 치유했다.

그 공간에서 알게 된 것은 루카가 그 공간의 열쇠이며, 어쩌면 그 공간 자체일지도 모른다는 것이었다.

루카는 어떤 존재일까?

강유진은 소년 모습의 루카가 사라져 간 허공을 응시했다.

이윽고 회색빛 하늘이 눈에 들어왔다.

강유진은 자신이 루카가 만든 차원 속에서 꽤나 오래 머물렀다고 생각했다. 쌓인 눈과 피부에 와 닿는 온도는 한겨울의 날씨였다.

"눈이 더 오려나?"

회색 하늘 덕분에 기분까지 우중충해졌다.

요즘은 눈이 내리지 않는 보통 때에도 하늘이 이렇게 회색빛이라는 걸 강유진은 아직 모르고 있었다.

"시간이 오래 지났으니 나를 잡겠다고 하는 사람도 없겠지?"

강유진은 휘적휘적 산을 내려갔다.

그러나 여유 있는 걸음은 그리 오래가지 못했다.

서울의 시가지가 내려다보이는 곳에서 강유진은 석상처럼 굳어버렸다.

원형을 간직하고 있는 건물은 거의 없었다.

시내의 빌딩 중에 제 모습을 갖추고 있는 건 몇 개 되지 않았다. 누가 봐도 광범위하게 파괴된 저 흉측한 모습은, 전쟁의 상흔(傷痕)이다.

"무슨 일이지?"

강유진은 놀란 마음을 가라앉히고 가만히 귀를 기울여 봤다.

하지만 자동차 소리는 물론 탱크의 캐터필러(caterpillar)가 내는 굉음이나, 대포나 총소리도 없었다. 서울은 마치 태풍이 쓸고 지나간 것처럼 고요하기만 했다.

서둘러 하산한 강유진은 철조망을 뚫고 밖으로 나갔다. 철조망 주변으로 '출입금지' 라는 팻말이 볼품없게 나뒹굴고 있었다.

남산의 출입금지를 해제하기도 전에 뭔가 큰일이 일어났던 모양이다.

강유진은 방향을 알기 위해 도로를 찾아 더 내려갔다.

도로로 보이는, 뻥 뚫린 눈길 위에 서자 의혹은 확신으로 변했다. 건물 외벽에는 붉은 래커(lacquer)로 적개심으로 가득한 구호(口號)가 적혀 있었다. 곳곳에 걸려 있는 찢겨진 플래카드에도 '복수'와 '북진통일'이라는 글귀가 보였다.

자신이 루카의 공간에 있는 동안 북한에서 무슨 짓을 벌였던 모양이다.

'전쟁까지 불사할 정도의 일이 뭘까?'

한참을 생각했지만 도무지 알 수가 없었다.

날짜 지난 신문이라도 보이면 알 수 있으련만, 불태우기 쉬워서 그런지 종이는 눈에 띄지 않았다. 그러고 보니 목재류도 보이지 않는다.

사람들이 모두 주어다가 불쏘시개로 사용하는 모양이다.

지나가는 사람이라도 보이면 붙잡고 그간의 일을 물어보기라도 할 텐데, 마치 좀비 영화 속에 나오는 죽은 도시처럼 사람이 없었다.

한숨을 내쉬던 강유진은 다시 도로로 나갔다. 허물어진 건물들 사이에서는 자신이 어디에 있는지, 어디로 가고 있는지 알 수 없었기 때문이다.

한 시간쯤 걸었을까?

멀리서 한줄기 하얀 연기가 보였다.

강유진은 그 연기가 사그라지기라도 할까 봐 허겁지겁 달려갔다.

*　　*　　*

운 좋게도 형체를 유지한 24시간 편의점 건물 앞에 십여 명의 남녀가 모여 불을 지피고 있었다.

강유진이 다가가자 남자들 가운데 두 사람이 일어나 다가왔다.

'총?'

놀랍게도 민간인 복장을 하고 있는 남자들의 손에 들린 것은 K2 소총이었다.

남자들은 익숙한 자세로 총구를 겨누며 다가오고 있었다.

강유진은 두 손을 들어 올렸다.

멧돼지처럼 뻣뻣한 수염이 얼굴을 덮고 있는 삼십 대 남자가 키득키득 웃으며 물었다.

"형씨, 누구요?"

말할 때마다 남자의 총구가 위협적으로 흔들렸다.

"강유진이라고 합니다."

"크크! 어디서 왔고?"

"남산 쪽입니다."

"남산? 형식아, 남산에 뭐가 있지?"

얼굴이 갸름하게 생긴 이십 대 초반의 사내가 고개를 갸웃거렸다.

"거긴 아무것도 없는 거로 아는데요? 가스폭발한 후로 입산금지가 돼서 그 근처에 아예 사람이 없잖아요. 이거 수상한 사람이네. 첩자 아냐?"

"처, 첩자라뇨?"

"형식아, 사람 괜히 몰아세우지 말고. 가만있어 봐."

말과 함께 멧돼지 수염이 총구로 강유진의 팔을 툭툭 건드렸다.

얼굴이 갸름한 사내보다 멧돼지 수염의 사내가 더 적대적인 행동을 하고 있었지만, 정작 본인은 아무 개념이 없는 그런 얼굴이었다.

"형씨, 어디서 와서 어디로 가는 길인지만 말해 보슈."

"남산에서 왔고, 강남으로 가는 길입니다."

강유진은 자신의 집이라고 할 수 있는 논현동의 오피스텔에 가 볼 생각이었다.

"아, 씨발! 그래도 계속 남산이라고 하네. 남산에 아무도 없는데 왜 자꾸 남산이라고 하지?"

멧돼지 수염의 남자가 짜증 난다는 얼굴로 강유진을 노려보았다.

세 사람이 풀리지 않는 문제로 가볍게 실랑이를 벌이고 있을 때다.

모닥불 쪽에서 사십 대로 보이는 중년인이 걸어왔다.

중년인이 다가오자 두 남자는 총구를 슬쩍 지면으로 돌렸다. 아무래도 중년인의 지위가 높은 것 같았다.

“쯧쯧! 낯선 사람한테 거칠게 대하지 말래도.”

중년인의 말에 박형식이 억울하다는 듯 변명했다.

“대장님, 그게 아니라요. 이 사람이 영 수상해서 그러는 겁니다. 어디서 왔냐니까 자꾸 아무도 살지 않는 남산에서 왔다고 하네요.”

“남산이라고?”

중년인이 의아한 얼굴로 강유진을 바라보았다.

강유진은 눈치껏 말을 해야 할 필요를 느꼈다.

“정말입니다. 오늘 입산금지라는 푯말 사이로 남산이라는 글자를 봤습니다. 그전까지는 여기저기 헤매고 다녔는데, 지명을 모르는 곳이었고요.”

중년인은 남산에서 왔다는 청년의 아래위를 세심하게 살폈다.

새까맣게 그을리고 찢어져 너덜거리는 옷차림으로 보아 어지간히 고생을 한 몰골이다.

“어디로 가는 중이오?”

“예, 강남입니다.”

"강남?"

"그곳에 집이 있어서…… 찾아가던 중입니다."

"흠, 그러셨군. 나는 이 일대의 자경단을 지휘하고 있는 이민호라고 하오. 이 두 사람도 우리 자경단의 일원이고."

"자경단요?"

강유진은 처음 듣는 명칭에 멍한 얼굴로 되물었다.

"그렇소. 우리가 용산의 호랑이 부대요. 용산에 있는 자경단 중에서 제일 규모가 크고."

이민호라는 중년 사내의 얼굴에 자부심이 가득했다.

"그렇군요."

강유진은 자경단이 뭔지, 호랑이 부대가 뭔지 몰랐지만 묻지 않았다. 아무것도 모르는 티를 내면 상대가 이상하게 생각할 거란 생각에서다.

"대원들이 꼬치꼬치 캐물은 건 이해하시오. 며칠 전에 옥수동 쪽의 혁명군 애들하고 안 좋은 일이 조금 있어서."

"혁명군은 뭔가요?"

강유진은 자경단이나 혁명군이니 하는 말이 너무 낯설었다. 마치 중세시대에서나 유용하게 사용했음직한 단어가 아닌가?

그러자 이민호 대장이 묘한 시선으로 강유진을 보았다. 그러고 보니 자경단이니 혁명군이니 하는 것들을 잘 모르는 눈치다.

"이름이 뭐라고 했소?"

"강유진입니다."

"강유진 씨는 뭐 하던 사람이오? 그러니까 전쟁 전의 직업이 뭐였냐 말이오."

"아! 네, 저는 대성그룹의 혁신전략사업부에서 일을 했습니다. 기획 같은 걸 했지요."

"오! 상당히 잘나가는 분이셨네!"

이민호 대장의 칭찬에 멧돼지 수염의 남자가 딴지를 걸었다.

"대장님, 그런 거 다 소용없습다. 요즘 세상에서는 총 잘 쏘고, 싸움 잘하는 게 최곱니다. 머리 굴리는 일 잘해 봤자 쓸데가 없지 않습니까?"

"그건 그렇지."

이민호 대장의 얼굴에 슬쩍 미소가 떠올랐다.

아닌 게 아니라 지금 세상은 사무직의 무덤이다. 공부 잘하는 사람이 우대받는 세상이 아니라, 개인의 생존 능력에 따라 그의 사회적 지위가 보장되는 시대였다.

"따라오시오. 내가 가면서 설명해 줄 테니까."

이민호 대장이 시원스럽게 걷기 시작했다.

두 대원은 뭔가 탐탁지 않은 표정이었지만 그것도 오래가지 않았다. 자신들의 말마따나 생존 능력이 우대받는 세상이다. 그리고 자경단의 대장인 이민호는 용산 일대에서 당할 사람이 없는 최고의 싸움꾼이었다. 그가 받아들이기로 결정했다면 따르는 게 당연했다.

“자아, 주목! 이쪽은 강유진 씨다. 남산 쪽에서 왔는데 강남으로 가는 중이시다. 손님이니까 다들 잘 대해 주도록.”

남산이라는 말과 남산쪽이라는 말은 또 다르다.

모닥불가에 모여 있던 자경단원들은 고개를 끄덕이고 넘어갔다. 대장이 직접 데리고 와서 소개해 준 남자이니 더 물을 것도 없다는 표정들이다.

이민호 대장이 강유진에게 한쪽 구석의 자리를 가리켜 보였다.

거기 앉으라는 뜻이리라.

강유진은 사양하지 않고 쪼그리고 앉았다.

곧이어 이민호 대장이 한 아가씨에게 신호를 보냈다.

이런 일에 익숙한 듯 아가씨가 물 컵과 빵 한 조각을 들고 왔다.

“일단 먹게.”

“아, 예. 감사합니다.”

강유진은 물 한 모금으로 마른 목을 축이고, 빵을 입에 물었다.

‘헉!’

빵은 딱딱해서 까딱 잘못하다가는 이가 부러질 정도였다.

“나보다 한참 동생 같으니까 말을 놓지.”

“예, 그게 저도 편합니다.”

이민호 대장은 빵을 갉아 먹고 있는 강유진에게서 시선을 떼지 않았다. 수상한 구석은 없지만 그래도 시국이 시국인 만큼 조심해서 나쁠 건 없다.

"정신없이 피난 다니다 보면 세상 돌아가는 일을 잘 모를 수도 있지……."

"제가 그렇습니다."

강유진이 넉살 좋게 말을 받았다.

"대전의 정부청사에 핵미사일이 떨어진 건 알지? 그 뒤로 군대는 흐지부지 해산됐고…… 마을마다 자경단이 구성됐지. 떼강도들이 너무 설치고 다녀서."

"떼강도요?"

"아직 만나 본 적이 없나? 그랬다면 운이 좋았건 거야. 탈영병이나 해체된 군대에서 흘러나온 사람들이 총을 가지고 약탈을 다니고 있어. 그래도 떼강도는 괜찮은 편에 속해. 그 새끼들은 약탈만 하지 사람을 죽이지는 않거든. 물론 저항하면 죽이긴 하지만."

"떼강도보다 더 나쁜 인간들이 있다는 말씀인가요?"

"그게 바로 혁명군인지 뭔지 하는 개 쓰레기 같은 놈들이야. 이 미친 새끼들은 전쟁 직후부터 테러를 저지르고 다니던 놈들인데……."

"테러요?"

강유진은 뜻밖의 말에 일순 할 말을 잃었다. 한국에도 테러 단체가 있었다니 그저 놀라울 뿐이다.

"전쟁 직후에 좌익이 만든 반정부 단체인데…… 혼란을 틈타서 경찰과 고위 공직자들을 엄청 죽이고 다녔지. 이 새끼들은 옛날 중세의 이슬람 군대처럼, 동지냐? 죽음이냐? 둘 중 하나를 선택하게 해. 한마디로 같은 편 아니면 다 죽으라는 식이야. 최소 백만 명의 희생이 없으면 혁명을 완수할 수 없다나? 완전히 사이코들이지."

"경찰이나 군대는 뭘 했는데요?"

"아니, 남들 다 아는 걸 새삼스럽게 왜 물어? 경찰은 지리멸렬(支離滅裂)한 지 오래고, 군대도 거의 해체됐잖아."

"제가 그런 쪽에 워낙 관심이 없어서……."

"뭐. 산에서 도(道)만 닦다가 나온 사람 같네. 하여튼 떼강도와 혁명군이라는 쓰레기들에게서 생명과 재산을 지키자고 시민들이 만든 게 자경단이야. 제법 큰 동네마다 하나씩은 있지. 만약 어떤 동네에 자경단이 없으면…… 십중팔구는 그놈들에게 몰살당한 거라고 보면 돼. 요즘은 끌고 가서 강제 노역을 시킨다는 말도 있던데."

"헐! 강제 노역요?"

"응, 심부름과 청소는 기본이고, 위험한 곳에 보내 음식물을 찾아오게도 한다더라고."

"특별히 위험한 곳이 있나요?"

"언제 무너질지 모르는 덜 부서진 빌딩의 지하 같은 곳에 강제로 내려보내는 거야. 자판기부터 보관 식품들까지…… 지하에서 뭐라도 찾으면 대박이니까."

"허!"

"또 어떨 때는 미끼로도 쓰지."

"미끼는 뭔가요?"

"전투가 벌어졌을 때 총알받이나 상대의 시선을 잡아끌기 위한 위장부대로 쓰는 거지. 미끼는 대부분 전투 중에 사살되니까…… 잡힌 사람만 불쌍한 거지."

"지독하네요."

"아직 더 남았는데 벌써 지독하면 안 되지."

"아니, 그보다 더한 게 있어요?"

"도시는 단백질이 절대 부족한 형편이거든. 시골이야 아직 개, 돼지나 닭, 소 같은 게 약간 남았을지 몰라도, 도시에서는 가축을 기를 수가 없잖아. 누가 정육점이나 마트를 운영하는 것도 아니고, 전기가 들어와야 냉장고를 돌리지."

"……."

"쌀이나 밀가루는 의외로 남아도는데 육류는 사라진 지 오래야."

"설마?"

강유진이 하얗게 질린 얼굴로 이민호를 바라보았다.

"남자가 놀라기는! 이전에 공포영화 봤을 거 아냐? 딱 그거라고 생각하면 돼. 혹시라도 돌아다니다가 식인을 하는 떼강도를 만나면, 얼른 자살해. 괜히 고생하지 말고."

"……."

"여하튼 그래서 도시를 탈출하는 사람들도 많아. 아무래도 시골이 살기에는 좀 낫지 않을까 싶어서. 그런데 그건 시골 인심을 몰라서 하는 소리지. 시골에도 자경단이 있는데, 도시와 달리 엄청 폐쇄적이거든. 그래도 우리는 여행자에게 먹을 거라도 나눠주잖아."

이민호 대장이 빈 컵과 반쯤 남은 딱딱한 빵을 가리켜 보였다.

강유진은 다시 한 번 감사하다는 인사를 했다. 확실히 지금의 세상에서 물과 빵은 금보다 귀할 것이었다. 그런데 이들은 그걸 아낌없이 나누어 준 것이다.

"하하! 공치사를 하려는 건 아니고. 여하튼 시골은 외부인의 출입을 허락하지 않는다고 들었어. 어지간한 인맥이 아니면 꿈도 꿀 수 없지."

"저어, 그러다 도시의 쌀이 다 떨어지면 어떻게 되는 건가요?"

"별수 있어? 시골로 가 봐야지."

"그것도 일이겠네요."

"그건 너무 걱정하지 않아도 돼. 도시에서 나는 물건을 가지고 가면 쌀이나 콩, 보리 같은 걸로 교환해 주니까."

"아!"

"특히 건전지, 총, 실탄은 엄청나게 인기가 많아. 아주 환장을 하지. 생각해 봐. 시골 사람들이 그런 걸 어디서 구하겠어?"

"하지만 총기류라면 시골에도 군부대가 있잖아요? 거기에 가면……."

"에이, 쓸 만한 건 주둔하고 있던 군인들이 죄다 들고 나갔지. 아직도 남아 있나?"

"그렇겠네요."

고개를 주억거리고 있는 강유진에게 이민호 대장이 웃으며 말했다.

"오늘은 곧 해가 질 테니 여기서 쉬고, 내일 한강을 넘어가는 게 좋을 거야. 솔직히 나는 강남으로 가느니 그냥 이곳에 뿌리를 내리라고 말해 주고 싶지만."

"왜요? 강남에 무슨 문제라도?"

"거긴 전쟁 직후부터 고담으로 불리고 있거든."

"고담요?"

"베트맨에 나오는 도시 있잖아. 악당들이 설치고 다니는. 지금 거기가 딱 그래."

"강남이 그렇게 된 이유라도 있나요?"

"금 때문이야. 금은 요즘도 비싸게 쳐주거든. 금이빨도 해야 하고, 이래저래 용도가 많아. 부산의 외국인 무역상들은 금만 받는다고 하더라고."

"아!"

"강도들에게는 강남이 금광이나 다름없어. 심심하면 폐가(廢家)를 뒤지고 다니니까. 잘살던 집일수록 잘 털리지."

"강남에는 자경단이 없나요?"

"고담에도 경찰은 있었잖아. 딱 그 꼴이야."

"쩝!"

"어때, 그래도 가고 싶어?"

"네, 일단 집이 어떻게 됐나 궁금해서요."

"역시 가족들 때문인가?"

"독신입니다."

"오호! 총각?"

"아뇨. 돌싱(돌아온 싱글, 이혼남)입니다."

"이런! 젊어 보이는데 돌싱이었군."

이민호 대장은 더 이상 가정사에 대해서 파고들지 않았다.

하지만 그는 그 뒤로도 이것저것 강유진의 신상에 대해 에둘러 물었다.

강유진은 외지인을 받아들인 것에 대한 책임 때문일 거라고 생각해 성실하게 답해 줬다. 딱히 감출 만한 수준의 질문도 아니어서 부담은 없었다.

해가 질 무렵, 이민호 대장은 다른 곳으로 자리를 옮겼다. 자경단을 이끌고 있는 사람이라 그런지 바빠 보였다.

이민호 대장이 사라지자 이번에는 빵과 물을 가져다주었던 여자가 조심스럽게 다가왔다.

"안녕하세요?"

여자의 앳된 음성에 강유진은 웃으며 고개를 끄덕였다.

"네, 반갑습니다. 강유진이라고 합니다."

"최유라예요."

가까이서 자세히 보니 여자는 아무리 높게 봐도 이십 대 초반으로 보였다.

제법 귀여운 인상의 최유라는 인사를 나눈 뒤로 한참 동안 아무런 말도 하지 않았다.

강유진은 속으로 '아무 말도 하지 않을 사람이 왜 내 옆에 와서 인사를 했을까?' 의아하게 생각하고 있을 때다.

최유라가 먼저 운을 뗐다.

"아저씨는 여기저기 많이 돌아다니셨다면서요?"

"네, 좀 그런 편입니다."

강유진은 본의 아니게 거짓말을 했다. 사실 남산에서 왔다는 말을 해야 하는데, 그걸 믿을 사람이 없었기 때문이다.

"다른 곳도 여기처럼 막 이래요?"

"막 이렇다는 건?"

"다른 곳도 혁명군이나 강도들과 총격전을 벌이고 그러는지 궁금해서요."

최유라는 상당히 복잡한 표정이었다.

강유진은 실망을 주고 싶지 않았지만 사실대로 말하는 수밖에 없었다.

"솔직히 저는 잘 몰라요. 자경단이나 혁명군의 이야기도 여기 와서 처음 알았습니다."

"아! 그러시구나."

최유라는 강유진에게서 들을 만한 이야기가 없음에도 쉬이 자리를 떠나지 못했다. 강유진의 어딘지 모르게 정중한 분위기가 거칠기만 한 다른 남자들과 달라서 끌린 모양이다.

"저는 이 동네에서 살다가 피난도 못 가고 눌러앉은 거거든요. 우리나라가 갑자기 이렇게 된 것도 잘 실감이 안 나고. 지금도 꿈꾸는 것 같아요."

"사실 저도 좀 멍해요. 이게 꿈인지 생시인지……."

강유진은 최유라의 심정을 알 것 같았다.

아마 지금 자신이 느끼는 것과 같은 기분일 것이다. 갑자기 전쟁이니, 핵이니, 자경단이니, 혁명군이니 하는 이야기를 어떻게 믿으란 말인가?

최유라가 풋! 하고 웃으며 말했다.

"그래도 저런 걸 보면 꿈이 아니란 걸 알겠죠?"

최유라의 희고 가느다란 손가락이 반파된 빌딩들을 가리켰다.

"유라 씨도 자경단이세요?"

"네, 호랑이 부대는 18세 이상부터 받아 주거든요. 그런데 저는 19세랍니다."

최유라는 의기양양(意氣揚揚)한 얼굴로 묻지도 않은 나이까지 밝혔다.

"다른 자경단은 나이 제한이 없나 봐요?"

"그렇다고 들었어요. 너무 어린애만 아니면 다 받아 줄 거예요. 기본적으로 싸울 수 있는 사람이 많지 않으니까요."

말과 함께 최유라가 허리춤에 접힌 채 매달려 있는 K2 소총을 툭툭 쳐 보였다.

"그런 총은 구하기가 쉽지 않았을 텐데……."

그냥 사냥총도 아니고 K2 소총이다. 아무리 전시(戰時)라고 해도 쉽게 구할 수 있는 물건이 아니었다.

강유진의 말에 최유라가 웃으며 답했다.

"우리 대장님이 마지막 수방사 장교였어요. 그래서 우리 자경단에는 수방사 출신의 사람들이 좀 있대요. 덕분에 용산에서 제일 유명한 편이죠."

수방사면 수도 방위 사령부다. 그런데 마지막이라니?

"수도 방위 사령부가 해체됐나요?"

"어머 모르셨어요?"

최유라는 아시아 전쟁의 발발과 러시아의 핵미사일 발사까지 일련의 사건들을 줄줄이 읊었다.

수방사는 대전에 핵미사일이 떨어진 뒤에도 존속했지만, 세계가 핵전쟁으로 몰락한 뒤에 흐지부지 해산됐다고 했다. 한국의 재건을 지원할 나라도 없고, 정부까지 사라진 터라 수방사의 군인들도 살아남기 위해 뿔뿔이 흩어졌던 것이다.

근 한 시간 가까이 쉬지 않고 떠든 최유라 덕분에 강유진은 자신이 루카의 공간에 머무는 동안 일어난 일을 알 수 있었다.

"그래도 한국은 복 받은 나라예요. 대전에만 핵이 떨어졌으니까요. 일본은 세 곳에 핵이 떨어졌대요. 중국에서 하나, 러시아에서 하나, 그리고 유럽에서 하나를 쐈다고 하더라고요. 동맹과 연합 모두에게 얻어맞은 거죠. 그러니까 평소에 착하게 살아야 한다니까요."

최유라는 핵전쟁의 와중에 서울이 의외로 덜 파괴된 것은 핵배낭과 북한의 장사정포 때문으로 믿고 있었다. 서울과 대전이 이미 핵공격을 받았고, 북한의 장사정포로 서울과 경기 북부가 풍비박산(風飛雹散) 났기 때문에, 세계가 핵전쟁에 휘말릴 때 한국은 제외될 수 있었다는 것이다.

"북한도 불행 중 다행으로 끝났죠."

최유라에 의하면 북한의 경우 '동맹과 연합 모두의 입장에서 볼 때 딱히 보호하고 지킬 만한 것이 남아 있지 않은 탓에 핵공격에서 제외된 경우' 였다. 그렇지 않아도 변변치 않던 북한의 시설들은 연합군이 퍼부은 석 달간의 폭격과 연합군의 진주(進駐)로 박살이 났는데, 동맹과 연합 모두가 그걸 알고 핵공격에서 제외했다는 것이다.

강유진은 그녀의 의견에 동의했다.

그녀의 말만 놓고 봤을 때 아시아 전쟁의 목적은 지배가 아닌 파괴였다. 그런 의미에서 한국과 북한은 더 이상 먹잇감이 되지 못했을 것이다.

허탈한 것은 한국이 전란에 휘말릴 운명이었음에도 불구하고 위정자들이 자신을 희생양으로 내쳤다는 점이다. 만약 국정원에서 '서울의 핵 배낭 테러로 아시아 전쟁이 촉발될 것이다.' 라는 정보를 미리 알았다면, 자신의 삶이 조금 더 평탄했을지 모른다.

문득 '버려지는 팔자라는 게 있나?' 하는 생각이 들었다.

강유진이 피식 웃자 최유라가 물었다.

"왜 웃으세요?"

기껏 참혹한 세계 대전에 대해 분석해 주고 있는데 웃으니 신경이 쓰이는 모양이다.

"아뇨, 인간이 참 어리석구나 싶어서요."

그제야 최유라의 얼굴이 부드러워졌다.

"맞아요. 중국이 다 같이 죽자고 그런 짓을 할 줄 누가 알았겠어요?"

"인구가 많은 나라니까 생명의 존엄성에 대해 느끼는 무게가 좀 다른 걸지도 모르죠."

강유진은 자신이 말을 하고도 조금 마음이 찔렸다. 오래전 그레이 사도로부터 그 비슷한 지적을 받은 기억이 떠올라서다.

"그러게요. 빽 하면 사형을 시키는 나라니까, 사람들 죽어 나가는 거에 덜 민감했을지도 모르겠네요."

둘은 한참 동안 중국의 생명 경시 풍조에 대한 증명되지 않은 대화를 나눴다.

어둑어둑해질 무렵 최유라가 강유진의 눈치를 슬쩍 살피며 중얼거렸다.

"아저씨랑은 말이 잘 통하는 것 같아요."

"그런가요. 저도 오랜만에 유익한 대화였습니다."

정중한 강유진의 인사에 최유라가 웃으며 자리에서 일어섰다.

"이제 슬슬 철수 준비를 할 시간이네요."

"철수요?"

"네, 거주지로 돌아가야 하니까요. 여긴 순찰 지역이라 나와 있던 거거든요."

"거주지는 어디죠?"

"박물관이에요. 여기서 10분 정도 걸어가면 돼요."

"저는 어떻게 해야 되죠?"

강유진은 이민호 대장에게 거주 구역에 대한 이야기를 듣지 못했다. 그래서 여기서 자야 하는지 따라가도 되는지 알 수 없었다.
"당연히 같이 가셔야죠. 그러려고 조사까지 받으신 건데. 거주지로 같이 갈 사람이 아니면 음식도 제공하지 않아요. 우리도 그렇게 넉넉한 형편은 아니거든요."
"아! 그런 거군요."
강유진의 얼굴이 밝아졌다.
핵전쟁 이후의 상황에 대한 정보가 필요한 것도 있지만, 모처럼 만난 사람들과 조금 더 같이 있고 싶기도 했다.
"먼저 갈게요. 우리가 이동할 때 뒤따라오시면 돼요. 괜히 단독행동하다가 우리 팀에서 벗어나면 큰일 나요. 거주지 들어갈 때 경계병 아저씨들에게 총 맞을 수가 있거든요."
"아, 네. 주의하겠습니다."
최유라는 엉덩이를 툭툭 털고는 가볍게 다른 자경단원들 속으로 달려갔다.
그녀의 허리춤에서 달랑거리는 K2 소총이 주변 풍경과 어울려 자연스러워 보였다.
강유진은 저도 모르게 한숨을 길게 내쉬었다.
"하아! 한국이 진짜 아프간처럼 되어 버렸구나!"
문득 임지연 박사와 미국에 두고 온 딸의 생사가 궁금했다.
임지연 박사는 국가의 특별 경호 대상이니 안전할 테고, 미국도 핵공격을 받았다는데 딸은 무사할까?

그걸 알려면 직접 미국에 가야 한다.

'아직도 한국과 미국을 오가는 비행기가 있으려나?'

강유진은 일단 그것부터 알아봐야겠다고 생각했다.

제5화

혁명 대(對) 혁명

마지막으로 최유라가 합류하자 이민호 대장이 대원들을 둘러보며 주의를 줬다.

"아무 일 없다고 풀어지지들 마라. 마지막까지 긴장의 끈을 놓아서는 안 돼. 알겠나? 늘 말하지만 죽는 건 한순간이야!"

"예!"

"좋아. 곧 해가 떨어질 거다. 5분 후에 출발이다!"

"알겠습니다!"

힘찬 대답과 함께 자경단원들이 주변으로 흩어졌다.

몇몇은 모닥불을 끄고 눈을 퍼다 그 위에 수북이 쌓았다.

대원들의 분주한 움직임을 지켜보던 이민호 대장이 최유라를 불렀다.

"어때 보이디?"
"별거 없던데요."
최유라의 말에 이민호 대장이 만족한 표정으로 고개를 끄덕였다.
"그래, 수고했다."
"그런데 대장님, 왜 저 아저씨한테 잘해 주세요?"
"내가?"
이민호 대장이 황당하다는 얼굴로 자신을 가리켜 보였다.
최유라가 입술을 삐죽이며 말했다.
"외부인이 나타나면 보통 몇 시간씩 조사하고 그랬잖아요. 그런데 저 아저씨는 만난 지 5분도 안 돼서 OK하시던데!"
"누가 OK를 했다고 그래?"
"물과 빵을 주라는 게 OK가 아님 뭐예요?"
"그, 그런가? 일단 사람이 온순해 보이잖아. 선한 인상이고."
"어이쿠! 남자는 다 도둑놈이니까 얼굴에 속지 말라고 한 사람이 누구시더라?"
이민호 대장이 머리를 벅벅 긁으며 답했다.
"하여튼 저 사람은 괜찮을 거야."
"왜요? 필(Feel)이 왔어요?"
"유라야, 너도 머리가 있으면 좀 생각을 해 봐. 스파이라면 자기가 남산에서 왔다고 하겠냐?"

"아니죠."

"왜?"

"거긴 출입금지 구역에다가 사람도 살지 않는 곳이니까."

"그러니까 저 남자는 괜찮은 거야. 의심받을 소리를 계속하잖아."

"대장님, 누군가 의심받을 소리를 하면 의심해야 되는 거 아니에요?"

"이런 젠장! 케이스 바이 케이스(case by case)라는 말도 몰라? 그때그때 다른 거야."

"아! 그러니까 결론은 그냥 감으로?"

"그래 감이다. 됐냐?"

"핏!"

최유라가 새치름한 표정을 지어 보였다.

이민호 대장은 그런 그녀가 귀엽다는 듯 호탕하게 웃었다.

"푸하핫! 특별히 이상한 점은 없었고?"

"대장님, 아니, 외삼촌, 그 아저씨 조금 이상한 구석이 있기는 해요."

"그래? 자세히 말해 봐."

이민호 대장의 표정이 진지해졌다. 눈치가 발달된 조카의 레이더에 뭔가 걸린 모양이다.

"뭐랄까, 다른 나라에 있다가 온 사람 같다고 할까? 아니지? 다른 나라에 있었어도 서울 핵 배낭과 아시아 전쟁을 모를 수는 없는데……."

최유라가 혼잣말로 중얼거리자 이민호가 답답한 듯 채근했다.

"야 인마, 알아듣기 쉽게 말해."

"그러니까 뭐냐면요, 서울에서 핵 배낭 테러가 난 것도 모르는 눈치고, 아시아 전쟁이 난 것도 잘 모르는 것 같더라고요. 동맹이 뭐고 연합이 뭔지도 모르고. 충격으로 단기 기억상실증에 걸려도 그럴 수 있다면서요? 하여튼 종합하면, 남산 폭발 사고까지만 알고 그 이후의 일은 잘 모더라고요."

"그래? 요즘 정신적인 충격으로 오락가락하는 사람들이 많지만…… 딱히 그런 쪽으로 문제가 있어 보이지는 않던데."

"그런 걸 잘 모르는 거 빼면, 뭐, 지극히 정상적이고 매너 있으시던데요? 근데 나이를 안 물어봤네. 이십 대 후반 정도로 보이기는 하던데."

"왜? 관심 있냐?"

"누가 관심 있어서 그래요? 그냥 일반적인 호기심이지."

"아서라. 그 사람 이혼남이라고 하더라. 그냥 동안(童顏)인 거야. 말하는 걸 보니 못해도 삼십 대는 되는 것 같더라."

"어머! 이혼했대요?"

"놀라긴."

두 사람이 노닥거리고 있을 때다. 출발 준비를 끝낸 자경단원들이 하나둘씩 모여들었다.

곧이어 멧돼지 수염의 남자 이혁수가 거친 숨을 몰아쉬며 다가왔다.

"헉! 헉! 대장님, 준비 끝났습니다! 가실 거죠?"

"어, 그래. 가야지. 그런데 왜 그렇게 헐떡거려? 뛰어왔냐?"

"아, 아닙니다. 가시죠."

*　　*　　*

강유진은 국립중앙박물관으로 가는 자경대의 뒤를 졸졸 따라갔다. 국립중앙박물관의 외부 유리는 거의 다 파손되어 있었다.

'그래도 용산구의 사람들이 저곳을 집단 거주지로 사용하는 것은 아직 어딘가 쓸 만해서겠지?'

오래전에 미술관에서 경비 일을 할 때 왔던 기억이 새록새록 떠올랐다. 관장과 그의 딸은 잘 지내고 있을까?

아까부터 함께 걷던 박형식이 국립중앙박물관을 가리키며 말했다.

"저게 겉보기에는 다 부서진 것 같지만 안쪽은 멀쩡하거든요."

"아, 그렇군요."

그는 처음 검문할 때는 잡아먹을 것처럼 험하게 굴더니, 자경단 대장이 받아들이고 나서는 동네 형처럼 대했다. 그에 비해 멧돼지 수염의 남자는 눈이 마주칠 때마다 인상을 잔뜩 찌푸렸다. 조금만 실수해도 시비를 걸 것 같은 얼굴로 말이다.

"여긴 수백 번의 공습에도 직격을 맞은 일이 없다고 하더라고요. 덕분에 근처에 사는 사람들만 좀 살판난 거죠."

"용산의 시민들이 다 저곳으로 온 건가요?"

"아뇨. 집이 멀쩡한 사람들은 안 왔어요. 집이 박살 난 분들 중에 피난 가지 않은 분들이 모였다고 보면 돼요. 근데 건물만 남았지 전기도 안 들어오고, 난방도 안 돼서…… 나무나 가구 부서진 걸 주워다가 불을 때고 있어요."

"그래도 내부가 괜찮다니 다행이네요."

"꼭 좋은 것만도 아닌 게…… 저 박물관을 노리는 사람들이 꽤 많거든요."

"누가요?"

"강도들이나 혁명군 쪽에서 호시탐탐 노리고 있죠. 일단 저렇게 뼈대가 멀쩡한 대형 건물이 서울에 몇 개 안 되니까요. 박물관에 보물이 있다는 헛소문도 있고 해서 아주 골치 아파요. 오죽하면 자경단이 매일 멀리까지 순찰을 돌겠어요."

"아!"

강유진은 박형식으로부터 자경단의 이야기를 조금 더 들을 수 있었다. 호랑이 부대가 3개의 조로 나뉘어 박물관 길목을 지키고 있다는 것도 그때 알았다. 용산의 유명한 자경단치고 규모가 작다고 했더니 3개 조 중의 하나여서 그랬던 모양이다.

"스파이도 많아요."

뜬금없는 박형식의 말에 강유진은 뭐라고 답해야 할지 몰라 머뭇거렸다.

"뭐, 심각한 건 아니고요. 강도나 혁명군의 끄나풀이 많다는 뜻이에요. 어차피 강도니 혁명군이니 해도 몇 다리 건너면 아는 사람들일 수 있으니까."

"위험하지는 않나요?"

"우리 대장님의 감각이 워낙 좋아서 아직 위험할 정도로 몰린 적은 없어요. 상황 판단과 사람 보는 눈이 정확하시거든요."

"그렇군요."

강유진은 대충 돌아가는 분위기를 알 것도 같았다. 한마디로 박물관은 이민호라는 인물을 중심으로 뭉친 피난민들의 모임이었다.

"그런데 나이가 어떻게 되세요?"

이십 대 후반의 박형식은 그게 궁금했던 모양이다.

"서른일곱입니다."

"헉! 굉장히 동안이시네요? 저는 이십 대 후반으로 봤는데. 전 스물여덟입니다."

"그런 소리를 좀 듣는 편입니다."

"형님은 내일 떠나실 건가요?"

박형식은 넉살 좋게 어느새 형님이라고 불렀다. 강유진은 그런 박형식의 뻔뻔함이 나쁘지 않았다.

"그럴 생각입니다."

"그러시구나. 강남보다는 여기가 훨씬 지내기 좋을 텐데."

"저도 그러고 싶지만…… 그래도 살던 집이 어떻게 됐는지 한 번 확인해 보려고요."

강유진이 집에 가려고 하는 것은 임지연이 그곳에 뭔가 남겨 놨을 거라는 믿음에서다. 임지연과 마지막 통화를 한 뒤로 무려 육 개월이나 지났다. 전화도 인터넷도 사라진 세상에서 할 수 있는 일이란, 옛 거주지로 찾아가 보는 것뿐이었다.

이것도 운명이라는 걸까?

국립중앙박물관에 들어가 여기저기 기웃거리던 강유진이 최종적으로 자리 잡은 곳은 미술관 큐레이터 이지영의 선배 권유리가 '신비의 유물전'을 하겠다고 만들다 만 부스였다. 당연히 지금은 빈터에 불과했지만 강유진에게는 남다른 장소였다.

강유진은 바로 그 자리에 합판을 주어다가 깔았다.

가족이나 무리가 있는 사람들은 박물관 안에 따로 모닥불과 화롯불을 피웠다.

하지만 강유진은 혼자인 데다가 추위도 별로 느껴지지 않아 그냥 팔베개를 하고 누웠다.

가끔씩 메케한 연기가 통로를 떠다녔다.

그래도 사람들은 익숙한 듯 불평하거나 뭐라고 하지 않았다. 그보다는 '어떻게 해야 밤새도록 불을 피울 수 있을까.'를 두고 밤새 소곤거렸다. 그리고 마치 쥐들이 밤새 바스락거리며 돌아다니듯, 쉬지 않고 땔감을 찾아 헤맸다.

목재가 조금씩 갈라지거나 꺾여 나가는 소리는 아침까지 계속되었다.

그 날카로운 소리에 강유진은 깊이 잠들 수 없었다.

날이 밝자 강유진은 까맣게 그을린 박물관 내부를 볼 수 있었다.

벽과 천정만 그렇게 변한 건 아니다. 나무로 꾸며진 곳은 거의 뜯겨 나가 회색빛 콘크리트 속살을 그대로 드러내고 있었다.

자리에서 일어나 주변을 둘러보니 상황은 더 심각했다.

사람들은 박물관에 보관 중이던 책과 장식품까지도 불쏘시개로 사용하고 있었다.

'생존보다 앞서는 건 없다.'는 생각에 강유진은 숙연해지고 말았다.

"놀랐죠?"

언제 왔는지 최유라가 가까이 다가와 있었다.

"조금요. 전에 재난영화에서 도서관의 책을 불태우는 걸 본 적이 있습니다만…… 실제로 보니 마음이 착잡하네요."

"후후! 그렇지 않아도 사람들이 여기가 박물관이 아니라 도서관이었으면 더 좋았을 거라는 말들을 자주 해요. 그랬으면 더 따뜻하게 지낼 수 있었을 테니까요."

"하지만 책이나 가구를 연료로 사용하는 데에는 한계가 있을 텐데요."

"당장은 버틸 수 있잖아요."

"……."

그건 맞는 말이다. 우선은 살아야 그다음을 기약할 수가 있을 테니까 말이다. 하지만 해가 바뀌어도 봄이 오지 않는다면?

"아직 뭐 안 드셨죠?"

"네."

"제가 배급해 주는 곳을 가르쳐 드릴게요. 10시에 배급이 시작되니까 시간 맞춰 가시면 될 거예요."

최유라가 따라오라는 듯 손을 까닥여 보인 후 앞장서 걸었다.

최유라가 안내한 곳은 일 층의 안내 데스크가 있던 자리였다.

아직 8시밖에 안됐지만 벌써 십여 명의 남자들이 줄을 서서 기다리고 있었다.

"저기 사람들이 있는 곳이에요. 선착순으로 주는 것도 아닌데, 일찍들 오시더라고요. 여기서는 하루 두 끼를 배급해요. 오전 10시랑 오후 6시죠. 그래서 순찰조에게는 미리 저녁 배식을 해 주죠."

"식량이 부족한 건가요?"

"아니요. 미리 대비하는 거예요. 우리가 확보한 식량은 분량이 정해져 있으니까…… 식량 생산 체계를 갖추기 전까지는 절약해야 한다는 게 대장님의 철학이에요."

"아! 그렇군요."

강유진은 이민호 대장이 다시 보였다. 그는 단지 싸움만 잘하는 사람이 아니었다.

최유라를 따라 걷다 보니 어느새 박물관의 입구다.

딱히 목적 없이 걷다 보니 한 바퀴를 다 돌고 정문으로 나온 것이다.

"호오~ 춥네요."

최유라가 옷깃을 여미며 상체를 웅크렸다.

"별로 추위를 안 타시나 봐요?"

최유라가 부럽다는 눈으로 강유진을 바라보았다.

봄에나 입음직한 양복을—그것도 너덜너덜할 정도로 찢겨 바람구멍이 숭숭 뚫린 옷이다—입고 아무렇지도 않다는 얼굴로 돌아다니니 신기할 정도다.

"추위와 더위를 잘 안 타는 편입니다."

"안 타도 너무 안 타시는 것 같네요. 부러워요. 저는 추위로 손이 곱아서 방아쇠를 당기기도 어려운데."

강유진이 최유라의 허리에 늘어져 있는 K2 소총을 힐끔 바라봤다.

"총을 쏠 일이 실제로 있기는 있나요?"

강유진으로서는 여전히 믿기 힘든 날의 연속이었다.

그런 강유진의 물음에 답이라도 하듯 멀리서 총성이 들려왔다.

타타탕. 탕.

최유라의 얼굴에 긴장이 떠올랐다. 이렇게 이른 시간에, 더구나 박물관에서 총성이 울린 적은 아직 없었기 때문이다.

"무슨 일이 생겼나 봐요! 저 먼저 가 볼게요!"

최유라가 총성이 들린 곳으로 달려갔다.

강유진은 그런 최유라의 뒤를 일정한 간격을 두고 따라가 보기로 했다. 자신에게 친절을 베푼 사람들이라 어떻게든 돕고 싶었던 것이다.

* * *

최유라는 소총을 들고 단숨에 박물관 이 층의 로비로 올라갔다.

"사, 삼촌!"

놀랍게도 로비의 중앙에 세 사람이 쓰러져 있었는데, 그중 하나는 이민호 대장이었다.

재빨리 로비에 있는 사람이 모두 자경단원이라는 걸 확인한 최유라는 이민호 대장에게 달려갔다.

"무슨 일이에요!"

최유라의 외침에 두 명의 자경단원이 다가왔다.

그중 하나인 멧돼지 수염의 이혁수가 최유라의 허리에 소총을 들이대며 짧게 말했다.

"혁명이야."

"무, 무슨 소리예요!"

이혁수가 거칠게 최유라의 소총을 빼앗았다.

"씨발년아! 혁명도 몰라? 네년과 네년의 친척들이 식량을 독식하고, 그 힘으로 박물관을 지배하고 있었잖아! 그 더러운 꼴을 더 못 참아서 혁명을 하고 있는 거라고! 식량을 숨겨 두고 하루에 두 끼가 뭐야! 그러면서 너희들은 먹고 싶은 만큼 다 처먹었겠지? 개 같은 것들!"

"미, 미친!"

"닥치고!"

이혁수가 저항하는 최유라를 한쪽으로 밀치며 주변의 자경 단원들에게 명령했다.

"너희 둘, 이년 잘 잡고 있어! 그리고 박수철, 너는 상황 종료됐다고 알리고 사람들 안심시켜! 대장하고 몇몇 자경단원이 식량 문제로 다투다가 서로 쏴 죽였다고 해! 호랑이 부대의 지휘는 이제 부대장인 내가 맡기로 한 거야!"

"알겠습니다! 형님!"

박수철이 허리를 직각으로 꺾어 인사한 후, 계단으로 내달렸다.

또 다른 자경단원 하나가 신음을 흘리고 있는 이민호를 발끝으로 흔들며 물었다.

"형님, 아직 살아 있는데…… 어떻게 합니까?"

"뭘 어떻게 해? 마무리해."

"알겠습니다."

자경단원이 이민호의 머리에 총구를 들이댔다.

"뭐 하는 거야! 미친놈들아! 우리 외삼촌에게 손가락 하나라도 대기만 해 봐! 다 죽여 버릴 거야!"

보다 못해 최유라가 목이 터져라 소리를 내질렀다.

그러자 스스로 대장이 된 이혁수가 최유라에게 다가가 주먹을 휘둘렀다.

퍽.

관자놀이를 정통으로 맞은 최유라는 정신을 잃고 축 늘어졌다.

"씨발년이 귀엽다고 오냐오냐해 줬더니 매를 벌어요, 매를."

이혁수가 최유라를 잡고 있는 두 남자에게 눈짓을 보냈다.

"일단 잘 묶어서 내방에 넣어 놔."

"흐흐, 알겠습니다. 형님."

남자 하나가 밧줄을 찾아 주변을 뒤지기 시작했다.

"근데 이 새끼는 왜 마무리를 안 해? 시간도 없는데……."

말과 함께 이혁수가 고개를 돌렸다.

"응?"

순간 이혁수가 고개를 갸웃거렸다.

방금 전까지 다 죽어가던 이민호는 보이지 않고, 그 자리에 자경단원이 주저앉아 있는 게 보였다.

그런데 그의 넓은 등 위에 창백한 얼굴이 얹어져 있다.

끔찍하게도 목이 완전히 돌아간 것이다!

"뭐야! 씨발! 어떤 새끼야!"

뒤늦게 놀란 이혁수가 최유라를 잡고 있는 자경단원에게 물었다. 그의 시선이 줄 곳 정면을 향하고 있었으니 뭐라도 봤을 거라고 생각한 것이다.

"혀, 형님, 저는 모릅니다!"

"개새끼야! 눈깔은 장식이냐? 그쪽을 계속 보고 있었잖아!"

"으헉! 형님, 저, 저……"

이혁수의 욕을 듣고 있던 자경단원이 어딘가를 보며 더듬거렸다.

"왜? 뭐?"

신경질적으로 돌아보던 이혁수의 눈이 휘둥그렇게 떠졌다.

밧줄을 찾으러 돌아다니던 자경단원이 날아가고 있었다.

그는 마치 줄이 끊어진 꼭두각시 인형처럼, 사지를 덜렁거리며 5미터 이상을 날아가 벽에 처박혔다.

철퍼덕.

그을음과 때로 얼룩져 있던 회색 벽에 사람 형상의 핏자국이 고스란히 새겨졌다.

“뭐, 뭐야! 씨발!”

이혁수가 주춤주춤 뒤로 물러나 미지의 공포로부터 몸을 사리고 있을 때다.

멀리서 요란한 총소리가 들려왔다.

곧이어 박수철이 헐레벌떡 뛰어 올라왔다.

그리고 죽어 있는 자기편을 보고 흠칫 놀라는가 싶더니 이내 이혁수를 향해 소리쳤다.

“형님! 혁명군 새끼들이 몰려왔습니다! 지금 경계조는 거의 다 죽고 나머지가 막고 있는데, 오래 버티지 못할 것 같습니다!”

박수철의 보고를 듣고도 이혁수는 함부로 움직이지 못했다. 자기 부하들을 죽인 누군가가 근처에 남아서 자신을 노리고 있다는 생각에서다.

그런 이혁수를 보며 박수철이 다시 물었다.

“형님! 어떻게 하냐고요!”

거듭된 질문에 이혁수가 될 대로 되라는 식으로 소리쳤다.

“싸워! 가서 싸우라고 새끼야!”

"예? 예, 예……."

박수철이 자신 없는 소리로 대답을 한 뒤 왔던 길을 다시 달려갔다.

…….

로비에 잠시 묘한 침묵이 맴돌았다.

잠시 후 혁명군이라는 강적의 등장으로 몸이 달아오른 이혁수가 소리쳤다.

"누구냐! 누구냐고! 어떤 새끼가 숨어서 귀신 놀음이야! 당장 나와서……."

이혁수의 외침이 끝나기도 전이다.

콰직.

"끄악!"

최유라를 안고 있던 남자의 손목이 부러져 아래로 축 처졌다.

손목이 부러진 자경단원은 대경실색한 얼굴로 최유라의 몸에서 손을 뗐다.

한참을 덜덜 떨던 그는 돌연 "귀신이다!"라는 비명과 함께 계단으로 내달렸다.

이혁수는 K2 소총으로 사방을 경계하며 냉소를 쳤다.

"흥! 병신 같은 새끼. 귀신은 무슨……."

그러나 말과 달리 그의 눈은 불안한 듯 사방을 힐끔거리고 있었다.

멀리서 들리던 총성이 점점 가까이 다가왔다.

마음이 달아오른 이혁수가 보이지 않는 적을 향해 말했다.

"이봐! 누군지 모르지만 혁명군 새끼들은 막아야 하잖아! 안 그러면 우린 다 죽는다고!"

그제야 모퉁이에 숨어 있던 강유진이 몸을 드러냈다.

"혁명군을 막겠다고? 그럼 혁명군과 혁명군의 대결인 건가?"

강유진이 모습을 드러내자 이혁수의 얼굴에 비릿한 미소가 떠올랐다. 상대의 정체를 알고 나자 얕보는 마음이 생겨난 것이다.

"누군가 했더니 강남으로 간다던 사람이었군. 우리 호랑이 부대의 일에 왜 나서는 건지 몰라도, 조용히 가던 길이나 가는 게 어떨까?"

이혁수가 천천히 총구를 강유진을 향해 돌렸다.

"그럴 생각이야. 그래도 나에게 친절을 베푼 사람들이 죽어 가는 걸 구경만 할 수는 없잖아? 안 그래?"

"나대지마라. 그러다가 훅~ 가는 수가 있다."

이혁수는 조금 여유를 찾은 얼굴이었다.

어떻게 두 사람을 처치했는지 모르지만, 총보다 빠른 건 있을 수가 없지 않은가! 지금 다짜고짜 방아쇠를 당기지 않는 건, 상대가 숨겨 뒀을지도 모를 한 수 때문이다. 그게 아니라면 벌써 바닥에 탄피가 수북이 쌓였을 것이다.

"난 이 두 사람만 구하면 돼. 난세에 혁명군들끼리 싸우는 것에는 관심 없어."

사실이다. 강유진은 자경단과 혁명군에 대한 이야기를 들었지만 크게 실망한 상태였다. 좋은 쪽이라고 생각한 자경단에서 이렇게 구질구질한 일이 벌어졌으니 그럴 만도 하다.

"그럼 다행이고. 나는 이민호 대장의 사리사욕(私利私慾)에 질려서 들고 일어난 것뿐이니까 오해는 하지 마라. 내가 정말 나쁜 놈이라면 다른 자경단이나 시민들이 나를 대장으로 받아들일 리가 없잖아. 나쁜 건 이민호 대장과 그의 일가친척들이라고."

"알았으니까 가서 혁명군이나 잘 막아 봐. 나한테 그런 변명을 할 필요는 없어. 어차피 자기가 한 선택의 책임은 자기가 지는 거니까."

"하하! 그렇게 말해 주니 고맙군. 나도 당신이 자경단 두 명을 죽인 것에 대해 책임을 묻지 않겠다. 그럼 이만."

이혁수가 강유진을 경계하며 천천히 계단 쪽으로 뒷걸음질 쳤다.

계단에 도착한 이혁수는 뒤도 돌아보지 않고 꽁지가 빠지게 달아났다. 그로서는 여기서 목숨을 걸고 강유진과 싸울 이유가 없었다. 물론 혁명군을 몰아내고 사태가 진정되면 마음이 어떻게 바뀔지 몰라도, 지금은 강유진보다 혁명군이 먼저였다.

잠시 후 강유진은 최유라를 안고 이민호 대장을 숨겨 둔 자리로 돌아갔다.

밖에서는 총소리가 요란했지만 강유진은 신경 쓰지 않았다.

하지만 강유진의 무신경은 오래가지 못했다. 사람에게 잔뜩 상처를 받은 인간이 사회생활을 하는 것은, 그래도 사람이 필요해서다.

"아무래도 의사가 있어야겠는데……."

이민호 대장을 살리기 위해서는 전문적인 치료가 필요했다. 총알도 제거해야 하고 봉합 수술도 해 줘야 한다. 그런데 자신에게는 그런 기술이 없다.

고민하던 강유진은 의사를 구하기 위해 다시 밖으로 나가기로 했다. 물론 혁명군과 자경단의 싸움 결과도 궁금했다.

"먹을 걸 하루에 두 번 줬다고 혁명이라니…… 원…… 별……."

강유진은 혁명에 동참하거나 지지한 사람들의 속을 이해할 수 없었다.

고작 그런 이유로 사람을 몇이나 죽이다니? 이 세상은 대체 어디로 흘러가는 것일까?

문득 조삼모사(朝三暮四)라는 사자성어가 떠올랐다. 어쩌면 인간은 점점 원숭이가 되어 가는지도 모르겠다는 생각이 든다.

*　　*　　*

전투가 벌어진 지 30분 만에 자경단은 박물관 마당까지 내주고 말았다. 박물관 밖은 혁명군으로 가득했다.

"대장님! 이제 어떻게 합니까?"

자경단원의 물음에 이혁수는 입술을 질겅질겅 씹었다.

'어떻게 해야 혁명군을 물리칠 수 있을까?'

머리가 아프도록 고민해 봤지만 아무런 방법도 떠오르지 않았다.

이민호 대장이라면 무슨 수를 생각해 냈을 텐데, 애석하게도 그는 지금 죽어 가고 있다.

'씨발! 하필 지금 쳐들어올 건 뭐람!'

박물관의 시민들이 자신을 어떻게 생각할지 상상만 해도 얼굴이 달아올랐다.

"대장님!"

누군가의 외침에 이혁수는 신경질적으로 자경단원들을 둘러보았다. 살아서 들어온 단원은 고작 20명 정도에 불과했다.

깨진 창밖으로 보이는 혁명군은 얼핏 보아도 그 두 배가 넘어 보인다. 보이는 것만 그렇다. 어딘가에 숨어 있는 저격수들까지 합치면 숫자는 50명을 훌쩍 넘어갈 것이다.

"혁명군 놈들은 저격수들이 많으니까 다들 머리 처박고 있으라고!"

이혁수가 소리치자 자경단원들은 꿩처럼 머리를 근처의 엄폐물에 묻었다.

시민들은 밀폐된 곳으로 들어가 아예 코빼기도 내비치지 않았다.

잔뜩 긴장한 이혁수가 손톱을 질겅질겅 씹고 있을 때다.

밖에서 카랑카랑한 확성기 소리가 들려왔다.

"어이~ 이혁수 동지~ 나는 혁명군 제3 지구당 안상혁 중좌다! 동지가 이민호의 뒤를 이어 대장이 됐다는 소식을 들었다! 자네에게 무슨 죄가 있겠나! 부정부패로 얼룩진 자경단을 해산하고 우리의 품에 안겨라! 우리는 동지에게 죄를 묻지 않겠다. 다시 말한다! 자경단을 해산하고 투항해라!"

자경단원들이 일제히 이혁수를 바라보았다.

그중 몇은 고개를 저었지만, 대부분은 고개를 끄덕이고 있었다.

순간 박수철이 이를 갈며 소리쳤다.

"대장님! 저 개새끼들 소리에 넘어가면 안 됩니다! 저 새끼들은 자경단은 무조건 죽입니다!"

박수철의 말에 누군가 반박했다.

"야! 이 새끼야! 그건 다 유언비어야! 같은 한국 사람들끼리 괜히 왜 죽이겠냐! 유언비어 땜에 죽어라 버티다가는 진짜 다 죽어! 일단 우리 쪽수가 안 되잖아! 보고도 몰라! 대장님! 여러 사람 생목숨이 걸린 일이니까 잘 생각하십쇼!"

"대장님! 저 새끼들 말 믿지 마세요! 오늘 죽은 새끼들 복수한다고 다 죽일 겁니다! 끝까지 버텨야 해요!"

이혁수가 망설이는 듯하자 이번에는 박형식이 목이 터져라 소리를 질렀다.

박형식의 반대에 이혁수는 머리를 쥐어뜯었다. 혁명군의 말대로 투항해야 할지 계속 싸워야 할지 도무지 감이 잡히지 않았다.

박물관 안에서 투항이냐 저항이냐를 두고 옥신각신하자 안상혁이 다시 소리쳤다.

"자경단 동지들! 단체로 투항하기 어렵다면 개별적으로 투항하시오! 다 받아 주겠소! 시간이 없소! 투항하지 않는 악질 반동분자들은 오늘 살아남지 못할 테니 그들의 눈치를 볼 것 없소! 개것같은 세상! 우리 함께 인간답게! 없는 사람이 대접받고 사는 세상을 만들어 봅시다! 오시오! 같은 한국 사람들끼리 피 흘리고 싸워서 좋을 게 뭐가 있겠소! 좋은 세상 한번 같이 만들어 봅시다!"

계속되는 안상혁 중좌의 말에 몇몇 자경단원들이 손을 번쩍 쳐들고 자리에서 일어섰다.

대여섯 명의 자경단원이 박물관 밖으로 주춤주춤 걸어 나갔다.

안상혁 중좌는 보란 듯이 그들을 마중 나가 두 팔로 힘껏 안았다.

"동지! 잘 생각했소! 환영하오!"

박물관의 자경단원들은 조금 전까지 같은 편이던 자경단원이 맞을까 봐 감히 총을 쏘지 못했다.

그렇게 흐지부지 양쪽의 총질이 멎었다.

안상혁 중좌는 투항한 자경단원들을 앞세우고 그 뒤에 숨어서 계속 투항을 권유했다. 안상혁 중좌의 회유에 다시 서너 명의 자경단원이 박물관을 빠져나갔다.

인원이 다시 절반으로 줄어 버리자 이혁수는 자포자기의 심정이 되어 크게 소리쳤다.

"이보시오! 정말 투항하면 우리를 다 받아 주는 거요?"

안상혁 중좌가 당연하다는 듯 고개를 주억거리며 말했다.

"우리 혁명부대는 좋은 세상 만들어 보자고 떨치고 일어난 사람들이오! 그런 사람들이 괜한 살인을 하겠소? 동지들이 무장을 해제하고 민간인 신분으로 돌아가면 안전을 보장할 것이오! 믿는 도끼에 발등 찍힐 일은 없으니 안심하시오!"

마침내 귀가 얇은 이혁수는 투항을 결심했다. 아니, 이미 대부분의 자경단원이 투항해서 버틸 재간도 없었다.

이혁수가 아직도 남아 있는 아홉 명의 자경단원을 둘러보았다. 자신과 달리 끝까지 싸우자는 표정이 역력했다.

"더는 못 버틴다. 그냥 투항하자."

그러자 박형식이 세차게 고개를 저었다.

"안 됩니다. 진짜 죽는다니까요. 저 새끼들이 어떤 인간들인지 이민호 대장님에게 들었잖아요. 자경단의 씨를 말려야 새 세상이 온다고 믿는 놈들이라니까요!"

확실히 전임 대장인 이민호는 그렇게 말했었다. 자경단원들 중에 전 의경과 군 출신이 많아서 혁명군이 치를 떤다고 했다.

"야! 그건 그 사람 말이고. 실제로 투항하면 어떻게 되는지 본 사람은 없잖아. 아까 너도 저 중좌가 홍석이 안아 주는 거 봤잖아. 원수를 안아 주는 사람이 있냐?"

박형식이 답답하다는 듯 가슴을 치며 말했다.

"대장님, 당연히 지금은 안아 주겠죠. 그럼 우리 앞에서 투항하는 사람들을 쏴 죽이겠어요?"

"아! 그 새끼 참 의심 많네."

그의 입에서 이민호 대장의 이름이 나올 때부터 이혁수의 심사는 뒤틀려 있었다.

"몰라, 씨발! 난 지금 투항할 테니까, 끝까지 싸울 사람은 싸우고, 도망갈 사람은 알아서 도망가."

사실 조금 전까지 이혁수는 달아날 작정이었다. 그러나 부하들이 투항하는 모습을 보다 보니 그냥 투항하는 것도 괜찮겠다 싶다. 박물관을 떠나 헤매고 다니다가 괜히 강도단이라도 만나면 진짜 끝장이라는 생각도 한몫했다.

대장인 이혁수가 투항하겠다고 하자 끝까지 저항하던 사람들 가운데 다시 여섯이 자리에서 일어났다.

이혁수는 그 여섯을 데리고 당당하게 밖으로 나갔다.

그래도 호랑이 부대의 대장이니 그에 걸맞은 대접을 해 줄 거라는 소박한 기대도 마음 한편에 가지고 있었다.

박형식과 박수철의 시선이 허공에서 얽혔다.

박수철이 먼저 입을 뗐다.

"형님, 어쩌실 겁니까?"

"뭘 어째?"

"우리 둘이 싸울 수는 없잖아요. 저 새끼들이 상황 파악 끝내기 전에 튀어야죠."

"아! 씨발, 인생 진짜 겁나게 꼬이네. 그래, 가자. 무적의 호랑이 부대가 이렇게 단숨에 절단 날 수도 있구나!"

"……."

박형식의 탄식에 박수철은 슬그머니 시선을 내리깔았다.

저 박형식은 아직 조폭 출신인 이혁수가 동생들을 시켜 이민호 대장을 제쳤다는 걸 모른다. 그저 식량 배분 문제로 싸우다가 총기 사고로 사망한 줄 안다.

"가자."

박형식과 박수철이 박물관 뒷문으로 살금살금 물러날 때다.

무기를 헌납하고 맨손으로 제일선에 서 있던 이혁수가 잘한답시고 안상혁 중좌에게 한마디 했다.

"중좌님, 자경단이라고 해 봐야 이제 겨우 둘밖에 안 남았는데, 그나마도 지금쯤이면 다 도망갔을 겁니다."

안상혁 중좌가 무표정한 얼굴로 되물었다.

"그래서?"

웃는 얼굴로 동지, 동지 하던 사람이 갑자기 차갑게 나오자 이혁수가 기어들어 가는 소리로 중얼거렸다.

"아니, 뭐, 그냥…… 이제 정리를 좀 해 주십사…… 이렇게 계속 서 있기도 그렇고……."

조금 전까지 자경단의 대장이던 이혁수는 어느새 민간인으로 돌아가 있었다.

안상혁 중좌가 뒤쪽에 서 있는 무장한 혁명군 쪽으로 손을 들어 올렸다.

순간 혁명군이 득달같이 달려들어 투항한 자경단을 결박했다.

"뭐, 뭐요!"

"왜 이래요?"

"우린 더 이상 자경단이 아니라고요!"

"중좌님! 중좌님!"

강제로 결박당한 자경단원들이 억울하다는 듯 소리를 질러 댔다.

주변이 시끄러워지자 안상혁 중좌가 권총을 꺼내 하늘로 한 발 쏘았다.

타앙-

그제야 자경단원들은 하얗게 질린 얼굴로 서로를 바라보았다. 한결같이 속았다는 얼굴이다.

그런 자경단원들을 향해 안상혁 중좌가 머리를 설레설레 저으며 말했다.

"뭐, 이런 병신들이 다 있지? 자경단은 우리 혁명군을 반대하는 유일한 반동분자들이야. 우리 혁명군대는 반동분자들의 사정을 봐주지 않아. 그랬다가는 네놈들이 쏜 총에 맞아 죽은 우리 동지들이 지하에서 통곡을 할 거다. 김준현 동지, 이 돌대가리들을 끌고 가서 발굴 작업이나 시키시오!"

"예! 알겠습니다!"

김준현 중위가 십여 명의 혁명군과 함께 자경단원들을 몰고 어디론가 사라졌다.

숨어서 지켜보던 박형식이 중얼거렸다.

"헐, 내 저럴 줄 알았다니까."

"형님, 이러고 있을 때가 아닙니다. 저 새끼들이 박물관을 수색할 텐데, 빨리 가요."

"그래, 가자. 내가 뒷길을 좀 아니까. 나만 따라와."

"예."

두 사람이 속삭이며 자리를 벗어났다

제6화

물과 빵의 힘

박물관 안으로 들어간 안상혁 중좌가 다시 확성기를 켰다.

애애애앵~

사이렌 소리가 요란하게 울려 퍼졌다.

밀폐된 공간에 숨어 있던 사람들이 하나둘씩 밖으로 나왔다.

사람들은 누가 시키지도 않았는데 일 층의 로비로 모여들었다.

그리고 확성기를 손에 들고 서 있는 사람을 주목했다.

얼마나 긴장들을 했는지 삼백여 명이 모였는데 숨소리조차 들리지 않았다.

안상혁 중좌는 습관적으로 확성기를 들어 올렸다가 피식 웃으며 다시 내렸다. 굳이 확성기를 쓰지 않아도 될 정도로 사람들은 자신의 입에 집중하고 있었다.

"동지들! 자경단의 압제 아래에서 얼마나 고생이 많으셨습니까? 이제 박물관은 자경단의 압제에서 해방되었습니다. 여러분은 이제 우리 혁명군대의 보호 아래 지내게 될 것입니다."

"……."

사람들은 박물관이 혁명군에게 넘어갔다는 사실에 실망한 표정들이다. 그러나 그걸 직접 입 밖으로 내뱉을 정도로 멍청한 사람은 없었다.

그런 사람들을 물끄러미 보고 있던 안상혁 중좌가 돌연 손을 번쩍 들고 외쳤다.

"혁명군 만세!"

갑작스러운 구호 제창에 움찔 놀란 사람들은 어설프게 구호를 따라했다.

"혁명군 만세……."

안상혁 중좌가 잡아먹을 듯한 눈으로 사람들을 쏘아보며 다시 소리쳤다.

"혁명군 만세! 만세! 만세!"

그의 살벌한 눈빛에 질린 사람들이 미친 듯 만세를 불러 댔다.

"혁명군 만세! 만세! 만세! 만세! 만세!"

시민들의 만세 소리는 안상혁 중좌가 손을 들고 자제시켜서야 끝이 났다.

주변이 조용해지자 안상혁 중좌가 다시 입을 열었다.

"과거는 묻지도 따지지도 않겠습니다. 지금 이 순간부터 여러분은 우리 공화국의 국민이오. 그런 자부심으로 하루하루를 살아가십시오. 그리고 앞으로 자경단과는 관계를 끊으십시오. 그들에게 연락을 하거나 돕는 사람들은…… 눈물을 머금고, 썩은 살을 도려내는 심정으로 즉결 심판할 것입니다."

"……."

한순간에 공화국의 국민이 된 사람들은 서로의 눈치만 살폈다.

침울한 표정의 사람들을 둘러보던 안상혁 중좌가 한 사람을 지목했다.

"거기, 파란 잠바를 입은 아줌마. 땀을 많이 흘리는데, 어디 아픈 거요?"

안상혁 중좌의 지적에 파란 잠바를 입고 있던 여자가 질린 얼굴로 고개를 저었다. 아프다고 하면 내쫓을까 봐 두려워하는 기색이 역력했다.

"아, 아니에요. 쿨럭! 저는, 쿨럭! 아프지 않아요!"

놀란 여자의 입에서 애써 참고 있던 기침이 연이어 터져 나왔다.

안상혁 중좌가 피식 웃으며 말했다.

"뭔가 오해를 한 모양인데, 나는 혁명군대의 지휘관이자 의사요. 임시로 저기 보이는 큰 공간을 의료실로 사용할 테니, 그쪽으로 와서 진료를 받도록 하시오."

“아! 예! 예! 감사합니다!”

뜻하지 않은 말에 여자가 쉬지 않고 허리를 숙여 보였다.

“다른 사람도 마찬가지요. 당장 죽을 정도의 병이 아니면 치료할 수 있으니 괜히 고생하지 말고 오시오.”

“예, 예…….”

“그러겠습니다.”

잔뜩 굳어 있던 사람들의 표정이 조금 풀어졌다.

지난 몇 달간 의사라고는 구경도 하지 못했는데, 혁명군 대장이 의사라고 하니 지옥에서 보살을 만난 얼굴들이다.

그때 박물관을 조사하고 다니던 혁명군 하나가 황급히 달려왔다.

“중좌님, 아니, 중좌 동지! 지금 2층으로 가 보셔야겠습니다.”

“무슨 일인가?”

“총상 환자 하나와 의식을 잃은 여자가 있습니다.”

“총상? 자경단인가?”

“모르겠습니다.”

안상혁 중좌가 인상을 찌푸렸다.

“일단 혁명군의 치료가 먼저다. 응급처치만 하고 지켜봐.”

“그럼 여자는요?”

“인마! 깨워서 신원 확인해!”

“알겠습니다!”

어리바리해 보이는 혁명군이 황급히 돌아갔다.

잠시 후 안상혁 중좌는 자신이 진료실로 사용할 장소로 이동했다.

그리고 밀려오는 총상 환자들을 서둘러 치료하고 한숨 돌리고 있을 때다.

젊은 남자 하나가 터벅터벅 진료소로 들어왔다.

"어디가 아픈가?"

"내가 아픈 게 아니라, 총에 맞은 분이 있는데요."

"혹시 2층의 총상 환자인가?"

"그렇습니다."

"그 환자가 누군지 아나?"

"네, 이민호라고 전에 자경대장님이셨습니다."

"뭐?"

안상혁 중좌는 뜻밖의 대답에 멍한 눈으로 남자를 바라보았다.

그러나 이내 정신을 차리고 차갑게 말했다.

"동지, 내가 조금 전에 말할 때 듣지 못했나? 자경단과는 관계하지 말라고 했는데."

"그건 못 들었고, 그런데 북한에서 왔나요?"

강유진은 비록 국정원에서 내쳐진 몸이지만, 그래도 전방에서 국방의 의무까지 마친 남자다. 좌익이 혁명군을 만들었다는 말에는 그러려니 했다. 어차피 자기가 하고 싶은 대로 하며 사는 세상이니 누굴 탓하고 싶은 마음도 없었다. 그런데 눈앞에서 동지가 어쩌고 해 대니 속이 조금 불편했다.

"그건 왜 묻지?"

"발음을 보니 분명히 남한 사람인 것 같은데 동지라고 하니 궁금해서요."

어제 밤에 최유라로부터 "38선은 사라진 지 오래지만 그래도 사람들은 거주지를 옮기지 않는다."고 들었다. 익숙한 지역이 생존에 유리한 것도 있지만, 북한이나 남한이나 어딜 가도 비슷할 정도로 파괴된 환경 때문이라나? 그러니 이 남자도 분명 토종 한국 사람일 것이었다.

"이 반동 새끼! 이제 보니 자경단이구나!"

안상혁 중좌가 재빨리 허리춤의 권총을 빼 들었다.

"내가 분명히 자경단과 관계하면 즉결처분한다고 했는데! 너이 새끼! 정체가 뭐야!"

순간 강유진이 성큼 다가가는가 싶더니 어느새 두 손으로 총신을 덮었다.

깜짝 놀란 안상혁은 황급히 방아쇠를 당기려고 했다. 그러나 그건 마음뿐이었다. 권총은 어느새 상대의 손바닥으로 넘어간 뒤였다.

강유진이 국정원에서 배운 총기 제압술을 화려하게 펼친 것이다.

철커덕.

강유진의 움직임은 빠르고 자연스러웠다. 안상혁이 자발적으로 총을 건네준다 해도 그보다 빠를 수는 없을 정도였다.

"뭐, 뭐야!"

당황한 안상혁이 주춤주춤 물러났다.

강유진이 권총을 뒤춤에 대충 찔러 넣으며 안상혁에게 다가갔다.

"쯧! 보아하니 의사 선생님 같은데, 세상이 개판 됐지만, 그렇다고 함부로 욕하지는 맙시다. 그리고 나 자경단 아닙니다."

"네가 자경단이 아니라는 걸 어떻게 믿지?"

"그건 내 알 바 아니고, 갑시다."

강유진이 안상혁의 팔을 잡아끌었다.

"놔! 이거 못 놔? 이 반동 새끼! 살고 싶으면 날 놔주는 게 좋을 거야!"

안상혁 중좌는 혁명군이 들으라고 일부러 언성을 높였다.

"의사 선생, 욕 좀 그만해. 나 착한 사람 아니야."

아무 감정이 느껴지지 않는 남자의 음성에 안상혁은 흠칫 몸을 떨었다.

강유진이 굳어 있는 안상혁의 귓가에 나직이 속삭였다.

"믿어도 돼. 부하들이 와서 총질을 해 대면, 나 빼고 다 죽을 거야."

"……."

안상혁은 그의 음성에서 공포를 느껴야 했다.

어느 틈에 팔뚝까지 소름이 오소소 돋아나 있었다. 호랑이나 사자가 아니라, 마치 귀신이 옆에 서 있는 그런 느낌이다.

* * *

"중좌 동지!"

강유진이 안상혁과 치료실을 나서자 서너 명의 혁명군이 총구를 겨누고 따라붙었다.

뒤늦게 위험을 깨달은 안상혁이 부하들에게 소리쳤다.

"야! 이 새끼들아! 총부리 저리 치워!"

"예? 예……."

혁명군들은 엉거주춤한 모습으로 안상혁의 뒤를 따랐다.

안상혁이 점점 늘어나는 부하들과 정체불명의 남자를 번갈아 보며 말했다.

"동지, 내가 치료를 해 준다 해도, 동지와 그 반동은 여기서 빠져나갈 수 없소. 그러니……."

"의사 선생, 나이 몇이지?"

"서, 서른넷이오."

"내가 서른일곱이니 동생뻘이네. 말 놓을 테니까 그렇게 알고 잘 들어.”

“무슨 말을…….”

“너 토종 한국 놈이지? 애들 장난도 아니고 뭐 하는 거야? 배울 만큼 배운 놈이. 내가 왜 네 동지냐? 너랑 나는 뜻도 다르고 목적도 달라. 그러니까 아무 데나 동지라는 말 붙이지 마. 그런다고 미친척하고 동무 어쩌고 하면 진짜 죽도록 맞는다. 나는 네 친구도 뭐도 아니니까. 알았냐?”

“…….”

안상혁 중좌는 어금니를 깨물고 아무런 말도 하지 않았다. 목숨 걸고 벌이는 사상전(思想戰)을 어린애들 장난인 양 깎아내리는 상대의 말에 자존심이 상한 것이다.

그러거나 말거나 강유진은 신경 쓰지 않았다.

“인마, 그놈의 병신 같은 사상 놀음에 나라가 망하고, 이제는 언제 굶어 죽을지도 모르게 됐는데. 아직도 그러고 싶어? 그럴 시간 있으면 살아남을 궁리나 해.”

“한국이 망한 것은 미국의 탐욕에…….”

“뭐야, 그러니까 네 말은 미국이 시켜서 북한이 핵 테러를 하고, 장사정포도 쐈다는 거야?”

“그런 뜻이 아니라…….”

“아니면 뭐? 핵 배낭은 북한이 아니라고 발뺌했다니까 그렇다고 쳐! 근데 미국이 폭격을 했는데 왜 서울과 경기도에 장사정포를 쏴? 한국이 미국의 주(州)라도 되냐? 미국에게 맞았으면 미국에게 테러를 하든지 지랄을 해야 하는 거 아냐? 동포니 민족이니 찾다가 한국에 대포를 쏴 대는 심보는 뭔데?"

"그건……."

"그건 뭐? 미국까지 미사일이 안 날아가니까 그냥 가까운 데다가 오줌 싸듯 갈겨 본 거야? 개새끼들. 말하다 보니 열 받네."

"……."

"잘 들어. 니들이 내 뒤에서 무슨 난리 브루스를 춰도 난 신경 안 쓸 거야. 그런데 내 앞에서는 그러지 마라. 알겠냐?"

"……."

안상혁 중좌는 불쾌해서 속이 뒤집어질 정도였다.

'그러니 뭘 어쩌라고?'

상대는 정확하게 요구하는 것도 없이 "그러지 마라."는 말만 하고 있었다.

"동…… 아니, 당신이 원하는 게 뭐요?"

"이민호 씨를 치료해."

"잠깐만! 그러면 나를 놓아줄 거요?"

안상혁 중좌가 잡혀 있던 팔을 뿌리쳤다.

"놓아주면?"

말과 함께 강유진이 돌아섰다.

그러자 안상혁 중좌가 급히 한걸음 물러났다. 거리를 벌리기 위해서다.
순간 기다렸다는 듯 "타앙!" 하는 총성이 들려왔다.
쉬이이익.
총알이 아슬아슬하게 강유진의 머리를 스치고 지나갔다.
안상혁은 놀랐다는 듯 "헉" 소리와 함께 뒷걸음질 쳤다.
타앙, 탕.
다시 두 발의 총성이 들렸다.
쉬이익, 쉬익.
안상혁 중좌는 총소리가 날 때마다 움찔움찔 몸을 떨었다.
언제 들어도 탄환이 대기를 가르는 소리는 소름이 돋는다. 그런데 저 평범한 인상의 남자는 아무렇지도 않은 얼굴로 허리를 꼿꼿이 세우고 서 있다. 마치 산책이라도 나온 사람처럼 말이다. 그를 증오하던 안상혁도 이때만큼은 그의 대범함과 행운이 부러웠다.
강유진이 피식 웃으며 안상혁에게 다가갔다.
"꼼수 부리지 마. 니들이 한 번 더 저격을 하면, 나도 지휘관인 네 몸에 총알을 박아 줄 거야. 네가 특별히 밉다거나 지금의 상황이 무서워서가 아니야. 누군가의 목숨을 노릴 때는, 자신도 그 정도 각오를 해야 하는 거잖아."
강유진의 경고에 안상혁 중좌가 오른손을 들어 올려 좌우로 가볍게 흔들었다.

“하아! 더 이상의 저격은 없을 거요. 당신은 무척 운이 좋은 사람이군.”

“운은 니들이 좋은 거야. 나에게 그런 짓을 하고도 무사한 사람은 없었으니까.”

“……대답을 아직 못 들었소. 치료를 해 주면 나를 놓아줄 거요?”

“그러지.”

강유진이 약속하자 안상혁의 걸음이 더 빨라졌다.

*　　　*　　　*

안상혁이 진지한 얼굴로 이민호의 상처를 들여다보고 있을 때다.

강유진이 못미덥다는 듯 한마디 던졌다.

“너, 이 사람이 자경단이라고 건성으로 치료하면…….”

“나도 의사요.”

“…….”

안상혁의 그 한마디 말에 강유진은 더 이상 토를 달지 않았다.

확실히 이 순간만큼은 안상혁도 자경단이니 혁명군이니 하는 것들에서 초월한 표정이었다.

그가 진지한 얼굴로 수술하는 모습을 가만히 지켜보던 강유진이 물었다.
"그 좋은 기술을 두고 왜 사람 죽이는 일에 앞장서고 있는 거지?"
안상혁이 부지런히 손을 놀리며 답했다.
"문명이 재건된다면, 그때에는 사람이 사람답게 살 수 있는 좋은 세상을 만들고 싶었소."
"좋은 세상을 만들기 위해 살육을 한다?"
"살육이 아니라 혁명을 위한 피치 못할 희생이오."
"좋은 세상은 어떤 세상인데?"
"사람이 사람답게 살 수 있는……."
"같은 말 반복하지 말고 설명을 잘해 봐. 그런 세상이 어딘데? 역사 속의 어느 나라라고 콕 찍어 말해 보라고. 니들이 닮고 싶은 나라가 있었을 거 아냐?"
"……."
안상혁은 쉽게 답하지 못했다.
"한때 시민권자의 낙원이었다는 미국? 아니면 사회복지가 잘됐다는 스웨덴? 캐나다? 그것도 아니라면 혹시 국민 삶의 만족도가 1위였다는 호주를 말하는 거야?"
"……당신과는 사상논쟁을 하고 싶지 않소. 수술에 집중하게 해 주시오."
…….

그것으로 두 사람의 대화도 끝이 났다.

안상혁은 수술에 몰두했고, 강유진은 미국으로 가는 방법을 두고 고민했다.

수술은 한 시간 만에 끝이 났다.

안상혁이 손에 묻은 피를 닦으며 말했다.

"수술은 그럭저럭 잘 끝났소. 남은 항생제를 조금 주겠소. 그래도 반드시 회복될 거라는 보장은 못 하오. 덧나지 않으면 나을 테지만…… 당신도 알다시피 감염되지 않았다고 장담할 수 있는 상황이 아니니까."

"수고했다. 나도 그 정도는 안다. 나머지는 하늘에 맡겨야지."

"그럼 나는……."

안상혁이 조마조마한 눈으로 상대를 바라보았다.

"마음 같아서는 하루 정도 더 붙잡아 두고 경과를 지켜보고 싶은데, 네가 지휘관이니까 보내 줘야겠지?"

꿀꺽.

안상혁의 목울대로 마른침이 넘어갔다.

강유진은 그런 안상혁의 눈을 오래도록 지그시 바라보았다. 지금의 그는 상상도 하지 못할 테지만, 이방을 나간 후 그가 어떤 선택을 하느냐에 여러 사람의 목숨이 좌우될 것이다. 자신의 손에 피를 묻히게 될지 아닐지는 전적으로 그에게 달려 있었다.

"가 봐."

안상혁은 자리에서 벌떡 일어나-마치 "이곳을 벗어나면 다시 복수하러 오겠다!"라고 외치는 것 같았다-뒤도 돌아보지 않고 사무실을 나갔다.

곧이어 복도에서 한바탕 소란이 일어났지만 이내 잠잠해졌다.

강유진은 가볍게 혀를 차고 말았다.

"쯧! 지금까지 자기는 별 시답지 않은 이유로 여러 사람을 죽여 놓고…… 살려서 보내 주면 고맙다는 말 정도는 해도 되잖아."

꼭 그런 말을 기대한 건 아니지만, 저렇게 쌩하니 튀어 나갈 건 뭐란 말인가?

* * *

이민호가 있을 때 박물관에서는 하루에 두 번 배식을 했다.

그걸 더 먹겠다고 뒤집어엎었던 자경단은 모두 강제 노동에 끌려갔는데, 새 지배자가 된 혁명군은 저녁을 줄 생각도 하지 않았다.

사람들은 배식 시간이 되자 습관적으로 일 층의 안내 데스크로 모였다.

그러나 혁명군은 배식을 할 준비도 하지 않고 있었다.

침만 꼴깍꼴깍 삼키던 시민들의 대표 한지민이 안상혁을 찾아가 배식에 대해 물었지만 돌아온 대답은 싸늘했다.

“식량의 사정이 좋지 않아 내일 배식에 대한 최종 결정을 통보해 줄 것이오.”

“그럼 오늘은 없는 겁니까?”

“동지, 내일 통보해 준다지 않소!”

“아, 예…….”

서슬 퍼런 안상혁 중좌의 말에 한지민은 찔끔 놀라 머리를 굽실거렸다.

한지민은 시민들에게 돌아가 안상혁의 말을 전했다.

시민들은 꼬르륵거리는 배를 움켜쥐고 자기들의 숙소로 돌아가는 수밖에 없었다.

몇몇 혈기 왕성한 사람들이 “차라리 이민호 대장이 있을 때가 좋았다.”고 씨근덕거렸지만, 이미 버스는 떠나간 뒤였다.

강유진은 저녁 시간이 되었지만 방 밖으로 나가지 않았다. 혁명군과의 불필요한 충돌을 피하기 위해서다. 그래도 박물관에서 사람들이 나누는 대화 소리는 거의 대부분 들을 수 있었다. 그래서 혁명군 수뇌들이 무슨 일을 계획하고 있는지도 알았다. 바람의 정령인 벤투스와 의식을 공유하면 공기의 떨림을 통해 소리를 엿들을 수 있었다. 이전에는 꿈도 꾸지 못했던 일이다.

사실 루카의 공간에 있는 동안 부상을 입었던 몸은 단지 회복만 된 게 아니다.

강유진은 루카의 공간 안에서 다른 정령들과 교감했다.

그 교감은 이전의 소환과는 확연히 달랐다.

어쩌면 루카의 공간이 가지고 있던 특별함 때문이었는지 모른다. 또는 부상으로 정령의 힘이 더 강하게 작용한 것일 수도 있고, 그게 아니라면 정령술의 사용이 능숙해져서 그랬을 수도 있다. 어떤 이유에서건, 강유진은 그곳에서 이전과 다른 것을 느꼈다.

놀랍게도! 정령과 의사소통이 가능해진 것이다.

그 일이 있고 나서야 강유진은 정령이 '스스로 사고(思考)하는 생체에너지'라는 것을 확신하게 됐다. 정령의 목소리가 귀에 들린 것은 아니다. 시끄러울 수도 있는 그런 방법 대신 정령들은, 그들의 생각을 직접 강유진의 머리에 전해 주었다.

그렇게 정령이 머릿속으로 뜻을 전했다면, 강유진은 여전히 입으로 말했다. 그게 편하기도 했지만, 누구의 말이었지 기억하기가 편해서다. 생각해 보라. 머릿속으로 무수히 많은 말들이 오간다면, 나중에는 모든 게 뒤죽박죽으로 섞이지 않겠는가!

역사적인 인간과 정령의 첫 의사소통이 이루어지던 날, 대화를 주도한 것은 차분한 아이엔이었다.

'인간인 당신이 우리와 통하리라고는 생각하지도 못했어요. 위대한 타이탄도 그러지 못했거든요. 타이탄은 우리를 불러냈지만,

우리와 소통하려고 하지 않았어요. 같은 공간 같은 시간에, 타이탄은 타이탄의 말을 하고, 우리는 우리의 말을 한 셈이지요.'

"헐! 타이탄은 왜 그랬지?"

'타이탄은 자신들의 능력을 믿었어요. 그래서 우리와 완전한 교감을 하려고 하지 않았죠.'

"우리란 너희 다섯 정령들을 말하는 거겠지?"

'그래요.'

"너희들은 누구지? 뭐라고 정의 내릴 수 있냐는 물음이야."

'음, 우리는 당신의 언어로 말하자면 진화의 거의 최종 단계에 도달한 존재들이에요.'

"거의 최종 단계? 아직도 더 뭐가 남았다는 건가?"

'모르죠. 우리는 여전히 완전을 향해 가고 있는 존재들이니까요. 당신의 부름에 따라 나선 걸 보면 알 수 있잖아요. 우리가 완전했다면 고작 그런 술식(術式)에 움직였겠어요?'

"어쨌든 좋아, 그럼 나는 너희들과 소통에 성공한 건가?"

이때 강유진은 타이탄도 가지 못한 경지에 이르렀다고 내심 뻐기고 있었다.

'성공이라는 말보다는 이제 첫 걸음을 내딛은 거라고 할 수 있어요. 당신은 우리와 계속해서 소통해서 더 높은 경지로 가야 해요.'

"더 높은 경지?"

'그래요. 결국 당신은 여행하는 자가 될 운명이니까요.'

"설마, 나도 너희들과 비슷한 존재가 된다는 뜻인가?"

'그건 아니에요. 우리는 당신과 달리 시작부터 인간이 아니었으니까요. 인간에게는 인간의 길이 있을 거예요. 그걸 누가 알겠어요?'

"알았어! 여하튼 더 높은 경지로 가야 한다 이거지? 어떻게 그럴 수 있지? 알고 있다면 가르쳐 줘. 나는 타이탄과 달리 너희들의 말을 들을 준비가 되어 있는 겸손한 사람이라고."

그때 분명히 아이엔은 찰랑찰랑한 웃음을 터뜨렸었다.

'후후훗! 우선 당신의 머릿속에서 오가는 우리와의 대화를 믿으세요. 믿지 않으면 소통은 이루어지지 않아요. 당신은 혼잣말하는 미친 사람이 아니에요.'

"좋아, 그리고?"

'그리고 기회가 될 때마다 우리와 생각을 공유하려고 노력하세요. 그러면 당신은 계속해서 앞으로 나갈 수 있을 거예요.'

"공유하라고? 어떻게 그게 가능하지? 나는 컴퓨터가 아닌데?"

강유진은 컴퓨터 네트워크의 공유와 비슷한 개념으로 받아들였기에 의아해했다.

아이엔의 얼굴에 떠올랐던 미소가 더 짙어졌다.

'먼저 나라고 하는 당신의 생각을 내려놓으세요. 그러면 당신의 속에 들어 있는, 우리를 느낄 수 있을 거예요. 그게 공유의 시

작이죠.'

그 뒤로 강유진은 잡념으로 가득한 자신의 고집스러운 생각을 내려놓으려고 애썼다.

루카가 만든 그 특별한 공간에서 하루 종일 한 일은 '생각을 내려놓는 일' 이었다.

그 간단해 보이는 일은 영원 같은 시간이 흐른 뒤에야-실제로는 석 달 정도에 불과했지만 말이다-겨우 가능해졌다.

정령과 의식을 공유한 횟수는 많지 않았지만, 그것만으로도 강유진은 정령들이 어떤 존재들인지 확실히 알 수 있었다.

그것은 그는 인간으로 살며 형성해 온 모든 가치관을 갈아엎어야 했다.

그 충격으로 강유진은 나머지 시간들을 죽은 듯 보냈다. 과거에 대한 회의는 그를 무기력하게 만들었다.

지독한 무기력증을 겨우 극복한 날, 루카의 손에 이끌려 세상으로 나왔다.

정령들과 생각을 공유하기-어쩌면 융화라는 표현이 맞을지도 모른다-시작한 이후로 강유진에게는 많은 변화가 찾아왔다.

그중에서 가장 큰 것은 더 이상 마법의 주문을 외우지 않아도 된다는 점이었다. 생각한 것만으로도 정령술이 가능하게 된 것이다. 의식의 공유라는 특별한 경험 덕분에 정령들은 강유진의 필요를 알고 즉각적으로 응답했다.

몸이 더 강해지고, 민첩해진 것은 덤이다.

중년 남자 특유의 고집스러움과 부잡스러운 감정이 남아 있다는 것만 빼면, 강유진은 거의 인간을 초월한 상태였다.

그런 이유로 강유진은 이 층 구석의 사무실에 있으면서 배식이 끊어진 정확한 이유를 알고 있었다.

혁명군이 박물관에 온 것은 점령을 하기 위함이 아니다. 그들이 이곳까지 온 것은 식량을 탈취해 가기 위해서다. 지금도 안상혁 중좌는 식량을 어디론가 열심히 빼돌리고 있었다.

"쯧! 결국 자기들끼리 잘 먹고 잘살자는 혁명이었군."

그건 마치 북한에서 평양의 특수 계층만 먹고 살 만했다는 것과 같았다.

안상혁은 부하들에게 "혁명에 동참하지 않은 자는 밥버러지만도 못한 존재다."라고 했지만, 그 이면에는 극단적인 이기주의가 자리하고 있었다.

강유진은 새삼스러운 눈으로 이민호를 내려다보았다.

같은 편에게 버림받은 이 남자는 무정(無情)한 것 같아 보이지만 이타적이다. 인간을 구원할 것같이 말하고 몰래 식량을 탈취해 가는 혁명군과 정반대의 길을 가고 있는 것이다. 어쩌면 그래서 안상혁 중좌는 그를 더욱 죽이려고 한 것인지도 모른다. 안상혁 중좌가 어둠이라면 이민호는 빛이었다.

강유진은 이민호의 이마를 손으로 짚었다.

다행히 열이 오르지 않는 것을 보니 감염된 것 같지는 않다.

약도 없는 시대에 수술을 받고도 정상 체온을 유지할 수 있다니 기적이 따로 없다.

"운이 좋은 사람인지 나쁜 사람인지 모르겠군…… 아! 그렇지! 치료의 주문이 있긴 있었는데……."

강유진은 기억을 더듬어 치료의 주문을 나직이 읊조렸다.

강유진의 손끝에서 뻗어 나온 빛이 이민호의 몸으로 부드럽게 스며들었다.

그때였다.

아주 조심스럽게 문이 열렸다.

소리에 고개를 돌리던 강유진과 막 안으로 들어서던 최유라의 시선이 마주쳤다.

"어머! 아저씨였어요?"

"네, 들어오세요."

최유라는 강유진의 얼굴을 확인하자 주저하지 않고 안으로 들어갔다.

"우리 외삼촌은 좀 어떠세요?"

"괜찮아요. 수술도 잘 끝났고. 이제 정신을 차리기만 하면 돼요. 그런데…… 괜찮았어요?"

최유라는 자경단이다. 혁명군은 자경단과는 상극인 사람들로 보였다. 그러니 자유롭게 돌아다니는 최유라가 신기해 보였다.

최유라가 나직이 말했다.

"아직 그들은 제가 자경단이라는 걸 몰라요."

"아!"

자경단 내부의 사정을 모르는 혁명군은 그녀를 일반인으로 생각한 모양이다. 그러고 보면 얻어맞고 총까지 빼앗긴 게 그녀에게는 득이었다.

"전 자경단 그만둘 거예요. 그런 사람들인 줄 몰랐어요."

"모두 다 그런 건 아닐 겁니다. 당장 여기 있는 이민호 대장님만 봐도 훌륭하시잖아요."

"어차피 이제는 있지도 않은 자경단인걸요. 그런데…… 혁명군이 삼촌을 치료해 준 거예요? 그 사람들이 그럴 리가 없는데……."

"제가 부탁을 좀 했죠."

"에? 아저씨 혁명군에 아는 사람 있어요? 은근히 마당발이시네?"

"하하, 그건 아닌데요. 누구라도 제 부탁을 거절할 수 있는 사람은 없을 겁니다."

최유라가 동그랗게 뜬 눈으로 강유진을 바라보았다.

"누구라도요?"

"네."

"와아! 자신감 대박이시다! 그래도 우리 외삼촌을 구해 주셨으니까 저는 믿어 드릴게요. 인사도 못 드렸네요. 감사해요."

"별말씀을요. 저도 이민호 대장님 덕분에 여기까지 온걸요."

"아니에요. 정말 고마워요. 제게 남은 혈육이라고는 외삼촌 한 분뿐이었어요."

"가족들은?"

"폭격으로 모두 죽었어요."

"아!"

"그래서 이제는 비행기 소리만 들어도 소름이 돋아요. 핵전쟁 이후로는 비행기가 날아다니는 것 같지 않아 다행이지만……."

"그러고 보니 저도 비행기를 못 봤네요. 어떻게 된 건지 아세요?"

"여긴 별 볼 일 없는 곳이라서 그럴 거예요. 부산 근처의 비행장은 아직 운영되고 있다고 들었어요. 물론 더 이상 미국으로 가는 비행기는 없을 테지만."

"응? 왜요? 미국행 비행기가 끊어졌나요?"

"더 이상 갈 필요가 없으니까요. 오히려 이젠 미국보다 한국이 더 좋잖아요. 미국은 직접적인 핵공격 때문에 방사능 피해가 엄청나다고 하더라고요."

"아……."

"미국 사람들이 이제는 방사능 없는 곳으로 이주해 가야 할걸요? 남미(南美)나 서아시아(West Asia) 쪽으로…… 그런데 미국은 왜 물어보세요? 가시게요?"

"네, 조만간 가 봐야 할 것 같아서요."

"남들이 다 피하는 곳을 왜 찾아가시려고요?"

"딸이 미국에 있어서요."

강유진의 표정이 급속도로 어두워졌다.

LA는 핵공격을 받았을까?

최유라에게 묻고 싶었지만 차마 입이 떨어지지 않았다.

잠시 다른 생각을 하고 있던 강유진과 최유라는 이민호의 신음에 정신을 차렸다.

"으으음……."

"외삼촌! 정신이 드세요?"

최유라가 부르는 소리를 들었는지 이민호가 힘겹게 눈을 떴다.

"여기는……."

"외삼촌, 여긴 박물관 이 층이에요."

"끄응!"

억지로 상체를 일으킨 이민호가 좌우를 살피며 물었다.

"으음! 그놈들은?"

"혁명군에게 다 끌려갔어요. 쌤통이죠."

"박물관이 혁명군 손에 넘어갔다는 말이냐?"

"네."

이민호는 강유진과 눈이 마주치자 어색하게 웃어 보였다.

"하하, 어떻게 된 일인지 아나?"

"네, 대장님이 쓰러지신 동안에……."

강유진은 그간의 일을 요약해서 들려주었다.

애써 무덤덤한 얼굴로 듣고 있던 이민호지만 자경단원 대부분이 투항하고, 단 두 사람만 달아났다는 말에는 얼굴을 붉혔다.

"……그렇게 끝났다고? 우리 호랑이 부대가?"

우두커니 앉아 있던 이민호가 침통한 표정으로 중얼거렸다. 자신이 일구어 온 모든 게 수포로 돌아가니 어지간히 허탈한 모양이다.

"외삼촌, 그런 인간들은 없어지는 게 나아요. 배신으로도 모자라 외삼촌을 죽이려고 했잖아요."

"그 사람들 너무 미워하지 마라. 평소에 내가 잘못한 게 있으니까 그랬던 거겠지."

"에이, 외삼촌은 너무 착해서 탈이라니까."

"그나저나 자네가 내 생명의 은인이었군. 고맙네. 역시 내가 사람 보는 눈이 있다니까!"

이민호가 애써 밝은 표정을 지어 보였다.

강유진이 부담스럽다는 듯 손사래를 쳤다.

"하하! 나누어 주신 물과 빵의 힘입니다.."

빙그레 웃던 이민호가 뒤늦게 생각났다는 듯 물었다.

"그런데 혁명군은 물러간 건가?"

"아닙니다. 아직 박물관에 주둔하고 있습니다."

강유진의 말에 이민호가 고개를 갸웃거렸다.

"그놈들이 자경단 대장인 나를 죽이지 않고 치료해 줬다고? 그럴 놈들이 아닌데……."

"그러게 말이에요. 도대체 무슨 수를 쓴 거예요?"

최유라가 호기심 어린 눈으로 강유진을 바라보았다.

강유진은 뭐라고 해 줄 말이 없어 웃기만 했다.

그런 강유진을 바라보던 이민호의 안색이 조금 흐려졌다.

이민호는 혁명군이라면 이를 가는 사람이다. 호감을 가진 강유진이 혹시라도 혁명군과 관계되었다면? 그런 생각만으로도 머리가 아플 지경이다.

"혹시 자네 혁명군 쪽 사람이었나?"

"전혀 아닙니다."

그제야 이민호의 표정이 풀어졌다.

"아니라는 말을 믿지. 혁명군과 자네는 어울리지도 않아."

"피이! 아저씨는 비밀이 너무 많아."

말과 함께 최유라가 고개를 설레설레 저었다.

외삼촌이라면 강유진이 무슨 수를 썼는지 알아낼 수 있을 거라고 믿었는데, 여전히 모든 것은 비밀에 싸여 있다.

이 아저씨는 누굴까?

최유라가 강유진을 이리저리 뜯어봤다. 그러나 아무리 봐도 오리무중(五里霧中)이다. 아니, 볼수록 궁금증은 더 커져 간다.

제7화

피할 수도 없고 즐길 수도 없다

박물관에 마련된 임시 지휘소.

그 지휘소 안에 두 남자가 마주 앉아 있었다. 혁명군을 따라다니며 사상지도를 하고 있는 정치위원 김기선과 안상혁 중좌다. 그런데 지금 두 사람의 분위기는 누가 봐도 좋지 않았다. 특히 정치위원 김기선이 그랬다. 그의 표정은 보기 흉할 정도로 딱딱하게 굳어 있었다.

정치위원 김기선은 안상혁 중좌가 마음에 들지 않았다. 그는 이 층에 있는 반동들을 그냥 내버려 둘 것처럼 행동하고 있었다. 감히 혁명군 중좌를 인질로 끌고 다닌 놈과 악질 반동인 자경단 대장을 살려 두다니? 그래서는 엄정한 군기를 유지할 수가 없다.

"중좌 동지. 내일이면 이곳을 떠날 텐데, 이 층의 반동들은 언제 처단하실 작정입니까?"

"하아! 김 동지, 그자의 눈을 가까이서 본 적이 있소?"

"없습니다."

"우리 저격수들은 지금까지 실패한 적이 없소. 그런데 말이오…… 그 가까운 거리에서 세 발이나 쐈는데…… 단 한 발도 그를 맞추지 못했소. 나는 그자의 표정을 잊을 수가 없소. 총알이 머리를 스치고 지나가는데도 그는 웃고 있었소. 마치 해볼 테면 해봐라 하는 얼굴로 말이오."

"고작 저격에 실패했다는 이유로 못 본 척하자는 말입니까?"

안상혁 중좌가 답답하다는 듯 김기선을 바라보았다.

"김 동지, 아니, 야! 김기선! 너는 그 사람 눈을 못 봐서 그래. 그건 사람의 눈이 아니었다고! 나는 다시 그 인간과 마주하고 싶지가 않아!"

"야라니요! 아무리 중좌 동지가 대학 선배라고 해도, 그건 옳지 않은 표현입니다! 남한의 혁명부대가 와해 직전에 있는 건 사실이지만, 그럴수록 중좌 동지와 같은 분들이 바르게 처신을 해 줘야……."

"알았고, 다 좋은데, 난 솔직히 그 인간 다시 보고 싶지 않다."

계속된 안상혁의 거부에 김기선이 인상을 찌푸렸다.

'대체 무슨 일을 겪었기에 저렇게 싫어할까?'

저렇게 싫어하는 사람을 계속 몰아붙이는 것도 현명한 짓은 아니다. 결과에 관계없이 괜히 서로 간의 감정만 틀어질 수 있으니 말이다.

"중좌 동지, 그럼 열 명만 내주십시오. 내가 처리하겠습니다."

"하지 말라니까……."

안상혁 중좌는 왠지 느낌이 좋지 않아 김기선을 만류했다.

하지만 김기선은 막무가내였다.

자신이 하겠다는데도 말리자 울컥하는 마음에 언성까지 높였다.

"아직 모르시겠습니까! 시간이 지날수록 혁명군대가 흩어지고 있습니다! 이곳에 있는 우리가 마지막 중부군인지도 몰라요! 동지들이 그저 살아남는 걸 목표로 사상투쟁을 접고 있단 말입니다! 그런 마당에 중좌 동지가 그놈에게 잡혀 개처럼 끌려다녔습니다! 이 문제를 정리하고 넘어가야 '중부 연합의 안상혁 부대'가 흐트러지지 않는단 말입니다!"

"……."

순간 안상혁 중좌의 눈에서 살기가 번득였다.

개처럼 끌려다녔다는 후배의 말에 상처를 입은 것이다.

"너, 이 새끼……."

"선배……."

"……."

안상혁이라고 김기선의 말뜻을 모르는 게 아니다. 다만 그 남자가 두려웠을 뿐이다.

그러나 바락바락 대드는 후배 앞에서, 총대장에게 혁명 영웅 칭호까지 받은 자신이, 언제까지 꼬리를 말고 있을 수는 없었다.

"넌 나서지 마라. 내일 새벽에 놈을 처치하고 이곳을 떠난다."

"선배가 직접 하실……."

"최소한 나는 내가 해야 할 일을 남에게 미루며 살지 않았다."

"알겠습니다. 중좌 동지."

김기선이 정중하게 경례를 올리고 돌아섰다.

그러나 김기선은 안상혁의 이어지는 말에 자리를 떠날 수 없었다.

"이번 일만 처리하고 북쪽으로 올라갈 생각이다."

"네?"

김기선이 놀란 눈으로 안상혁을 바라보았다.

남한에서의 게릴라 투쟁은 총대장의 직접적인 명령이었다. 그 명령이 철회되지 않는 상태에서 제멋대로 행동하다가는 자칫 반동으로 몰릴 수도 있다.

"더 이상의 게릴라전은 의미가 없어. 혁명 정부를 조직할 사람이 남아 있는지 확인해 봐야겠다."

"음, 갑작스러운 말씀이지만…… 저도 동의합니다. 남한에 있는 혁명군은 삼백이 넘지 않습니다. 북쪽에 군대가 얼마나 남아 있는지 확인하고…… 필요하다면 우리도 혁명 방법을 수정해야 할 겁니다.”

……

두 사람은 잠시 말을 하지 않았다.

위로부터의 지시가 없는 상태에서 군대를 움직이겠다는 것과 단독으로 혁명의 우선순위를 바꾸겠다는 것은 의미심장한 선언이었다.

얼마나 시간이 흘렀을까?

복잡한 감정을 추스른 안상혁이 김기선에게 물었다.

“북쪽에도 군대가 없다면…… 어떻게 하지?”

김기선은 망설이지 않고 답했다.

“비옥한 지대를 찾아 점령하고, 혁명 정부 재건의 때를 기다려야죠.”

“그런 곳이 남아 있겠냐?”

“찾아보면 있을 겁니다. 그래도 북쪽은 직접적인 핵공격을 받지 않았으니까요.”

“연합군의 엄청난 폭격 속에 남은 게 있겠냐? 미국과 유럽에서 핵공격을 하지 않아도 될 만큼 처참했다고 하던데…….”

“가 보기 전에는 모르는 거니까요.”

“그래, 가 보기 전에는 모르는 거겠지?”

안상혁 중좌가 넋이 나간 얼굴로 중얼거렸다. 마음 같아서는 남한에 자리를 잡고 싶지만, 남한에서는 자경단의 견제로 버틸 재간이 없다. 게다가 대부분의 시민들은 혁명군에게 적대적이었다. 북한과 전쟁 중이었기 때문에 혁명군을 과거 빨치산 보듯 했다.

역사 속의 빨치산을 떠올리자 마음이 착잡해졌다.

"그런데…… 우리는 무엇을 위해서 투쟁하고 있는 거지?"

김기선이 단호하게 답했다.

"당연히 사람이 사람답게 살 수 있는 세상을 만들기 위해서입니다."

"정치위원답군."

"좀 쉬십시오. 체력이 떨어지면 마음도 약해지는 법입니다."

김기선은 목례를 해 보이고 자리를 떠나갔다.

홀로 남은 안상혁 중좌의 입에서 땅이 꺼질 듯한 한숨이 흘러나왔다.

자신도 처음에는 당장 부하들을 이끌고 돌아가 그 남자를 때려죽일 생각이었다. 그러나 지휘소로 돌아와 흥분이 가라앉자 예기치 않게 공포가 엄습해 왔다. 이유를 설명할 수 없지만, 그 남자를 떠올리기만 해도 두려웠다.

날이 밝으면 그런 그를 죽이러 가야 한다.

안상혁은 자신에게 이런 고통을 안겨 준 김기선이 원망스러웠다.

'피할 수 없으면 즐기라고 했던가?'

그런데 피할 수 없는데 즐길 수도 없다면?

괴로울 뿐이다.

안상혁 중좌는 새벽까지 의자에 앉아 괴로워했다.

*　　*　　*

강유진이 눈을 떴다.

아직 창밖은 어두운 새벽이다.

어둠 속에서 자신을 향해 밀려오는 적의가 느껴진다.

숫자는 무려 열둘이나 된다.

강유진은 최유라와 이민호가 안전한 위치에 있는지를 살폈다. 두 사람은 철재 캐비닛 뒤쪽에 웅크리고 잠들어 있었다.

소리 없이 문이 열렸다.

처음부터 잠금장치가 고장 나 있던 문은 시야를 차단하는 이상의 역할을 해 주지 못했다.

곧이어 두 사람이 고양이 걸음으로 들어왔다.

희미한 달빛이 침입자의 얼굴을 비추었다.

남자 하나가 창가에 서 있는 강유진을 발견하고는 재빨리 총구를 돌렸다.

그러나 그가 강유진의 눈보다 빠를 수는 없다.

콰직.

"끄윽!"

팔뚝이 부러진 남자의 입에서 짓눌린 비명이 새어 나왔다.

다른 하나가 급히 상체를 틀었다.

그러나 그는 전신에 강한 충격을 받고 벽으로 훨훨 날아갔다.

쿠웅.

하필 벽에 머리가 부닥친 그는 비명을 지를 틈도 없이 정신을 잃었다.

강유진이 문을 열고 밖으로 나갔다.

순간 쿵 하는 소리에 문을 경계하고 있던 아홉 개의 총구가 일제히 불을 뿜었다.

타타타타탕.

자동에 놓고 갈기기라도 한 듯 요란한 총성이 울려 퍼졌다.

쉬이이익.

가가가가각.

탄환은 강유진의 몸 근처에서 기괴한 소리를 내다가 하나둘씩 바닥으로 떨어져 내렸다.

투투툭.

강유진의 시선이 근처의 남자들에게로 향했다.

퍼퍼퍼퍽.

가까이 있던 네 남자가 뒤쪽의 벽으로 날아갔다.

콰직. 콰직.

다시 두 남자의 팔뚝이 뒤로 꺾였다.

팔이 부러지는 와중에도 남자는 끝까지 방아쇠를 당겼다.

타타타탕.

총신이 이리저리 흔들리자 사방으로 총알이 날아갔다.

"컥!"

"으윽!"

남자 둘이 눈먼 총알에 맞았는지 거꾸러졌다.

…….

잠시 기괴한 정적이 흘렀다.

이 모두가 문이 열린 잠깐 사이에 일어난 일이다.

뒤늦게 정신을 차린 세 사람이 정체불명의 남자, 강유진을 조준하고 방아쇠를 당겼다.

"죽어!"

"야! 이! 개새끼야!"

"야아아아!"

세 사람은 동지의 복수와 두려움을 떨치기 위해 미친 듯 소리쳤다.

타타탕. 탕. 탕. 타타탕.

그러나 이번에도 총알은 강유진의 몸 앞에서 힘없이 떨어져 내렸다.

강유진이 혁명군을 보며 중얼거렸다.

"뮤토 사크리시움."

어디선가 두 개의 물 덩어리가 날아와 정면의 두 남자를 강타했다.

퍼퍽.

둔탁한 소리와 함께 남자들의 몸이 5미터 이상 뒤로 날아갔다.

그들 역시 비명 한 번 지르지 못하고 정신을 잃었다.

…….

강유진의 서늘한 시선이 홀로 남은 혁명군 중좌 안상혁에게로 향했다.

안상혁은 덜덜 떨며 방아쇠를 당기지 못했다.

그는 총알이 상대의 앞에서 불꽃을 튀며 회전하다가 꽃잎처럼 바닥으로 떨어져 내리는 것을 보았다.

"다, 당신은 누구요?"

"내가 너를 용서해 줘야 하는 이유를 대봐."

"나, 나는……."

잠시 머뭇거리던 안상혁은 총구를 자신의 턱 밑에 댔다. 증오하고 있던 상대에게 목숨을 구걸하고 싶지는 않았다.

"혁명 만세……."

언젠가 보았던 영화에서 한 인민군이 "공화국 만세"를 중얼거리며 자살했다. 그걸 따라한 것이다. 지금 같은 상황에 꽤나 어울리는 대사가 아닌가!

하지만 안상혁 중좌는 영화 속의 인민군처럼 장렬하게 자살하지 못했다.

강유진이 사납게 그의 K2 소총을 후려친 것이다.

퍽.

“악!”

턱이 부서질 것 같은 고통에 안상혁이 비명을 질렀다.

강유진이 그를 보며 차갑게 말했다.

“누가 죽으래? 나를 니들과 같은 사람으로 만들지 마.”

“크윽! 나에게 원하는 게 뭐요?”

“사람이 사람답게 사는 세상을 만들고 싶다고 했지?”

“그렇소.”

“나를 따라와. 원하는 일을 하게 해 주지.”

그 말을 끝으로 강유진은 방으로 돌아갔다.

멍하니 서서 남자가 사라져 간 방을 바라보던 안상혁 중좌는 힘없이 돌아섰다.

안상혁 중좌가 지휘소로 돌아왔을 때는 날이 환하게 밝은 때였다.

새벽부터 지휘소에 나와 있던 김기선이 급하게 다가와 물었다.

“중좌 동지. 생각보다 거칠게 처리했나 봅니다?”

안상혁이 힘 빠진 음성으로 말했다.

“기선아, 이 층의 부상자들이나 치료소로 옮겨 놔라.”

“중좌 동지?”

“가서 부상자들이나 옮기라고.”

김기선은 안상혁의 퇴폐적인 말투를 물고 늘어질 수 없었다. 안상혁에게서 어딘지 모르게 비장한 분위기가 물씬 풍겼다.

“무슨 일이 있었습니까?”

“모두 당했다.”

“당하다니요? 설마 자경단이 숨어 있었단 말입니까?”

“그랬다면 내가 살아 돌아왔겠냐. 그 사람에게 모두 당했다. 빈손으로 부하들을 모두 날려 버렸어. 내가 말했잖아. 그는 평범한 사람이 아니야.”

“빈손이었다면서 총소리는 뭡니까?”

“모두 우리가 쏜 총이다.”

“설마! 어두워서 헛손질만 하다가 당한 겁니까?”

“헛손질? 하하, 차라리 그랬으면 좋겠다.”

“그럼 뭡니까?”

“너 매트릭스 기억나냐?”

“영화요?”

“그래, 영화. 그 매트릭스를 보는 것 같았다. 총알이 그의 몸 앞에서 멈췄어. 마치 보이지 않는 벽이 그를 보호하고 있는 것 같았다고…….”

"중좌 동지. 어디 아프십니까?"

"총을 든 사람은 죄다 손이 부러지거나, 아니면 벽으로 날아가 처박혔어. 그가 나만 내버려 둔 이유를 모르겠다."

"중좌 동지! 정신 차리십시오!"

"그만. 난 더 이상 중좌 노릇 못 하겠다."

"그게 무슨 말입니까? 설마 혁명군대를 떠나겠다는 말입니까?"

"그래, 그가 나를 불렀다."

"부르다니요?"

"자기를 따라오란다."

"중좌 동지! 반동 새끼가 따라오란다고 따라갑니까?"

답답해진 김기선이 목에 핏대를 세웠다.

"그만해! 새끼야! 내 말 못 들었어? 매트릭스라고! 그는 평범한 사람이 아니야! 중좌니 총대장이니 하는 이름으로 어쩔 수 있는 존재가 아니라고!"

"그런 반동적인 언사를……."

"그래서 내가 말했잖아. 나 중좌 그만둔다고. 여기서 부대를 해산시키든지, 네가 이끌고 북쪽으로 가든지 마음대로 해라."

"중좌 동지! 아니, 선배! 이러면 우리 모두 죽습니다! 한국에서 선배를 모르는 자경단이 없어요! 우리 손에 죽은 자경단이 한둘이 아니잖아요! 우린 부대를 인솔해서 북쪽으로 가야 합니다!"

안상혁이 담담한 음성으로 말했다.

"기선아. 내 전쟁은 오늘 끝났다."

"선배! 그런 무책임한 말 하지 마십쇼! 우리 혁명군대가! 내가! 어떻게 여기까지 왔는데! 내가 왜 손에 피를 묻혔는데!"

"잊었구나. 혁명은 자발적인 의지로 하는 거라는 걸."

"씨발! 그따위 입에 발린 말은 하지 말자고요!"

"미안하다. 그래도 나는 돌아가지 않는다."

김기선이 발작적으로 권총을 뽑아 안상혁의 머리를 겨누었다.

"지금 그 말 철회해! 우리 혁명부대는 혁명 아니면 죽음이라고! 당신도 나도 그렇게 살아왔잖아! 당신이야 말로 혁명을 거부한 놈들이 어떻게 됐는지를 기억해!"

"……씨발, 쏠 테면 쏴라. 아까도 죽으려고 했는데 못 죽었다."

안상혁이 눈을 질끈 감았다.

…….

그런 안상혁을 노려보던 김기선이 거칠게 돌아섰다.

"선배, 내가 그 반동 새끼를 죽이면, 혁명군대에 남을 거요?"

"네 손에 죽을 사람이었으면…… 내가 빈손으로 내려오지도 않았다."

"선배는 싸움은 잘하는데 사상투쟁이 약한 게 흠이오. 본래 이런 일은 의지가 강한 쪽이 이기는 법이오. 내가 그놈을 죽이고 와서 다시 묻겠소. 그때도 거절하면 선배도 죽을 거요."

"하하, 네가 그를 죽일 수 있다면…… 너를 내 상관으로 모시고 평생 충성하마. 어차피 희망 없는 세상, 무슨 일인들 못 하겠냐."

"흥!"

냉소를 치던 김기선은 분이 안 풀리는 듯 씩씩거리다가 나갔다.

김기선은 지휘소를 나가자마자 부하들을 불러 부상자들을 치료소로 옮기게 했다.

그리고 부상병의 이송이 끝날 무렵 홀로 이 층으로 향했다. 적은 한명에 불과했지만, 수적인 우위가 의미 없다는 생각에서다.

'뭔가 있다.'

의사 출신인 안상혁은 실없는 사람이 아니다. 그가 매트릭스 운운했을 때는 그만한 이유가 있을 것이다.

'그래도 내가 이긴다.'

안상혁은 적이 최면술과 같은 트릭을 썼다고 믿었다. 대체로 그런 류의 싸움이라면 정신력이 강한 사람이 이긴다. 정신력이라면 자신 있었다. 정치위원은 보통의 정신력으로 감당 할 수 있는 자리가 아니다. 그런데 수백 명의 정치위원들 속에서도 자신은 발군이었다.

총소리와 혁명군의 흉흉한 분위기에 사람들은 코빼기도 보이지 않았다.

덕분에 김기선은 부담 없이 목적지 앞까지 갈 수 있었다.

굳게 닫혀진 문 앞에서 김기선은 K5 권총의 슬라이드를 뒤로 당겼다가 놓았다.

찰칵.

자경단을 토벌하고 습득한 K5에서 경쾌한 음향이 들렸다.

김기선은 그 소리에 흠칫 놀라 황급히 주변을 살폈다. 그러나 여전히 아무도 없는 걸 확인하고는 멋쩍은 미소를 지었다.

김기선의 손이 조심스럽게 문고리를 잡았다.

천천히 문을 열고 안으로 들어선 김기선은 재빨리 방 안을 살폈다.

캐비닛 뒤쪽에 남녀가 웅크리고 앉아 있는 게 보였다.

'이민호가 있다고 들었는데 여자는 누구지?'

궁금했지만 김기선은 두 사람에 대한 관심을 접었다.

그가 목표로 하고 있는 사람은 자경대장이 아니라 혁명군 중좌에게 절망을 안겨 준 남자다.

'으음!'

창가에 한 남자가 우두커니 서 있었다.

그는 인기척이 났음에도 불구하고 뒤도 돌아보지 않았다.

김기선은 사내가 무장하지 않은 걸 확인하고 암암리에 안도의 숨을 내쉬었다.

"너! 이 반동 새끼. 안상혁 중좌에게 무슨 짓을 했는지 몰라도, 나한테는 통하지 않을 거다!"

적의(敵意)가 가득 담긴 외침에 강유진이 돌아섰다.

그 순간 김기선이 방아쇠를 당겼다.

상대가 이상한 수작을 부리기 전에 죽여 버릴 생각이다. 적에게 대비할 시간을 주지 않고 무조건 쏘는 것. 그게 김기선이 준비한 필승의 대책이었다.

탕. 탕. 탕. 탕. 탕.

*　　*　　*

"어디로 가는 겁니까?"

박물관을 떠난 지 두 시간 만에 안상혁이 물었다.

앞장서서 눈길을 개척하던 강유진이 멈춰 섰다.

"한강을 건넌다."

"강남으로 가는 겁니까?"

"그래."

"고담에 특별한 용무라도 있는 겁니까?"

강유진의 나이가 많다는 걸 알고 나서 안상혁은 꼬박꼬박 존대를 했다.

고담이라는 말에 강유진이 놀란 얼굴로 되물었다.

"웬일이냐? 농담을 다 하고?"

"혁명군대에서는 강남을 고담이라고 부른 지 오래됐습니다."

"어, 그래?"

강유진이 알아들었다는 듯 고개를 끄덕였다. 어쩐지 심각한 얼굴에 어울리지 않게 농담을 하나 싶었다.

"찾는 사람이 있는데, 혹시 집에 행선지라도 남겨 놨을까 봐. 혹시나 하는 마음에 가 보는 거다."

"강남에 집도 있고 부자셨나 봅니다."

"공무원 생활 잠깐 하면서 대출 받은 돈으로 오피스텔 하나 장만해 뒀던 거다."

"아, 그러셨군요. 그런데 오피스텔이면…… 조금 걱정되시겠습니다."

"왜?"

"강남의 고층 건물들은 폭격으로 거의 완파 내지는 반파된 걸로 알고 있거든요."

"그러냐. 그렇게 고층 빌딩은 아니었는데…… 그래도 빌딩 소리를 들었으니 모르겠네. 이런 것도 운에 맡겨야 하나."

"아마 남아 있을 겁니다."

"그러기를 바라야지. 그런데 너는 후회하지 않을 자신이 있냐?"

"네? 무엇을 말입니까?"

"너희 혁명부대가 아니라 나를 따라 나선 것 말이다."

아침에 박물관에서는 한바탕 소란이 있었다. 김기선의 팔이 부러져 돌아오자 안상혁은 부하들을 소집해 혁명부대의 해체를 선언했다. 거의 절반에 가까운 인원이 부상을 입은 터라 부하들도 크게 반발하지 않았다. 어쩌면 부하들도 속으로는 생존에 집중하길 원했는지도 모른다. 물론 생존의 방법은 각자 생각한 것이 다르겠지만 말이다.

깨어난 김기선은 북쪽으로 계속 가기를 원했다. 아직도 혁명에 미련이 남아서가 아니다. 그는 남쪽에 머무르다가 자신의 과거 행적을 아는 사람이라도 만나게 될 것을 두려워했다. 결국 김기선은 자신과 비슷한 고민을 있던 혁명부대원들 설득해 북쪽으로 갔다.

김기선이 이끄는 전직 혁명부대는 박물관을 떠나기 전에 자경단을 풀어 주고, 그들이 빼앗았던 식량의 절반을 이민호 대장에게 넘겼다.

진짜 혁명에 가까운 변화는 혁명군에게만 일어나지 않았다.

포로로 끌려갔다 돌아온 자경단원들은 뒤늦게 '죽었다던 이민호 대장이 살아 있다는 것' 과 '부대장인 이혁수가 이민호를 살해하려 했다.' 는 사실을 알고 큰 충격을 받는다. 하지만 자경단이 '이혁수를 죽이느냐? 살리느냐?' 를 두고 언쟁을 벌이는 동안, 정작 이혁수와 그를 따르던 조폭들은 멀리 달아나고 말았다.

한편 짧았지만 혁명군의 지배도 받아 보고, 이혁수의 무능도 경험한 박물관의 생존자들은 이민호에게 '다시 대장직을 맡아 주십사' 요청했다.

이민호는 몇 번 사양했지만 결국 대장직에 복귀할 수밖에 없었다. 박물관의 생존자들을 이끌어 갈 만한 인재가 없는 탓이다. 하지만 그 덕분에 강유진은 별 사고 없이 안상혁을 데리고 박물관에서 빠져나올 수 있었다. 혁명군 중좌라는 안상혁의 과거가 잠깐 걸림돌이 됐지만, 부대를 해체한 것과 이민호를 치료한 공을 인정받은 것이다.

"강 선생님의 능력이라면, 더 큰일을 할 수 있을 테니까요."

박물관을 나서면서부터 안상혁은 강유진을 선생님이라고 불렀다.

강유진도 그의 호칭에 대해 딱히 제동을 걸지 않았다. 이미 국정원에서 선생님이라고 불린 과거가 있기에 그리 낯설게 느껴지지도 않았다.

"하하! 아직도 큰일에 미련이 남았냐?"

"아니요. 다른 의미의 큰일입니다."

"어떤 의미?"

"그건 아직 저도 확실히 모르겠습니다만, 제가 하던 일과는 분명히 다른 것이라고 느끼고 있습니다."

"다행이군. 나는 종교와 이념을 기준으로 무리 짓는 인간들을 제일 혐오하거든."

"하지만 그 둘은 인간 본성에서 나온 것이기도 하지 않습니까? 사람들은 언제나 의지할 곳을 찾고, 또 옳고 그른 것을 정의하려고 하니까요."

"그래, 그래서 때로는 인간이 싫어져."

"……."

강유진의 표정이 너무 무거워서 안상혁은 아무 말도 하지 못했다.

잠시 쉬던 강유진이 다시 돌아서 걷기 시작했다.

안상혁은 부지런히 그의 뒤를 따랐다.

"그건 그렇고 너는 왜 의사가 됐던 거야? 수술하는 솜씨를 보니 신분을 위장하기 위해 선택한 것 같지는 않던데."

갑작스러운 강유진의 질문에 안상혁은 잠시 머뭇거렸다.

"……다른 사람에게 도움이 되고 싶었습니다. 그게 제 적성에도 맞는 것 같았고요."

"그 마음 다시 변하지 마라."

"예……."

부지런히 눈밭을 헤쳐 나가던 강유진이 우뚝 멈춰 섰다.

"야아! 저기가 한강인가 보네!"

강유진의 입에서 탄성이 흘러나왔다.

강줄기 모양의 하얀 길이 크게 호선(弧線)을 그리며 또렷한 경계를 만들고 있었다. 부서진 도시의 잔해 속에서 한강은 그림처럼 아름다웠다.

"맞습니다. 저기 보이는 다리의 잔해가 동작대교입니다. 다리는 끊어졌지만 강이 얼어붙었으니 건너는 데는 지장이 없을 겁니다."

"너도 한강을 넘어 다녀 봤냐?"

"예, 본래 한강 이남에서 활동하다가 식량이 떨어져 북상하던 중이었습니다."

"먹고사는 게 일이긴 하지."

두 사람은 잡담을 주거니 받거니 하며 꽁꽁 얼어붙은 한강을 건넜다.

쿵쿵.

한강의 중간 지점에서 강유진이 발을 굴렀다. 마치 콘크리트를 치는 듯한 둔탁한 소리가 들렸다.

"한강이 이 정도로 얼려면 기온이 장난 아닐 텐데…… 이게 세계 핵전쟁의 여파인가?"

"그렇다고 알고 있습니다. 전 지구적인 재앙이죠. 핵이 떨어지지도 않은 한반도가 이 정도면 다른 나라는 말할 것도 없을 겁니다."

"언제쯤 날씨가 인간이 살 만해질까?"

"그런 날이 빨리 왔으면 좋겠습니다. 하지만 단파 라디오를 들으니 과학자들은 이제 시작이라고 하더군요."

"아직 라디오가 되나?"

"예, 라디오와 건전지가 있다면 들을 수 있을 겁니다. 물론 소수의 사람들이 취미 삼아 불규칙적으로 하는 방송이지만요."

"그래서 건전지가 인기 있는 교환 품목이었군."

"아무래도 사람은 희망을 품고 싶어 하니까요. 요즘의 라디오는 문명 재건의 상징이기도 합니다."

"문명 재건의 상징이라고?"

"멀리 떨어진 곳의 소식도 알 수 있고, 제대로 기능을 하고 있는 몇 안 되는 기계 중 하나니까요. 사람들은 라디오를 들으며 문명의 재건을 기대하는 거죠."

"아하!"

이해했다는 듯 강유진이 고개를 끄덕였다.

그런 강유진을 살피던 안상혁이 조심스럽게 물었다.

"그런데 선생님은 추위를 잘 타지 않으시는 것 같습니다?"

"응? 왜?"

"저는 동상이 걸릴까 봐 꽁꽁 싸매고 다니는데…… 선생님은 저에 비하면 얇게 입고도 편안해 보여서요."

"추위와 더위에 강한 편이지."

"하아! 부럽습니다."

말과 함께 안상혁이 미친 듯 두 손을 비볐다.

장갑을 꼈는데도 손끝이 얼얼하다. 이런 상태가 계속되면 동상에 걸릴 것이 분명했다. 박물관을 나오면서부터 체온 유지를 잘하지 못해 심각한 상태였다.

강유진은 안상혁의 표정과 행동을 보고서야 자신의 실수를 깨달았다. 지금까지 그가 얼마나 추위를 탈지에 대해 미처 생각하지 못한 것이다.

"아! 미안! 가까운 곳에 자리를 잡고 몸을 좀 녹여야겠다."

"그래야 할 것 같습니다."

갑자기 강유진의 걸음이 빨라졌다.

안상혁은 숨을 헐떡거리면서도 강유진과 일정한 거리를 유지했다.

그로부터 30분쯤 지났을까?

강유진은 쉬어 가기에 적당해 보이는 반파된 건물을 발견할 수 있었다.

두 사람은 건물의 안쪽 빈 공간에 가방을 내려놓았다. 그리고 주변을 샅샅이 뒤져 목재를 끌어모았다. 불을 피우는 것은 강유진이 담당했다. 성냥이나 라이터가 없는 상황에서 강유진보다 빨리 불을 피울 수 있는 사람도 없었다.

안상혁이 보거나 말거나 강유진은 손끝으로 불을 일으켰다.

화르르륵.

불길은 단번에 얼어 있던 목재로 옮아갔다.
그걸 멍하니 보고 있던 안상혁이 물었다.
"그건 대체 어떻게 하신 겁니까?"
"응? 이거? 그냥 내 생존 기술 중에 하나야."
"다른 사람도 그런 기술을 배울 수 있습니까?"
"왜 욕심나냐?"
"솔직히 그렇습니다."
"너는 의술이나 갈고닦아. 그게 너의 생존 기술이니까."
"쩝……."
안상혁이 아쉽고 부럽다는 듯 입맛을 다셨다.
"이봐. 대신에 나는 수술을 못 하잖아. 자신의 기술에 대해서 자부심을 가지라고."
"하긴 그렇군요."
강유진의 위로에 안상혁의 얼굴이 조금 밝아졌다.
강유진의 앞에서나 초라함을 느끼지 의료 기술도 특별한 기술임에는 틀림없었다.
잠시 후 두 사람은 약속이라도 한 듯 박물관에서 얻어 온 음식을 꺼냈다.

제8화

고담 강남

짧은 식사 후 모처럼 두 사람이 쉬고 있을 때다.

두런두런하는 남자들의 소리가 들리는가 싶더니 이내 일단의 사람들이 들이닥쳤다.

"이야! 고맙게도 불까지 피워 놨군 그래!"

"형씨들! 우리도 불 좀……."

가장 선두에서 기세 좋게 다가오던 텁석부리 사내가 멈칫거렸다. 뒤늦게 안상혁의 허리춤에 있는 권총을 발견한 것이다.

"왜 그래?"

"안 들어가고 뭐해?"

뒤따르던 세 명의 사내들이 한마디씩 던졌다.

텁석부리 사내가 눈짓으로 여행자의 허리춤에 꽂혀 있는 권총을 가리켰다.

한국에서 총은 여전히 구하기 어려운 물품 중 하나다.

핵전쟁 이후 총을 소지한 사람은 자경단, 혁명군, 강도단 두목 중의 하나라고 보면 틀림없었다. 그러니 불청객들이 긴장하는 것이다.

분위기를 짐작한 안상혁이 표정 없는 얼굴로 말했다.

"놀라지 마시오. 우린 여행자들이니까. 여기서 불을 쬐는 건 좋은데, 한 시간 이상 쬘 거면 당신들도 목재를 구해 와야 할 거요."

"아하하하! 그건 걱정하지 마십쇼. 땔감은 우리가 해 오겠습니다. 쉬었다가 가게만 해 주십쇼."

텁석부리가 웃으며 모닥불 가에 자리를 잡고 앉았다.

그러자 다른 사내들도 하나둘 모닥불 주변에 흩어졌다.

어색한 가운데 15분쯤 시간이 흘렀을까?

불에다 대고 열심히 손발을 털고 비비던 텁석부리가 안상혁에게 넌지시 물었다.

"이 근처에서 못 보던 분들인데 멀리서 오셨습니까?"

"……."

안상혁은 대답 대신 강유진 쪽으로 시선을 돌렸다.

조금 멍한 얼굴로 불꽃을 바라보고 있던 강유진이 눈을 비비며 답했다.

"아, 우리는 남산 근처에서 왔습니다."

"그러시군요. 우리 넷은 죄다 이 근처에 살고 있습니다."

"아, 예에, 그런데 무슨 일로 그렇게 몰려다니는 건가요? 모르는 사람이 보면 무슨 떼강도인 줄 알겠습니다. 그렇지 않아도 강남에 도적이 많다던데."

천연덕스러운 강유진의 말에 텁석부리는 놀란 얼굴이다.

상대방 면전에다 대고 강도인 줄 알았다는 말을 할 줄이야! 그것도 고담 강남에서!

"아하하! 그럴 리가요. 우리는 그냥 먹거리를 찾아 주변을 뒤지고 다니던 선량한 시민들입니다."

"굶주린 하이에나처럼 말이죠?"

계속된 강유진의 말에 텁석부리의 얼굴이 붉게 달아올랐다.

그도 하이에나가 좋은 뜻으로 쓰이는 말이 아님을 알고 있다. 사내는 욕지기가 치밀어 올랐지만 꾹꾹 눌러 참았다. 생글생글 웃고 있는 애송이 녀석의 옆에 권총을 찬 남자가 앉아 있었기 때문이다.

"하하, 하이에나가 아니라…… 킬리만자로의 표범이라고 불러주면 안 될까요?"

"오! 조용필 씨 노래를 좋아하시나 보네요."

"하하, 왕년에 노래방 좀 다녔습니다. 한 곡 뽑아 볼까요?"

텁석부리는 누가 시키지도 않았는데 박완규의 '천년의 사랑'을 불렀다.

고음이 올라가는 곳에서는 목을 빳빳이 세우고 부르는 폼이 어지간히 노래를 좋아하는 아저씨의 모습이다.

그의 노래가 끝나자 곁불을 쬐고 있던 남자들이 박수를 쳐 댔다.

"좋구나~"

"최고다!"

"와아! 석천 형! 그 어려운 가사를 어떻게 다 외웠대?"

남자들은 나름 어색한 분위기를 풀기 위해 애를 썼다. 그러나 애당초 네 명의 사내가 몰려다니며 편안한 분위기를 만들려고 하는 것 자체가 무리다.

억지스러운 연기에 식상한 강유진은 만사가 귀찮은 듯 눈을 감았다.

그에 반해 안상혁은 보란 듯이 권총을 꺼내 들었다. 그리고 가지고 다니던 기름 헝겊으로 총신을 천천히 닦기 시작했다.

네 사내의 탐욕 어린 시선이 권총에 집중됐다.

사내들은 몸 이곳저곳에 날 선 단검을 숨기고 있었지만 누구 하나 선뜻 꺼내 들지 못했다.

상대는 권총을 가지고 다니는 사람이다. 게다가 총기를 손질하는 저 익숙한 자세를 보라! 최소한 한두 명쯤 죽어 나갈 것이 분명하다. 십중팔구 먼저 덤벼든 사람이 희생양이 될 것이다. 그런 이유로 현직 강도인 네 사내는 누군가 먼저 시작해 주길 바라며

눈알만 굴렸다.

네 강도들의 눈에 평범해 보이는 또 한 남자는 들어오지도 않았다. 그들이 볼 때 그는 권총 든 남자를 믿고 깝치는 철부지였다.

그렇게 묘한 분위기 속에 속절없이 시간만 흘렀다.

한 시간은 금방 지나갔다.

강유진이 자리에서 일어나며 말했다.

"자아, 여러분, 한 시간이 지났습니다. 다들 나가서 땔감을 더 구해 오도록 합시다."

가장 먼저 안상혁이 일어섰다.

안상혁이 움직이자 반사적으로 네 사내가 일어섰다.

묘한 분위기를 눈치챈 강유진이 안상혁에게 먼저 나가라고 손짓했다. 뒤쳐진 안상혁이 험한 일을 당할까 봐 배려한 것이다.

그런 강유진의 마음을 아는 안상혁은 지체 없이 먼저 밖으로 나갔다.

그 뒤를 강유진이 따라붙었다.

두 사람이 먼저 나가자 텁석부리 사내가 일행에게 속삭였다.

"일이 잘 풀리겠어. 권총 든 놈이 저 호구 새끼 말 듣는 거 봤지? 저 호구 새끼를 먼저 잡으면 일이 술술 풀릴 거 같은데."

"그래, 나가거든 저 새끼를 먼저 잡자고."

"오케이, 아까부터 신경 거슬리던 새낀데 잘됐네."

"곧 죽을 줄 모르고 졸라 깐족대긴 하더만."

남자들은 일단 호구-강유진이다-를 먼저 잡기로 합의하고 밖으로 나갔다.

하늘이 돕는지 권총을 든 남자와 호구는 정반대로 나뉘어 흩어지고 있었다.

당연히 네 남자는 호구가 가는 방향으로 우르르 몰려갔다.

강유진은 남자들이 자신의 뒤를 따라오자 피식 웃었다.

다시 눈발이 날리기 시작했다.

강유진이 근심 어린 표정으로 회색 하늘을 올려다보았다. 이미 30센티 가까이 쌓였는데 그칠 기미가 보이지 않는다. 벌써부터 이렇게 폭설이 내리면 본격적인 겨울에는 얼마나 더 많은 눈이 내릴까? 눈은 인간의 문명을 모두 묻어 버릴 기세였다.

"하아!"

강유진은 저도 모르게 한숨을 길게 내쉬었다.

그레이가 염려한 것은 '에르 라크리마로 인해 세상이 멸망당할지도 모른다.'는 것이었다. 그런데 지금 같아서는 인간이 일으킨 핵전쟁의 여파로 멸망이 오고 있는 것 같다.

생각에 잠긴 강유진에게 텁석부리가 다가갔다.

"씨발 새끼, 잘 만났다. 뭐? 강도? 하이에나? 어디서 터진 입이라고 함부로……."

그러나 텁석부리의 말은 채 이어지지 못했다.

돌연 강유진이 검지손가락으로 자신의 입술을 막으며 "쉬잇!" 이라고 말한 때문이다.

텁석부리는 건장한 남자 네 사람 앞에서 너무도 태연한 상대의 모습에 일순 할 말을 잃었다. 본래는 하얗게 질린 얼굴로 뒷걸음질 치거나 달아날 줄 알았다. 지금까지 그들의 먹이가 됐던 사람들은 다 그랬다. 그런데 지금 이 먹이는 마치 제가 한 마리 사자라도 되는 양 행동하고 있었다.

"니들 강도 맞지?"

강유진의 물음에 남자들은 재빨리 단검을 뽑아 들었다. 물론 상대방에게 무기가 있는지 살피는 것도 잊지 않았다.

강유진이 그런 사내들을 위해 빈손을 보여 주었다.

"난 총 없어. 내 말에 대답이나 해 봐. 니들 강도 맞지?"

"그래 맞다. 그래서?"

얼굴이 살짝 얽은 사십 대 남자가 한 걸음 성큼 다가갔다. 그는 동료들에게 "아까부터 신경에 거슬렸다."고 말하던 남자였다.

"워워~ 진정하고. 나한테 원하는 거라도 있는 거냐?"

얼굴이 얽은 남자가 가래침을 "퉤" 하고 뱉으며 말했다.

"이 미친 새끼 말하는 거 좀 보소. 지가 무슨 대단한 사람인 것처럼 말하네. 있다 새끼야. 그런데 너한테 있는 게 아니라, 네 일행에게 있다. 너는 그냥 젓밥일 뿐이고."

"뭔데?"

강유진이 안색도 변하지 않고 묻자 남자가 단검을 도로 집어넣었다. 이런 놈을 상대로는 칼도 아깝다고 생각하는 듯 했다.

"너를 미끼로 총을 뺏으려고 그런다. 이 병신 새끼야!"

말과 함께 남자가 주먹을 휘둘렀다.

강유진이 남자의 주먹을 슬쩍 흘리며 팔을 잡아 비틀었다.

"아악! 아파! 아파!"

남자가 요란한 비명을 내질렀다.

강유진이 남자의 팔을 더 세게 꺾으며 물었다.

"니들이 전부냐? 아님 더 있냐?"

"아악! 놔! 놔!"

강유진이 손에 더 힘을 주자 '뿌득' 하고 뼈가 부러지는 소리가 났다.

"끄아악!"

찢어지는 듯한 비명과 함께 남자의 몸이 경련을 일으켰다. 그리고 이내 축 늘어졌다. 정신을 잃은 것이다.

강유진은 미련 없이 그를 눈밭에 내던졌다.

그리고 멍한 눈으로 바라보고 있는 세 남자들과 일일이 눈을 맞췄다.

"자아, 다시 내 질문에 답할 사람 와 봐."

"이, 이, 씨발놈이!"

"죽여!"

흥분한 남자들이 동시에 와락 덮쳤다.

강유진은 칼을 든 남자들의 손을 하나씩 잡아 어깨를 이용해 업어쳤다.

남자들의 몸이 거의 동시라고 해도 될 만큼 빠르게 허공으로 날아갔다.

퍼퍼퍽.

세 개의 몸뚱이가 땅에 떨어졌다.

남자들은 쿠션처럼 받쳐 준 눈 덕분에 큰 부상을 입지 않았는지 벌떡 일어섰다. 그래도 머리가 띵하고 어지러운 듯 한동안 움직이지 못했다. 자그마치 허공으로 2미터 이상 높게 던져졌으니 그럴 만도 하다. 당장 다친 곳은 없을지 몰라도 골병은 꽤 들었을 것이었다.

강유진이 비칠거리며 일어나는 남자들에게 다가갔다.

그리고 다시 옷깃을 잡아 업어치기를 했다.

이번에는 시간 차를 두고 남자들이 공중으로 날아갔다.

퍽. 퍽. 퍽.

그렇게 세 번을 던진 뒤에야 강유진은 만족한 얼굴로 손을 '탁탁' 털었다.

잠시 후 안상혁이 다가와 눈밭 위에 대자로 뻗은 사내들을 쓸어 보았다.

"쯧쯧! 비명 소리가 들리기에 손보고 계신 줄 알았습니다."

안상혁은 익숙한 손길로 남자들을 진단해 나갔다.

"팔이 부러진 남자가 가장 경상이네요. 나머지는 뇌진탕에 경추 골절도 하나 보입니다. 그래도 중상은 없습니다. 뭐 하는 놈들입니까?"

"강도라고 하더라. 나를 인질로 권총을 뺏으려고 했던 것 같아."

"그냥 쏴 버릴까요?"

강유진이 가볍게 인상을 찌푸렸다. 혁명군 중좌의 기질이 여지없이 드러나는 순간이다. 그는 아직도 의사보다 혁명군의 방식에 더 익숙한 것 같았다.

"아니, 좀 부려 먹어야지."

그 말에 안상혁이 남자들을 훑어보았다.

"둘은 힘들겠지만, 나머지 둘은 힘을 쓸 수 있을 것 같습니다."

"그럼 깨워 봐. 제 동료들을 챙기게 해야지. 눈 위에서 잠들었으니 얼마나 춥겠어?"

"하하, 그런 걸 걱정하시는 분이 이렇게 손을 쓰셨습니까?"

"내가 욱~ 하는 성질이 있어서 그래."

고개를 설레설레 젓던 안상혁이 사내들을 깨워 나갔다.

잠시 후 안상혁은 부상이 심한 둘을 불가에 놔두고 나머지 둘을 데리고 나갔다. 밤을 보내려면 땔감이 더 필요했던 것이다.

지휘관으로써 안상혁은 훌륭했다.

한 시간 만에 어디서 구해 왔는지 목재를 왕창 들고 온 것이다.

그날 밤, 강유진은 부상을 입은 도둑들에게 세상 돌아가는 이야기를 들었다.

도둑들은 강유진의 눈치를 살피며 자신들이 알고 있는 모든 이야기를 털어놓았다.

"그러니까, 부산 공항에 아직도 비행기가 들어온다고? 세상이 망했는데?"

안상혁이 믿어지지 않는다는 눈으로 텁석부리를 바라보았다.

핵전쟁 이후 세상이 꽁꽁 얼어붙었는데 비행기가 다닌다니 황당했던 것이다.

"예, 분명히 그렇게 들었습니다. 철구야! 너도 들었지?"

철구라고 불린 사내가 황급히 고개를 끄덕였다.

"저도 들었습니다. 전 세계에서 비행기가 운항 중인 곳이 딱 두 군데인데요. 그게 중국 구채구에 있는 황룡 공항과 한국의 부산 공항이랍니다."

"어디로 가는 비행기인데?"

강유진이 관심을 보이자 텁석부리가 마른침을 꿀꺽 삼키며 공손하게 답했다.

"그게, 핵전쟁의 피해를 입지 않은 인류의 마지막 성지(聖地)랍

니다."

"그러니까 어디?"

"그, 그건 모르는데요?"

"허, 몰라? 그 비행기를 타는 사람이 있어? 목적지가 어딘지도 모르는데?"

"그래도 지금 세상에서 비행기를 운항할 수 있는 곳이라면 진짜 성지일 거라고 믿고 가는 사람이 많습니다. 그쪽에서 라디오 방송도 주기적으로 해 주고요."

"라디오?"

"예, 한국어와 중국어로 매주 토요일마다 방송이 나옵니다. 그래서 더 유명해진 것도 있고요. 건전지 값이 계속 오르는 것도 그 방송 때문입니다."

"흠, 중국과 한국에서만 운항한다고?"

"예, 그런데 그게 말씀드렸다시피 소문이라서…… 실제로 그런지는 저도 잘……."

텁석부리는 혹시라도 사실이 아닐까 봐 슬쩍 발을 뺐다.

"재미있군. 어차피 부산에 가야 하는데 잘됐네."

강유진은 부산에 비행기가 있기를 바랐다. 그럼 어떻게든 그 비행기로 미국까지 가 볼 생각이었다.

강유진의 혼잣말을 들은 안상혁이 조심스럽게 물었다.

"혹시 비행기를 구하는 중이십니까?"

"응, 미국에 가 봐야 해."

"미국요?"

뜬금없는 미국행에 안상혁의 눈이 커졌다.

"딸이 미국에 있거든."

"아! 미국 어디에?"

"엘에이(LA)."

"……."

안상혁은 잠시 침묵했다.

LA에는 핵미사일이 두 개-중국과 러시아에서 각각 한 발씩 쏜 것이다-떨어졌다. 그러나 차마 그 이야기를 강유진에게 할 수는 없었다.

눈치가 빠른 강도들도 미국에 관한 이야기는 입에 올리지 않았다. 강유진의 심기가 불편해져 봐야 자신들만 괴로울 거라는 생각에서다.

다음날 강유진과 안상혁은 부상 입은 남자 둘을 건물에 남기고 다시 이동했다. 이번에는 건장한 강도 둘이 앞장서서 길을 뚫었다.

간밤에 쌓인 눈 때문에 두 강도는 젖 먹던 힘까지 내야 했다.

정오 무렵, 두 강도의 필사적인 노력에 힘입어 강유진과 안상혁은 강남 대로에 도착할 수 있었다.

강유진이 다소 허탈한 얼굴로 주변을 둘러보았다.

"기억나나? 예전에 여기서 스키를 탄 남자가 뉴스에 나왔었는데?"

뜬금없는 강유진의 물음에 안상혁이 "하하!" 하고 웃었다.

"예, 기억납니다. 불과 몇 해 전의 일인데도 백 년 전의 일 같습니다."

"그래, 슬픈 일이지."

두 사람이 과거를 회상하고 있을 때, 선두의 남자 하나가 돌아왔다.

"저어, 형님들, 여기부터는 저희가 좀…… 아침에 말씀드린…… 주거 구역이라…… 대낮에 돌아다니다가 자경단에게 잡히면 저희는 죽습니다."

"그렇군. 수고했다. 가 봐."

강유진의 말에 남자의 표정이 밝아졌다.

"예, 예, 형님들, 살펴 가십쇼!"

굽실거리던 남자가 조금 앞에 있던 동료를 불러, 왔던 길을 돌아갔다.

멀어져 가는 두 남자를 보며 강유진이 중얼거렸다.

"그래도 의리 있는 놈들인가 봐?"

"그러게 말입니다."

"너는 괜찮겠냐?"

"예? 아! 괜찮습니다. 강남에는 와 본 적이 없거든요. 제가 활동하던 지역이 경기 중부 지역이라."

"다행이군. 여기 자경단에는 어떤 인간들이 있을까?"

"전쟁 전에 잘나가던 사람들이 있지 않겠습니까?"

"강남이라서?"

"예."

"그럼 고담 강남이 되면 안 되잖아?"

"악당의 숫자가 늘어난 거라고 생각합니다. 여긴 악당들에게 노다지인 곳이니까요."

"그럴지도. 슬슬 가 볼까."

"강 선생님의 오피스텔이 어떨지 기대됩니다."

"기대해도 돼. 내가 인스턴트식품을 쌓아 두고 살았거든. 참치에, 컵라면에, 각종 통조림까지. 그야말로 즉석식품의 보고(寶庫)라니까."

"하하! 다행입니다. 지금 우리가 가진 식량으로는 부산까지 못 갑니다."

문득 강유진이 안상혁을 바라보았다.

"너는 무리하지 않아도 돼. 미국에 가는 건 내 개인적인 일이니까."

"혁명부대를 떠날 수 있었던 건 강 선생님에게서 희망을 보았기 때문입니다. 강 선생님이 아니었다면 저는 아마 자살했을 겁

니다."

그건 안상혁의 진심이었다.

처음 강유진의 앞에서 죽으려고 했을 때, 그리고 나중에 김기선이 권총을 겨누었을 때, 안상혁은 '이대로 끝나는 것도 괜찮겠다.'는 생각을 했다. 동족의 피를 먹고 자란 혁명부대에 희망이 없다는 건 진즉에 알고 있었다. 그래도 혁명부대를 떠나지 못한 건 책임감 때문이다. 자신의 선동과 명령으로 많은 사람이 죽었기에, 그 죽음에 대한 책임을 회피하고 싶지 않았다.

"그 총, 숨기지 않아도 되겠냐?"

"험한 세상에 총 하나 없이 여행하는 것도 이상해 보일 겁니다."

"일리 있는 말이네. 너도 잔머리 좋구나. 내가 알고 지내던 어떤 녀석처럼 말이야."

"누가 저랑 닮았습니까?"

"있어. 최명석이라고…… 그놈도 진짜 잔머리가 좋았는데. 아직 살아 있나 모르겠네."

"하하! 저와 닮은꼴이라면 살아 있을 겁니다. 우리 과(科)는 환경에 적응을 잘하니까요."

"그래? 그럴지도. 가자."

강유진이 안상혁의 어깨를 툭 치고 앞장섰다.

안상혁은 미안한 표정으로 강유진의 뒤를 따랐다.

원래대로라면 자신이 길을 뚫어 줘야 한다. 그러나 체력적으로 강유진이 월등한 탓에, 자신은 강유진이 만든 발자국을 따라가는 처지였다.

*　　*　　*

"정지! 움직이면 쏜다!"

어디선가 들려오는 짧고 간결한 소리에 강유진이 멈춰 섰다.

뒤따르던 안상혁도 움직이지 않았다.

잠시 후 한 남자가 부서진 건물의 이 층 창틀에서 고개를 내밀었다.

"누구요! 이 동네에 아는 사람이 있으면 이름을 말하시오!"

강유진이 남자를 향해 손을 흔들며 답했다.

"저는 강유진이라고 하고, 뒤쪽의 남자는 안상혁입니다. 이 근처에 아는 사람 없어요!"

철컥.

장전하는 소리가 들렸다.

삼십 대 남자가 M16 소총의 총구를 가볍게 흔들어 보이며 다시 물었다.

"처음 보는 얼굴들인데, 여기는 무슨 일로 왔나!"

1미터가 넘는 눈 때문에 남자는 아직 안상혁의 권총을 보지 못한 것 같았다. 강유진은 그나마 다행이라고 생각했다.

"제 집을 찾아가는 길입니다!"

강남에 집이 있다니 남자는 다소 당황한 표정이다.

"뭐 하다가 이제 와?"

"좀 헤매다 보니 늦었습니다!"

"자기를 증명할 신분증 같은 거 있나?"

"예! 주민등록증이 있습니다!"

강유진은 자신 있게 대답했다.

찢어진 양복 안주머니에 지갑이 들어 있었다. '버리지 않기를 잘했다.' 는 생각이 든다.

잠시 후 M16을 든 남자가 상체를 삐죽 내밀어 아래쪽으로 기울였다.

"어이! 종현 씨! 종현 씨가 봐 줘야겠어!"

"알았어요! 내가 확인하러 갈게요! 거기서 잘 지켜보기나 해요!"

곧이어 일 층에서 K2 소총을 든 역시 삼십 대 남자가 나타났다.

일 층의 남자, 김종현은 힘들게 눈을 헤치고 나와 강유진의 앞에 섰다.

"이쪽으로 천천히 던져 봐요."

"예."

강유진은 상의 안주머니에서 지갑을 꺼내 통째로 던졌다.
김종현이 지갑에서 신분증을 꺼내 들었다.
"상현 씨! 이 사람은 강남 주민이 맞아요!"
김종현이 이번에는 안상혁에게 다가갔다.
"어이! 형씨! 형씨도 신분증 줘 봐요."
김종현은 안상혁이 비스듬하게 선 덕분에 아직 권총을 볼 수 없었다.
안상혁이 담담한 어조로 말했다.
"난 이 동네 사람 아닙니다. 저분을 모시고 온 것뿐입니다."
인상을 찡그리던 김종현이 이 층에 있는 송상현에게 소리쳤다.
"이 사람은 강남 주민이 아니라 그냥 일행이라는데요! 어떻게 할 까요!"
잠시 생각하던 송상현이 답했다.
"이쪽으로 일단 데리고 와 봐요! 수상하면 돌려보내고! 아니면 통과시키죠, 뭐!"
김종현이 안상혁과 강유진을 번갈아 바라보았다.
"들었죠? 저쪽으로 갑시다. 응? 허리에 그거 뭐요?"
뒤늦게 권총을 발견한 김종현이 안상혁에게 총구를 바짝 들이댔다.
갑작스러운 사태에도 안상혁은 당황하지 않았다. 천천히 두 손을 머리 위로 들어 올리며 미리 준비해 두었던 답을 말했다.

"권총 처음 봅니까? 험한 세상에 총 하나 없이 어떻게 돌아다녀요?"

당당하게 되묻는 안상혁의 말에 김종현의 눈빛이 조금 풀어졌다.

"움직이지 마요. 권총은 일단 내가 맡아 둘게요."

"예."

"움직이지 마세요. 권총 가지러 갑니다."

"……."

안상혁은 미동도 하지 않았다.

김종현이 그런 안상혁에게 다가가 조심스럽게 권총을 뽑았다.

"하아! 이제 갑시다."

건물 이 층은 부서진 외관과 달리 제법 잘 꾸며져 있었다. 아마도 이곳을 경계 초소로 사용하고 있는 것 같았다.

소지품 검사까지 마친 뒤에야 강유진과 안상혁은 쉴 수 있었다.

김종현은 두 사람을 사무실 한편에 있던 소파로 안내했다.

강유진과 안상혁은 오랜만에 소파에 앉을 수 있었다.

초소의 책임자인 듯 송상현이 강유진과 안상혁을 번갈아 보며 물었다.

"그러니까, 어디 보자…… 두 사람은 강유진 씨의 오피스텔로 가는 중이라 이거죠?"

강유진이 고개를 끄덕였다.

"그렇습니다."

"두 사람은 여기서 살기 위해 온 겁니까? 아니면 곧 떠날 계획입니까?"

"살아도 됩니까?"

강유진의 물음에 송상현이 어색한 미소를 지어 보였다.

"솔직히 인구 포화 상태라서…… 주민이었다고 해도 특별한 기술이 있는 분에 한해 받아 주고 있습니다."

"그렇군요."

강유진이 관심을 두지 않는 듯하자 송상현도 더 말하지 않았다. 두 사람에게 특별한 기술이 없다고 생각한 것이다.

"그럼 얼마나 체류할 수 있습니까?"

"집을 확인하고 나면 바로 떠나야 할 겁니다."

"하룻밤도 못 자고요?"

"우리는 외부인에게 식량을 제공하지 않습니다. 말씀드렸다시피 인구 포화 상태라서요. 그러니 식량이 있을 때 다음 목적지로 가는 게 나을 겁니다."

"아! 그러니까, 체류 기간은 개인의 식량 사정에 맞춰 알아서 해라 이거군요?"

"꼭 그런 건 아니지만…… 비슷합니다."

송상현은 그냥 떠나라고 말하고 싶었지만 그러지 않았다. 집을 두고 떠나야 하는 강유진이 조금 안됐다는 생각이 들어서다.

"알겠습니다. 감사합니다."

강유진이 자리에서 일어났다.

뒤 따라 일어난 안상혁이 김종현에게 물었다.

"제 총은 언제 돌려주는 겁니까?"

"……."

김종현이 송상현을 바라보았다.

잠시 머뭇거리던 송상현이 크게 선심을 쓴다는 듯 말했다.

"본래 일반인의 총기류는 모두 자경단에서 압류합니다만, 두 분은 여기 분들도 아니고, 다시 먼 길을 가셔야 하니까…… 떠날 때 이곳에서 돌려 드리겠습니다. 그때까지는 여기서 보관해 두겠습니다."

"감사합니다."

안상혁이 꾸벅 인사를 했다.

권총을 돌려주지 않으면 어쩌나 내심 고민했는데, 돌려준다니 진심으로 고마웠다. 무법(無法)의 시대에 이렇게 양심적인 자경단을 만나기란 쉽지 않은 일이었다.

멀어져 가는 강유진과 안상혁을 보고 있던 송상현이 군용 유선 전화기(TA-312)를 집어 들었다.

그리고 발신용 레버를 펴서 몇 번 돌렸다.

드르륵. 드르르르륵.

"본부, 본부, 남자 둘, 이름은 강유진, 안상혁, 주거 지역으로 들어간다. 여행자들이다. 이상."

"알았다. 이상."

창가에 서 있던 김종현이 압류한 K5권총을 매만지며 중얼거렸다.

"아깝네. 이거 진짜 물건인데……."

*　*　*

강남의 자경단 본부는 폭격으로 반파된 뉴 갤러리아 백화점 삼층에 자리하고 있었다.

천성기는 방금 들은 이름을 제대로 옮겨 적기 위해 쉬지 않고 중얼거렸다. 배터리를 아끼기 위해 할 말만 하고 바로 끊어 버리는 초소장들 때문에 어쩔 수 없었다.

"강유진, 안상혁…… 강유진, 안상혁…… 강유진, 안상혁……."

그의 뒤를 지나가던 자경대장이 우뚝 멈춰 섰다.

자경대장은 천성기가 하던 일을 마칠 때까지 가만히 서서 기다렸다. 그리고 천성기가 펜을 놓자마자 낚아채듯 인명록을 집어 들었다.

"강유진…… 안상혁……."

천성기가 의아한 눈으로 자경대장을 올려다보았다.

"대장님, 아는 이름입니까?"

"그래, 공교롭게도 둘 다 내가 아는 이름이로군."

"그렇습니까? 방금 강남대로 초소에서 여행자라고 통보해 온 이름입니다. 혹시 본부로 초대해야 하는 분들입니까?"

자경대장 박영찬이 고민스러운 표정으로 턱수염을 잡아 뜯었다.

동명이인(同名異人)일 거라고 생각했다.

강유진은 남산에서 폭사한 지 오래고, 안상혁은 혼자 다닐 사람이 아니다.

"게다가 두 사람이 같이 있다는 것도 맞지 않아……."

"무슨 말씀이십니까?"

"아닐세. 혼잣말이야. 신경 쓰지 말게."

"아, 예. 그런데 두 사람은 어떻게 할까요?"

"그래도 확인은 해 봐야겠지. 일단 특공대(特攻隊)를 부르게."

"특공대 말입니까?"

천성기의 눈이 휘둥그렇게 떠졌다.

강남의 자경단에는 도미(渡美)하지 못한-자발적으로 남은 사람도 많았다-한국의 실세들이 많다. 자연히 한국에서 힘 좀 쓴다는 사람들이 모두 모여 있다고 해도 과언이 아니다. 그런 이유로 정치, 경제, 기술, 군사 등의 분야에서 강남의 피난민들은 독보적이었다.

당장 자경단 대장만 해도 전쟁 전까지 국정원의 고위 관리였다. 그를 자경대장에 추천한 사람은 대법원장 출신의 피난민이었다. 물론 신분이 일반에 공개되지 않은 그를 대법원장에게 소개해 준 사람은 과거 국정원장이다. 고위 공직자 출신 피난민들이 그렇다고 하니 틀림없는 사실일 것이다.

그래서 그런지 강남의 자경단에서는 다른 곳과 달리 '특공대'라는 것을 따로 운영했다.

특공대의 목표는 국가 재건에 있었다. 자경대장은 특공대를 끔찍이 아껴서 어지간한 일에는 그들을 투입하지도 않았다. 특공대가 나설 때는 대규모 강도단이나 혁명군과의 전투뿐이다. 나머지 시간에 그들이 무엇을 하는지는 자경단 내에서도 아는 사람이 없었다.

그런 특공대를 겨우 안내인으로 내보낸다니 천성기가 놀라는 것도 당연했다.

"그렇게 대단한 사람들 입니까?"

"동명이인이겠지만…… 동명이인이 아닐 때는, 그것으로도 부족한 사람이 있다네."

"알겠습니다."

천성기는 즉시 군용 유선 전화기를 들고 특공대를 호출했다.

*　　*　　*

특공대 조장 박세기는 5분도 안 돼서 달려 왔다. '5분 대기조'라는 특공대의 또 다른 별명에 걸맞게 빠른 움직임이다.

단숨에 삼 층으로 올라간 박세기가 본부의 문을 열고 들어갔을 때, 대장인 박영찬은 창가에 서서 사거리에 옹기종기 모여 있는 20명의 특공대를 내려다보고 있었다.

"필승! 부르셨습니까?"

박세기의 경례 소리에 박영찬이 돌아섰다.

"잘 왔다. 자네를 부른 건 한 가지 확인해야 할 일이 있어서이다."

"맡겨만 주십시오."

박영찬 대장이 눈짓으로 실내에 있던 사람들을 모두 내보냈다.

갑작스러운 박영찬 대장의 행동에 박세기가 고개를 갸웃거렸다. 저렇게 신중한 모습은 대전에 핵미사일이 떨어진 이후로 처음이었다.

"현재 특공대에 5과 출신이 몇이나 있지?"

"예? 지금 5과라고 하셨습니까?"

"그래, 국정원 5과."

박영찬이 담담한 눈으로 박세기를 응시했다.

"유희열은 원거리 정찰 중이고, 최명석과 박미나가 있습니다."

"그런가? 잘됐군. 대원들을 모두 이끌고 강남대로 주변을 순찰해라."

"예? 순찰요?"

박세기가 눈을 끔뻑거렸다.

지금까지 특공대는 이미 벌어진 긴급한 전투에만 투입됐다. 당연히 순찰은 일반 자경단의 몫이었다. 그런 특공대에게 순찰을 나가라니? 확실히 평소의 박영찬 대장다운 모습이 아니었다.

박세기가 '자경단에 순찰 인원이 부족한 것도 아닌데 왜 저런 명령을 내릴까?' 의아해하고 있을 때다.

"조금 전에 강남대로 초소로부터 여행자 두 명에 대한 보고가 들어왔다. 그런데 그 여행자들의 이름이 각각 강유진과 안상혁이다."

"헉!"

박세기의 입에서 탄성이 흘러나왔다.

국정원 5과 출신의 사람들에게 강유진이라는 이름에는 다른 설명이 필요하지 않다. 그런데 그 이름을 이곳에서 다시 듣게 될 줄이야!

"이제 자네를 부른 이유를 알겠나. 그 강 선생인지 아닌지 확인해야 한다. 그리고…… 안상혁 역시 조사가 필요한 인물이다."

"안상혁이라고 하시면…… 혹시……."

"맞다. 특공대라면 사진으로 얼굴을 익혔을 것이다. 중부군 최후의 지도자라는 안상혁 중좌. 그가 맞는지 확인하는 것도 잊지 마라."

"예, 알겠습니다. 필승!"

경례를 하고 돌아선 박세기의 귓가로 박영찬 대장의 우울한 음성이 들려왔다.

"만약 그가 강 선생이라면…… 우리는 모두 그의 자비를 바라야 한다. 정말 그분이라면 알아서 잘 모시고 오도록."

"……대장님, 두 사람 모두 동명이인일 확률이 높습니다. 그럴 경우에는 어떻게 합니까?"

"그때는 거주 지역과 위험 지구를 설명해 주고 복귀해라."

"알겠습니다."

잠시 후 사거리로 내려간 박세기가 특공대를 이끌고 떠나갔다.

박영찬은 특공대가 사라진 뒤에도 한동안 눈 덮인 사거리에서 시선을 떼지 못했다.

전쟁 직후 고위 공직자들은 거의 대부분 미국으로 건너갔다. 그나마 남아 있던 사람들은 대전에서 폭사했다. 국정원 요원 중 일부는 정보 수집을 이유로 서울에 남아 있다가 화를 피했다. 그리고 세계가 핵전쟁으로 함께 몰락한 뒤에 강남 일대를 이끄는 지도 세력이 되었다.

문득 탑골에서 강유진과 처음 만나던 날 부터 지금까지의 일들이 하나둘씩 떠올랐다.

'정말 그일까?'

박영찬은 강남에 나타난 사람이 탑골의 강유진이기를 바랐다.

물론 그에게 한 짓을 생각하면 그의 앞에서 얼굴을 들 수도 없다. 그럼에도 불구하고 그가 살아 돌아와 주기를 바랄만큼 상황이 좋지 않았다.

제9화

아직도 멀리 보고 있습니까?

허리까지 쌓인 눈을 헤치고 나가기란 쉬운 일이 아니다.

특공대의 대원들은 입으로 연신 투덜거렸다. 자기들이 전투가 아닌 순찰에 동원됐다는 게 어지간히 억울한 모양이다.

그러나 선두에 서서 눈을 걷어 내며 도로를 찾아 걷는 박세기는 입을 거칠게 헐떡일 뿐, 임무에 대해 이러쿵저러쿵 말이 없었다.

지금 박세기의 머릿속은 복잡했다.

스스로 사나이라고 믿고 있는 박세기는 박영찬과 달리 강유진이 동명이인이기를 바랐다. 그게 아니라면 동료를 배신한 자신이 너무 한심했기 때문이다.

"헉! 헉!"

30분쯤 마치 물속을 걷듯 양팔로 눈을 밀어내던 박세기가 잠시 멈춰 섰다.

그런 박세기의 곁으로 최명석이 힘겹게 다가갔다.

"아니, 하아! 하아! 좀 다져진 길도 있는데…… 왜, 하아! 험한 길로 가는 겁니까?"

최명석의 입에서 담배 연기처럼 짙은 입김이 뿜어져 나왔다.

"하아! 좀 서둘러야 해서, 어쩔 수 없다."

"하아, 하아, 그런데 갑자기 웬 순찰입니까? 원래 순찰은 우리 몫이 아니잖아요? 강도단이나 혁명군의 이동에 관한 첩보라도 있었던 겁니까?"

"그보다 더한 첩보다."

"에? 그런 게 어딨어요?"

박세기가 최명석에게 살짝 말했다.

"명석아, 너만 알아 둬라. 우린 지금 강유진이라는 사람을 찾으러 가는 중이다."

"예에? 그게 무슨 소리예요? 유진 형은 죽었잖아요?"

"몰라, 감시 초소에서 연락이 왔다. 강유진이라는 여행자가 나타나서 집을 찾아간다고 했단다. 그래서 대장님이 우릴 보내서 확인해 보려는 거야."

"동명이인일 겁니다. 만약 살아 있다면 그동안 나타나지 않았을 리가 없잖아요."

최명석은 강유진이 살아 있을지도 모른다는 희망을 버린 지 오래였다. 전쟁 중에도 5과 출신들은 은밀하게 강유진의 오피스텔을 감시했었다. 혹시라도 강유진이 생환할지도 모른다는 기대감 때문이다. 아시안 전쟁으로 한국이 초토화되면서 강유진이 죽어야 하는 이유도 사라졌다.

강유진을 배신한 일을 두고 양심의 가책에 시달리던 5과 요원들은 오피스텔에 출근하다시피 했다. 그들 대부분이 대전까지 내려가지 않은 이유도 강유진의 오피스텔을 지켜보기 위해서였다. 덕분에 5과 직원들은 목숨을 건졌다. 하지만 세계 핵전쟁 뒤 크고 작은 전투와 국가 재건을 위한 임무 수행 중에 대부분 사망하고, 현재 살아 있는 요원은 넷에 불과했다.

"까라니 까는 거지. 나도 강 선생이 살아 있다고는 생각하지 않는다. 오히려 문제는 동행인이다."

"동행인요?"

"그래, 혁명군 중좌 안상혁과 같은 이름의 남자라서…… 대장이 신경 쓰고 있다. 너도 안상혁 중좌의 얼굴은 알고 있지?"

"예, 아직 그의 사진도 있습니다."

"실수가 있어서는 안 되니까 두 눈 크게 뜨고 봐라."

"알겠습니다."

어느새 몰려든 특공대 대원들이 한마디씩 던졌다.

"뭡니까? 그러니까 우리가 순찰을 나온 이유가 안상혁 중좌 때문이었던 겁니까?"

"그 씨발 새끼, 잡히기만 해 봐. 아주 내가 대가리에 구멍을 내 줄 테니까!"

"안상혁 중좌가 강남에 왔다는 게 사실입니까?"

대원들의 성화에 "쯧쯧!" 하고 혀를 차던 박세기가 짧게 답했다.

"들었겠지만 확실한 건 아니다. 그가 진짜 안상혁 중좌인지 확인하는 게 우리의 임무다. 그러니까 다들 정신 바싹 차려라. 그가 안상혁 중좌라면 반드시 생포해야 하니까. 안상혁 중좌는 현재 남한에서 활동하는 혁명군들 가운데 가장 지위가 높다. 그를 생포해서 남한에 남아 있는 혁명군의 조직과 세력을 알아내야 한다."

"알겠습니다!"

"혁명군에 원한이 있다고 함부로 총질을 했다가는 내 손에 죽을 줄 알아!"

"예!"

"우리도 그 정도는 압니다요!"

대원들의 대답에 박세기는 비로소 만족한 표정을 지었다.

어느 정도 체력을 회복했다고 생각한 박세기가 다시 움직이기 시작했다.

이번에는 특공대도 투덜거리지 않았다.

특공대가 다시 이동한 지 한 시간 정도 지났을 때다.

유난히 눈이 빠른 막내 오경식이 멀리서 움직이는 검은 점 두 개를 발견하고 소리쳤다.

"대장님! 1시 방향에 두 사람이 보입니다!"

오경식의 말에 박세기가 재빨리 허리를 수그리며 대원들에게 수신호를 보냈다.

스무 명의 특공대가 제자리에 주저앉았다.

허리까지 쌓인 눈은 특공대를 완벽하게 숨겨 주었다.

특공대는 평소의 훈련대로 눈 속에서 조금씩 넓게 거리를 벌렸다.

잠시 후 특공대는 반달 모양으로 자리를 잡았다. 그리고 숨까지 죽이고 목표물이 제 발로 품안에 들어오기를 기다렸다.

그렇게 30분쯤 지났을까?

눈을 걷어 내는 소리가 점점 가까워졌다.

우묵한 중앙 지점에 자리 잡은 박세기는 눈 속에서 다시 열까지 숫자를 셌다.

그리고 자리에서 벌떡 일어나 총구로 불청객들을 겨누며 소리쳤다.

"정지! 움직이면 쏜다! 우리는…… 헉!"

박세기의 외침을 신호로 스무 명의 대원들이 스프링처럼 튀어

올랐다.

스무 개의 총신이 두 남자를 향했다.

"뒤에 당신! 모자 벗어!"

뒤쪽에 엉거주춤 서 있던 남자가 모자를 벗었다.

"헉! 안상혁 중좌다!"

"너! 이 새끼! 움직이면 쏜다!"

"대장님! 저 새끼 안상혁 중좌 맞습니다!"

"잡았다! 저거 진짜 중부 연합의 안상혁이야!"

평소 안상혁의 얼굴을 숙지하고 있던 특공대 대원들의 입에서 환호가 터져 나왔다.

박영찬 대장은 국가 재건의 가장 큰 걸림돌로 혁명군을 지목했고, 특별히 특공대에게는 남한의 혁명군 지휘관에 대해 집중 교육을 시킨 바 있다. 그 교육의 효과로 특공대 대원들 가운데 안상혁의 얼굴을 알아본 사람들이 무더기로 나온 것이다.

"대장님! 체포할까요?"

들뜬 대원들의 시선이 일제히 박세기에게로 향했다.

그러나 박세기는 석상이라도 된 듯 입도 뻥긋하지 못했다.

그건 최명석과 박미나도 마찬가지다.

특히 아무런 언질도 받지 못한 박미나는 마치 귀신이라도 보는 듯한 표정이었다.

강유진도 정면에 서 있는 박세기를 알아보았다.

그러나 강유진은 그를 아는 척하지 않았다. 지금 강유진의 마음은 박세기보다 더 복잡했다.

한참 만에 겨우 들끓는 심정을 수습한 박세기가 목례를 했다.

“강 선생님, 살아 계셨군요…….”

“유진 형…….”

“강 선생님…… 정말 강 선생님 맞아요?”

떨떠름한 표정을 짓고 서 있던 강유진이 고개를 끄덕였다.

“맞습니다. 그런데 이건 무슨 뜻입니까?”

강유진의 시선이 특공대가 겨누고 있는 소총으로 향했다.

순간 깜짝 놀란 박세기가 대원들에게 소리쳤다.

“모두 총 치우고 뒤로 물러나라!”

갑작스러운 박세기의 명령에 대원들은 잠시 머뭇거렸다.

다른 사람도 아닌 혁명군 중좌 안상혁의 앞에서 총을 거두고 물러나라니?

안상혁 중좌가 누군가! 교육받은 대로라면 그는 남한에 현존하는 최고위급 혁명군 지휘관이었다.

“대장님? 지금 뭐라고…….”

“닥치고! 당장 총구 내려! 그리고 뒤로 물러나라고 새끼들아!”

“아, 예…….”

“…….”

특공대 대원들이 어정쩡한 대답과 함께 뒤로 물러났다.

곧이어 강유진의 앞으로 박세기와 최명석, 박미나가 다가갔다.

복잡한 표정으로 입술을 질겅질겅 깨물던 박세기가 돌연 허리를 직각으로 구부렸다.

"강 선생님! 용서해 주십시오!"

"저도…… 용서해 주세요."

"형, 그때는 정말…… 그러면 안 되는 건데…… 미안해요."

…….

강유진은 슬쩍 고개를 다른 쪽으로 돌렸다.

"좋지도 않은 옛날 얘기는 그만합시다. 길을 막아선 이유나 말해 봐요."

마치 초면의 사람을 대하듯 하는 강유진의 담담한 태도에 박세기는 더 괴로웠다.

그렇다고 마냥 이대로 시간을 보낼 수는 없었다.

"……감시 초소에서 강 선생님의 이름을 알려 와서 대장님이 확인해 보라고 하셨습니다."

"강남에 나를 아는 사람이 있습니까?"

"예, 5과의 박영찬 차장님이 자경단 대장으로 계십니다."

"전란(戰亂)의 와중에도 죽지 않고 살아 있었나 보군요."

"5과는 운이 좋았습니다."

"확인했으니 된 거죠?"

"예?"

박세기는 미처 상대의 말뜻을 이해하지 못하고 되물었다.

"내가 누군지 알았으니까 된 거 아닙니까? 가서 전하세요. 강유진 안 죽고 살아 있더라고."

"대장님께서 두 분을 모셔 오라고 했습니다."

"하하, 설마 아직까지 나를 어떻게 해 보겠다는 야심 찬 계획을 가지고 있는 건 아니겠죠?"

"어, 어떻게라니요? 무슨 말씀이신지……."

"나라도 사라진 마당에 아직도 내 목숨을 원하는 사람이 있냐고 묻고 있는 겁니다."

박세기가 하얗게 질린 얼굴로 손사래를 쳤다.

"그, 그럴 리가요. 누가 감히 강 선생님의 목숨을…… 전에는 잠시 피치 못할 사정으로……."

"아니라면 됐습니다. 가 보세요. 나 바쁜 사람입니다."

"정말 대장님을 만나지 않으시겠습니까?"

"무슨 좋은 인연이라고 또 만나요? 그날 내가 죽은 셈 치고 열심히 살라고 전해 주세요."

"……."

박세기는 강유진에게 그 당시 청와대와 국정원에 어떤 압력이 들어왔었는지 말하고 싶었다. 그러나 차마 말할 용기가 나지 않았다. 그건 그냥 변명에 불과한 것인지도 모른다는 생각에서다. 압력이 들어왔을 때 국정원에서는 강유진의 의사를 묻지 않았다.

뿐만 아니라 강유진에게 단 한 번의 기회도 주지 않고 죽음을 승인했다. 강유진이 화가 난 것도 아마 그런 이유에서일 것이다.

"당신들을 원망한 적도 있지만, 그냥 팔자려니 생각하기로 했습니다. 사실 당신들에게 무슨 죄가 있겠어요? 시킨 놈들이 죄인이지."

아직 젊은 최명석이 참지 못하고 한마디 했다.

"형, 우리는 정말…… 그러지 말아야 한다고 했었어. 근데…… 미국과 유럽의 국가들이…… 청와대와 국정원을 너무 압박했어. 한국이 국가 부도의 위기에 몰려서……."

"최명석. 그 말은 지금이라도 적당한 명분만 주어진다면 옆에 있는 대원들을 살해할 수 있다는 말로 들리는데, 맞나?"

"그, 그게 아니라…… 에휴, 미안해……."

할 말을 찾지 못한 최명석이 머리를 떨구었다.

이번에는 박미나가 조심스럽게 말했다.

"강 선생님, 한 번만 대장님을 만나 주면 안 돼요?"

강유진이 피식 웃으며 답했다.

"그 사람이 알몸으로 찾아오면 만나 줄지도 모르죠."

"……."

박미나가 멍한 얼굴로 강유진을 바라보았다.

박미나는 한순간 자신이 환청을 들었다고 생각했다. 그 정도로 강유진의 말은 충격이었다.

이 강추위에 알몸으로 찾아오라니?

강유진은 생각 없이 튀어나온 자신의 제안이 재밌었는지 "하하!" 하고 웃었다.

왜 갑자기 알몸이 떠올랐는지 모른다. 어쩌면 평소 애국지사처럼 근엄하기만 하던 박영찬에게 어깃장을 부리고 싶었는지도 모른다.

이윽고 정신을 수습한 박미나가 다부진 표정으로 말했다.

"알았어요. 강 선생님의 조건을 전해 드리겠어요. 그런데 그러려면 강 선생님이 어디로 가시는지 알아야 할 것 같은데요."

"오피스텔로 갑니다."

"아! 혹시 임지연 박사님의 소식을 알기 위해서인가요?"

"그것도 있고요."

강유진은 선선히 고개를 끄덕였다.

정확히는 임지연 박사의 소식과 인스턴트 음식의 확보가 목적이지만 그런 것까지 세세히 말하고 싶지는 않았다.

"강 선생님의 오피스텔에 임 박사님이 무엇을 남겼는지는 모르겠어요. 하지만 현재 임지연 박사님이 어디에 계신지는 알아요."

"어디에 있죠?"

박미나가 박세기를 힐끔 바라봤다.

이대로 가르쳐 줘도 되는가 묻는 것 같았다.

박세기는 아주 잠깐 망설였다.

임지연 박사의 근황을 미끼로 박영찬 대장과의 만남을 주선해 주고 싶어서다. 그러나 결국 고개를 끄덕일 수밖에 없었다. 강유진에게 더 이상 실례를 범하고 싶지 않아서다. 박영찬 대장이 강유진과의 만남을 원하는 것은 뭔가 부탁하고 싶은 일이 있어서다. 과거나 지금이나 강유진을 강제할 수 있는 사람은 없다.

'강 선생의 마음을 얻어야 가능한 일이다.'

백번 손해를 보더라도 어쩔 수 없지 않은가!

그런 박세기의 마음은 눈치 빠른 박미나에게도 전해졌다.

"임지연 박사님은 김미연 요원과 함께 미국으로 가는 비행기를 탔어요."

"미국?"

강유진의 눈이 빛났다. 미국으로 갈 또 하나의 이유가 생겼다.

그러나 이어지는 박미나의 말에 강유진은 실망하고 말았다.

"하지만 그 비행기는 미국으로 가지 않고 도중에 행선지를 유럽의 섬으로 바꿨어요. 대장님이 강 선생님을 만나고 싶어 하는 것도 그것과 관계가 있는 것으로 알고 있어요."

"유럽의 섬이라고요?"

"네, 페로제도(Faeroe Is)라는 곳이죠."

"페로제도……."

"다시 한 번 말씀 드리지만, 대장님을 만나 주세요. 강 선생님에게도 나쁜 일은 아닐 거예요."

집요한 박미나의 말에 강유진이 코웃음을 쳤다.

"흥! 이미 조건을 말한 것으로 아는데요. 내 혈액형 몰라요?"

"……A형으로 알고 있는데요."

"우리 A형은 원한을 뼈에 새기죠."

박미나는 지금 강유진이 농담을 하고 있는지, 아니면 진심인지 일순 헷갈렸다.

그래서 즉시 좋은 쪽으로 받아쳐 보기로 했다. 상대가 남자일 경우에만 통하는 여자의 뻔뻔함으로 말이다.

"호호, 설마 뒤끝이 심하다는 뜻인가요?"

"그건 알아서 생각하시고, 내 오피스텔은 무너지지 않았나요?"

강유진의 말투가 조금 누그러진 듯하자 박미나의 얼굴에도 화색이 돌았다.

"최상층부는 부서졌는데 다행히 강 선생님의 집은 건재해요. 문이 잠겨 있는 걸로 봐서는 약탈도 당하지 않은 것 같더라고요."

"그렇군요."

강유진의 얼굴이 더 부드러워졌다. 인스턴트식품이 아직도 남아 있다고 생각하니 한결 마음에 여유가 생기는 듯하다.

두 사람의 대화가 끝나가는 듯하자 박세기가 조심스럽게 끼어들었다.

"그런데, 저 사람은 일행이신가요?"

"그래요. 문제 있나요?"

강유진의 눈에서 서늘한 안광이 번득였다.

문제가 있다고 하면 다 박살 내 버리겠다는 무언의 암시다.

"혹시, 저 사람이 어떤 사람인지는 알고 계십니까?"

박세기는 최대한 정중하게 물었다. 혹시라도 강유진이 그의 정체를 모르고 있다면 알려 줄 생각이었다.

"외과의?"

"그 외에도 저 사람은……."

"혁명군 중좌로 있었죠. 그 부분은 더 이상 신경 쓰지 말아요. 부대는 해체됐으니까."

"아, 알고 계시는군요. 그렇게 하겠습니다."

박세기가 정중하게 허리를 숙여 보였다.

뒤에서 박세기와 강유진의 대화를 지켜보던 특공대는 더 이상 받을 충격도 없다는 얼굴이다.

"알몸으로 찾아오면 만나 줄지도 모른다."는 말의 충격에서 채 헤어 나오기도 전에 "그렇게 하겠습니다."라는 말로 악질 전범 안상혁 중좌를 내준단다.

하지만 그 무엇보다 놀라운 건 '지옥의 야차같이 사나운 박세기 특공대장이 순한 양으로 변했다.'는 사실이다.

게다가 지금 강유진이라는 남자가 귀찮다는 듯 손짓하자, "살펴 가십시오."라는 인사와 함께 다시 직각으로 허리를 숙인다.

인사를 마친 박세기가 절도 있게 돌아섰다.

그리고 꿀 먹은 벙어리처럼 눈을 끔뻑이며 서 있는 특공대원들에게 소리쳤다.

"지금 즉시 복귀한다! 이상!"

"예!"

"알겠습니다!"

특공대원들은 강유진을 힐끔거리며 돌아섰다.

자신들로서는 이 도깨비놀음을 이해할 수 없다. 그러나 국정원 출신으로 알려진 최명석과 박미나는 당연하게 받아들이고 있었다. 심지어 박미나는 마지막까지도 "강 선생님 꼭 부탁해요!"라고 애교 섞인 인사까지 던졌다. 특공대원들은 서울에서 터진 핵배낭만큼이나 미스터리한 일이라고 생각했다.

*　　*　　*

뉴 갤러리아 백화점 삼 층의 자경단 본부.

박영찬 대장은 박세기의 보고가 끝나자 "알았다."는 말과 함께 고개를 끄덕였다.

그는 강유진을 찾아가 보겠다고도 하지 않았고, 안상혁 중좌의 문제에 대해서도 언급하지 않았다.

참다못한 박미나가 궁금하다는 듯 물었다.

"대장님, 어떻게 하실 건가요?"

"허허, 나라고 도리 있나. 최대한 순리대로 풀어 봐야지."

"그러니까 어떻게요?"

"강 선생이 오피스텔로 갔다고 했지?"

"예."

"그 지역은 거주 지구지?"

"예."

"보는 눈이 많겠군."

"서, 설마……."

"강 선생의 오피스텔에서 관측되는 지점을 알아 와. 거리를 최대한 줄여 보자고. 나도 살아야지."

"……."

박미나의 입이 벌어졌다.

알몸으로 눈 위를 걸어갈 박영찬 대장을 생각하니 앞이 캄캄했다.

"대장님, 그 정도로 강 선생님이 필요한가요? 어차피 망한 세상인데…… 조금 재건이 늦어진다고 누가 뭐랄 사람도 없잖아요."

"자네가 몰라서 그래. 내가 벗어서 동포를 구할 수 있다면 못할 것도 없지. 어쩌면 가장 싸게 먹히는 건지도 몰라."

"아무리 그래도……."

최명석도 한마디 거들었다.

"대장님, 눈도 눈이지만 너무 춥습니다."
"거, 쓸데없는 걱정들 하지 말고, 가서 길이나 좀 다져 놔. 나를 눈 속에 장사(葬事) 지내고 싶지 않으면 말이야."
그때다. 입을 꾹 다물고 서 있던 박세기가 불쑥 말했다.
"대장님만 벗게 할 수 없습니다."
"무슨 소리야? 그럼 자네도 벗겠다는 거야?"
박영찬의 물음에 박세기가 답했다.
"저뿐만 아니라 특공대 전체가 대장님과 함께 알몸으로 구보를 하면 어떻겠습니까? 훈련이라고 하면 누가 봐도 그러려니 할 겁니다."
"아니! 무슨 훈련을 알몸으로 뜁니까? 그런 건 보통 상의만 탈의하잖아요! 하지만 유진 형이 요구한 건 알몸이라고요! 아랫도리도 벗는……."
"그래서? 너는 대장님만 알몸으로 만들겠다는 거냐? 모든 잘못을 대장님 혼자 뒤집어쓰라고?"
"그, 그야 그렇지만……."
박세기는 더 이상 최명석이 앙탈을 부리지 못하게 쐐기를 박았다.
"대장님, 그렇게 준비하겠습니다."
"흠! 자네들의 뜻이 그렇다면 말리지 않겠다."
박영찬은 고개를 끄덕였다.

오십 대 후반의 자신이 혼자서 알몸으로 걷는다면, 온갖 억측이 난무할 것이다. 그럴 바에야 여럿이 함께하는 게 나을지도 모른다.

"아니, 대장님, 자네들의 뜻이 아닙니다. 저는 아직 동의하지 않았습니다."

최명석의 우는 소리를 듣고 있던 박세기가 조용히 말했다.

"명석아, 우리도 이 기회에 짐 좀 벗자."

"……."

박세기의 그 한마디는 묘하게 설득력이 있어서 최명석도 더 이상 반항하지 못했다.

그렇게 강유진이 무심코 던진 한마디는, 마치 산 위에서 굴러 떨어지는 눈덩이처럼, 알몸의 숫자를 불려 나갔다.

*　　*　　*

강남 자경단의 대장과 특공대가 알몸으로 구보를 하기 시작했다. 그들이 왜 그런 혹독한 훈련을 하는지는 알려지지 않았다. 거주 지구에서 우연히 그 광경을 목격한 피난민들은 멀리서 박수를 치며 응원의 함성을 질러 댔다. 물론 모든 피난민이 그런 건 아니다. 한쪽에서는 가족들이 어린 여자아이들의 눈을 가려 주는 진풍경도 연출됐다.

안상혁은 오피스텔의 창가에 서서 알몸으로 달려가는 사람들을 내려다보았다.

처음에는 심한 농담이라고 생각했다. 강남의 자경단에 대해 그만큼 잘 아는 사람도 드물다. 특공대가 자신에 대해 알고 있듯, 자신도 유명한 자경단에 대한 정보 수집을 게을리 하지 않았다. 강남의 자경단에 남한의 유력 인사들이 대거 포진하고 있다는 것과, 그들이 혁명군처럼 국가 재건을 꿈꾸고 있다는 것도 안다. 그런 자경단의 대장이 노구(老軀)를 이끌고 눈앞에서 달리고 있었다. 그것도 혹독한 추위 속에서 실오라기 하나 걸치지 않은 벌거벗은 몸으로.

'대체 강유진이라는 사람은 누구지?'

안상혁이 슬쩍 고개를 돌렸다.

그는 거실의 소파에 길게 누워 천정을 멍하니 바라보고 있었다. 지극히 평범해 보이는 그의 모습에 '다른 사람을 벌거벗고 달리게 만들 수 있는 힘이 있다.' 는 게 믿어지지 않는다.

'그러고 보니 저들도 강 선생이라고 부르던데…….'

아무리 봐도 교사는 아닌 것 같다.

저 밖에서 뛰어오고 있는 사람들도 자신이 그러고 있는 것처럼, 적당히 부를 호칭이 없어서 강 선생이라고 부르는 것일까?

왠지 그런 기분이 든다.

"어째 밖이 소란스럽다?"

강유진의 말에 안상혁이 답했다.

"어제의 특공대와 웬 나이 지긋한 분이 알몸으로 달려오고 있습니다."

"흐음! 하루 정도 쉴 시간도 못 주겠다는 건가……."

강유진의 혼잣말을 들으니 그들이 올 줄 알고 있었던 것 같다.

"강 선생님은 전쟁 전에 뭐 하시던 분인가요?"

"나? 글쎄, 국정원의 일을 조금 도와줬지. 어제 그 사람들은 그런 인연으로 알게 된 거고."

"공무원이셨군요? 상상이 안 되는군요."

"피차일반이야. 나도 가끔 네가 의사라는 게 상상이 안 되니까."

"그런데 저를 왜 부르신 겁니까? 굳이 제가 아니어도 강 선생님을 도울 사람은 많을 것 같은데……."

"그건 나의 이기심 때문이지. 다른 건 다 어떻게 해 볼 수 있겠는데, 외과 수술은 안 되겠더라고. 이렇게 어려운 시기에 머리도 잘 돌아가고, 아플 때 도움도 되는 조수 하나쯤 달고 다니면 좋잖아?"

"잘 봐 주시니 영광입니다."

"하하, 낯간지러운 소리는 하지 말라니까."

두 사람이 이런 저런 잡담을 나누고 있을 때다.

똑. 똑. 똑.

차분하고도 분명하게 문을 두드리는 소리가 들렸다.

강유진이 씁쓰름한 표정으로 자리에서 일어섰다.

"드디어 올 게 왔군."

안상혁이 어색한 표정으로 물었다.

"저는 자리를 피해 드릴까요?"

"아니, 그럴 필요 없어. 네가 정말 나를 따라다닐 생각이라면 뭐든 알아 두는 게 좋을 거야."

"그럼 그렇게 하겠습니다."

안상혁은 소파 끝에 가서 섰다.

그러는 동안 잠그지 않고 두었던 현관문이 '찰칵' 소리와 함께 열렸다.

곧이어 군용 모포로 몸을 둘둘 말은 박영찬 대장이 안으로 들어섰다.

박영찬 대장의 뒤로 역시 모포로 몸을 만 박세기와 최명석, 박미나가 쪼르륵 따라 들어왔다.

박영찬 대장은 강유진과 눈이 마주치자 어색함을 떨치기 위해서 먼저 인사를 했다.

"허허헛! 강 선생님, 전보다 더 좋아 보이는 얼굴을 뵈니 반갑습니다."

강유진도 마치 어제 헤어진 사람처럼 담담하게 웃으며 고개를 끄덕였다.

“여기서 좋은 일 하고 계신다고 들었습니다. 건강해 보이시네요.”

“허허, 강 선생님, 옷을 좀 갈아입어도 되겠습니까?”

강유진이 작은 방을 가리켜 보였다.

“저 방으로 가서 입으시면 될 겁니다.”

“감사합니다. 바로 나오겠습니다.”

박영찬과 박세기, 최명석이 작은 방으로 들어갔다.

홀로 남겨진 박미나가 모포의 한쪽 자락을 잡아 흔들며 물었다.

“저도 좀 갈아입을 곳이 필요한데요? 그냥 여기서?”

“하하, 안방으로 가세요. 제가 놀라서 자리를 피할지도 모르니까요.”

이대로 강유진이 가 버릴지도 모른다고 생각한 박미나는 새치름한 표정을 지어 보인 후 안방으로 천천히 들어갔다.

박미나가 방문을 닫기 전에 물었다.

“강 선생님, 저는 비키니를 입었어요. 그 정도는 이해해 주시겠죠?”

“하하, 누가 들으면 제가 벗으라고 한 줄 알겠습니다.”

“아, 네에.”

박미나는 미련 없이 방문을 닫았다. 아쉽게도 저 도도한 강유진은 예나 지금이나 자신에게 별 관심이 없는 것 같았다.

언제 준비했는지 정장으로 갈아입은 박영찬이 소파에 앉았다. 박영찬의 뒤로 박세기와 최명석, 박미나가 나란히 섰다.

오랫동안 침묵하던 박영찬이 한 자 한 자 힘주어 말했다.

"강 선생님, 용서해 달라고 하지는 않겠습니다. 그러나 과거에 저지른 우리의 잘못으로 한국과 아시아인의 미래를…… 외면하지 말아 주시기를 간곡히 부탁드립니다."

심각한 박영찬에 비해 강유진의 얼굴은 평상시와 다를 바 없었다.

"무슨 말씀이신지 본론을 말해 주셔야 할 것 같습니다만."

"박미나 요원을 통해 어느 정도 들으셨을 겁니다. 아시아 전쟁 말기에 국가안보위원회에서는 임지연 박사를 미국으로 보내기로 결정했습니다. 김미연 박사를 미국행 비행기로 보낸 후 도착 확인을 했습니다만…… 그 비행기는 미국에 도착하지 않았습니다. 나중에 미국 국무부를 통해 알게 된 사실은…… 그 비행기가 미국이 아닌 페로제도로 갔다는 것이었습니다."

"어떻게 한국에서 그걸 모를 수가 있습니까?"

"원래대로라면 미국의 비전투 인원 소개 작전(NEO:Non-combatant Evacuation Operation)에 따라 비행기는 미국으로 가게 되어 있었습니다. 문제는 미국이 비전투 인원 소개 작전의 종결을 한국 정부에 알리지 않았다는 데 있습니다. 그 틈에 임지연 박사가 탄 비행기는 미국이 아닌 페로제도로 갔던 겁니다. 미국 정부도 그런 사실을 뒤늦게 알았다고 고백하더군요."

"그래서 임지연 박사는 다시 미국으로 갔습니까?"

강유진은 임지연 박사가 다시 미국으로 갔을 거라고 생각했다. 세계 최강이라는 미국이 임지연 박사와 같은 재원을 그대로 내버려 뒀을 리가 없기 때문이다.

"미국에서 강력하게 요청했지만 페로제도에서는 임지연 박사를 내주지 않았습니다. 오히려 임지연 박사가 미국이 아닌 페로제도에 망명을 신청했다고 통보했습니다."

"헐! 망명이오? 그 임지연 박사가 망명 신청을 했다고요?"

강유진은 고개를 설레설레 저었다.

임지연은 오피스텔에서 와인을 마시고 취했을 때 유학 시절의 이야기를 한 적이 있다. 그녀는 미국 유학 시절에 미 국무부로부터 시민권 수여를 제안받았지만 정중히 거절했다고 한다. 정치지망생들처럼 요란하게 드러내지 않았지만 그녀는 국가관이 뚜렷한 사람이었다. 그런 그녀가 전시(戰時)에 망명 신청 따위를 할 리가 없지 않은가?

"예, 그런 이유로 미국은 임지연 박사를 데려가지 못했습니다. 훗날 임 박사를 데려가기 위해 CIA까지 투입됐지만 번번이 실패했다고 들었습니다. 그러다가 세계 핵전쟁이 발발하면서 미국은 몰락하고, 더 이상 임지연 박사의 문제에 매달릴 수 없게 됐습니다."

"그럼 현재 임지연 박사는 페로제도에 있는 겁니까?"

박영찬의 얼굴이 어두워졌다.

"페로제도는…… 실로 무서운 곳입니다. CIA의 국장은 페로제도의 실질적인 주인이 위원회(委員會)라고 했습니다. 나중에 세계의 정보기관에서 위원회의 전신(前身)이 크라노스라는 것을 알아냈지만…… 그즈음 세계 핵전쟁이 발발해 모든 것이 사라지고 말았습니다."

"크라노스!"

강유진이 놀란 눈으로 박영찬을 바라보았다.

사도들의 이야기를 여기서 다시 듣게 될 줄이야!

"현재 아시아인들에게 페로제도는 낙원으로 더 잘 알려져 있습니다. 세계에서 유일하게 핵전쟁의 피해를 입지 않은 지역이며, 문명도 고스란히 보존되어 있기 때문입니다. 그런데 과정과 절차가 알려지지 않았지만, 페로제도에서는 아시아 전쟁 당시부터 보호 시설을 운영해 왔습니다. 문제는 그 보호 시설이라는 곳입니다. 아시아 전쟁부터 지금까지…… 페로제도로 건너간 한국인은 기록상 20만이 넘습니다."

"와우! 엄청난 인원이군요."

"놀라기는 이릅니다. 핵전쟁 이전에 페로제도는 한국인과 일본인만 받았습니다. 그러다가 핵전쟁 이후 세계가 몰락하면서 중국으로 영역을 확대했습니다. 중국 국가안전부 고위층의 증언에 따르면 핵전쟁 후 중국에서만 40만 명이 페로제도로 갔습니다. 국가별로 중국, 한국, 일본인이 페로제도로 갔는데…… 그 숫자가 무려 70만에 달합니다. 공식적으로 그러니 비공식적인 경로로 간 사람들까지 합하면 90만 이상이 페로제도로 간 것으로 보입니다."

"헐!"

"그런데 문제는 CIA가 인공위성으로 찍은 사진에 의하면 페로제도의 보호 시설이 그렇게 크지 않다는 데 있습니다. 사진을 판독한 CIA국장 데이비드 레이어스는 페로제도에서 수용 가능한 인원은 최대 7천 명 내외라고 했습니다. 하지만 지금까지 페로제도의 보호 시설로 보내진 사람은…… 말씀드렸다시피 공식적으로 70만이 넘습니다. 총인구가 5만도 안 되는 페로제도에 무려 70만 이상이 보내진 것입니다."

"그 말씀은?"

"보호 시설을 본격적으로 가동하면서부터 페로제도에서 나온 사람이 없습니다. 말 그대로 그곳에서 70만이 사라진 겁니다. 그것도 하필 우리 아시아 인종으로만 말입니다."

"……."

강유진은 넋이 나간 얼굴로 박영찬을 바라보았다.

루인족 사도들은 인간을 하등한 생명체로 여긴다. 그걸 아는 그로서는 끔찍한 상상에 몸을 떨지 않을 수 없었다.

"지금도 중국 구채구에 있는 황룡 공항과 한국의 부산 공항에서는 페로제도로 떠나는 비행기가 하루 한 번 있습니다. 자리가 없어서 한 달 이상 기다려야 겨우 탈 수 있을 정도로 인기가 높습니다. 사람들이 그 비행기를 타려는 이유는…… 생존과 더불어 문명의 혜택을 받고 싶다는 열망 때문입니다."

"생존과 문명……."

"그렇습니다. 생존이야 아직 불분명하지만, 페로제도의 문명 수준은 당장 눈으로 확인 가능한 것이라 더 열광하고 있는 거지요. 실제로 오늘날 대륙 간 비행기 운항은 페로제도만 가능합니다."

"……."

박영찬은 잠시 강유진의 안색을 살폈다.

그가 이 문제를 어떻게 받아들이느냐에 따라 한민족의 미래가 좌우되니 신중하지 않을 수 없었다.

"특히나 한국은 더 상황이 좋지 않습니다. 지난달부터 여객선 희망호(希望號)가 부산항과 페로제도를 취항(就航)하는 서비스를 개시했습니다. 페로제도의 파견단이 관리하고 있는 희망호의 탑승인원은 1,800명에 달합니다. 300명의 선원을 제외하고 매주 1,500명의 한국인이 페로제도로 보내지고 있는 것입니다."

…….

무거운 침묵이 실내를 짓눌렀다.

모두가 박영찬 대장이 한 말에 충격을 받은 것 같았다.

문득 강유진이 물었다.

“참, 안중근 의사의 유묵(遺墨) 탁본(拓本)은 잘 있습니까?”

잠시 생각하던 박영찬이 담백한 미소로 답했다.

“제가 소장하고 있던 인무원여난성대업(人無遠慮難成大業, 사람이 멀리 생각하지 못하면 큰일을 이루기 어렵다)을 말씀하시는 거라면 그렇습니다.”

“혹시 미국의 사정에 대해 좀 아시는 게 있습니까?”

“그렇지 않아도 핵전쟁이 벌어지기 직전, LA에 있는 요원에게 강 선생님의 가족분들을 우선적으로 대피시키도록 지시해 두었습니다. 핵전쟁 이후로 연락이 끊겼지만, 우리 요원이 충실하게 이행했을 거라고 믿고 있습니다.”

“핵전쟁 전에요?”

강유진이 놀란 눈으로 바라보았다.

미국과 유럽에게까지 따돌림당하던 한국이 그런 엄청난 비밀을 어떻게 알 수 있었을까?

박영찬이 빙그레 웃어 보였다.

“사실 중국의 진자바오(金家寶) 총리로부터 비밀리에 연락을 받았습니다. 그는 미국 유학 시절에 알고 지내던 오랜 친구였습

니다."

"아아! 그랬군요. 정말 감사합니다."

"별말씀을요. 당연히 그렇게 했어야 한다고 생각합니다."

박영찬이 가볍게 손사래를 쳤다.

그때는 강유진의 죽음에 대한 사죄의 뜻으로 그런 지시를 내렸다. 유족들에게 속죄하는 마음으로 말이다. 그런데 그게 자신이 한 일 중에 가장 잘한 일이 될 줄이야!

"제가…… 페로제도로 가겠습니다."

"그렇게 해 주신다면 한국은 물론 아시아인들도 강 선생님께…… 감사드릴 것입니다."

말과 함께 박영찬이 자리에서 일어나 허리를 숙였다.

뒤쪽에 서 있던 박세기, 최명석, 박미나도 부러질 듯 허리를 숙여 보였다.

"……."

강유진은 말없이 자리에서 일어나 창가로 걸어갔다.

그들의 지나친 인사가 부담스러웠지만 만류하지는 않았다.

어쩌면 정말 혈액형의 특징이라는 게 사실인지도 모르겠다. 아직 그들을 다독여 줄 정도로 마음을 열고 싶지 않은 걸 보면 말이다.

그런데 페로제도에서는 대체 무슨 일이 벌어지고 있는 것일까?

제10화

근원으로 돌아가리라

정오 무렵 강유진은 강남을 떠났다.

최명석이 함께 가겠다고 요란을 떨었지만 강유진은 너무 위험한 일이라며 거절했다.

강유진이 안상혁과 함께 떠난 후 최명석은 크게 상심해 방구석에 처박혀 나오지 않았다.

박영찬 대장은 그런 최명석을 불러내 특별한 지시를 내렸다.

그것은 무슨 수를 써서라도 미국으로 건너가 강유진 가족의 생사를 확인하라는 것이었다.

깜짝 놀란 최명석이 "비행기도 없는데 거길 무슨 수로 가느냐!"고 항변했지만, 박영찬은 무시했다.

박영찬의 대답은 간단했다.

"강 선생 가족의 얼굴을 아는 사람이 자네밖에 없다. 가라."

도살장으로 끌려가는 소처럼 버티던 최명석은 그 말에 고개를 떨구고 말았다.

확실히 박영찬 대장의 말대로 그들의 얼굴을 아는 사람은 자신밖에 없었다.

하지만 잠시 후 고개를 들어 올린 최명석의 표정에 야릇한 광기가 번득였다.

"가겠습니다! 대신 박세기 특공대장과 박미나를 붙여 주십쇼."

"야! 최명석이! 거기에 나를 왜 끌어들여! 새끼야!"

"명석 씨! 나는 왜? 나 영어 안 되는 거 알잖아."

"박세기 특공대장은 잘 싸우고, 박미나 씨는 여성이니까 꼭 필요합니다."

박미나는 원수를 만난 듯 최명석을 노려보았다.

하고 많은 이유 중에 '여성이니까' 란다.

"명석 씨, 태평양을 건너다가 무인도에 떨어지면 나를 씨받이로 쓰고 싶어서 그래? 여자라서 필요한 이유가 뭔데?"

"푸헐! 거울 좀 보고 그런 말씀하시죠. 제가 '여자가 필요하다.' 고 한 건 말입니다. 더 깊은 뜻이 있어서 그런 겁니다. 남자들만 가서는 곤란한 상황이 올 수도 있으니까요. 생각해 보십쇼. 강 선생님의 가족들은 다 여자입니다. 남자들이 옆에서 도와주기 곤란한 문제가 발생할 수 있다 이 말입니다."

"아니, 명석 씨의 말이 틀린 건 아니지만…… 그런 식으로 물고 늘어진다면 박영찬 대장님도 같이 가야겠네. 인생 경험 많으시고, 현장 지휘 잘하시니까."

"쯧쯧! 왜 제가 물고 늘어지는 거라고 생각하십니까. 그렇지 않습니까? 대장님?"

"……."

박영찬 대장은 고심 끝에 최명석의 손을 들어 줬다. 아닌 게 아니라 남자들만 가서는 곤란할 상황이 생길 수도 있었다.

"자네, 절대 칭찬은 아닌데, 머리가 비상하게 돌아갈 때가 있어. 최명석 요원의 말에 일리가 있다. 비행기나 배를 탈취해야 할 상황이 생길 수 있으니까, 박세기 특공대장이 동행하도록. 그리고 박미나 요원도 강 선생 가족을 생각해서 함께 가라. 이상."

박영찬 대장의 결정에 박세기나 박미나는 더 이상 토를 달지 않았다. 비록 물귀신처럼 물고 늘어지기 위해 꺼낸 것 같기는 하지만, 생각해 보면 틀린 말도 아니었다. 최명석같이 어리바리한 사람 하나에게 맡기기에는 변수가 너무 많았다.

*　　*　　*

강유진은 쉬지 않고 이동해 부산 공항에 도착하자, 가지고 있던 인스턴트 음식을 다 팔아 페로제도행 비행기를 타기 위한 "우선순위의 대기자 번호표” 두 장을 획득했다. 그리고 사흘 후 마침내 안상혁과 함께 비행기에 탑승할 수 있었다.

안상혁은 좌석에 앉자마자 놀랐다는 듯 혀를 내둘렀다.

“휴우! 의외로 허술하네요? 신분 증명 서류도 없고, 무작정 실어 나르는 느낌입니다.”

사실 안상혁은 이것저것 조사 과정이 있을 줄 알고 내심 긴장해 있었다. 도둑이 제 발 저린다고 혁명군의 이력 때문에 거부당하지는 않을까 걱정도 많았다. 그런데 페로제도에서 나온 백인 파견단들은 놀랍게도 대기자 번호표만 확인했다. 인류 최후의 낙원이라는 페로제도행 비행기의 탑승 수속이, 질서 유지 차원에서 나누어 준 종이쪽지 검사가 전부였던 것이다.

“그래, 무슨 화물 같지?”

“예.”

“그건 페로제도를 지배하는 자들이 인간을 존중하지 않기 때문에 그런 거야.”

“그들을 아십니까?”

“좀 안다고 할 수 있지.”

“그곳에서 정말 그런 일이 일어나고 있는 걸까요?”

안상혁은 모든 게 자경단장의 상상이기를 바랐다. 70만이니 90만이니 하는 엄청난 숫자들이 실감나지 않은 탓이다.

'만약 박영찬 대장의 말대로 페로제도에서 한국과 아시아 사람을 대상으로 모종의 실험이라도 하고 있는 거라면?'

그거야 말로 큰일이었다. 자신이 생각하던 큰일과는 비교도 할 수 없는 정말 큰일 말이다.

문득 안상혁은 2차 세계 대전 때 독일군이 저지른 만행을 떠올렸다. 인간이라면 그러고도 남을 거라는 생각이 든다.

"그보다 더한 일이 일어나도 이상할 게 없는 곳이지."

"그 정도입니까?"

"네가 뭘 상상하든 그 이상을 보게 될 거야."

"그런데 말입니다. 제가 도울 수 있는 일이 있을 까요?"

"글쎄, 도움은 모르겠고, 도착하거든 무장(武裝)이나 제대로 갖춰. 너까지 지켜 줄 시간은 없을 것 같으니까. 솔직히 페로제도에서만큼은 피도 눈물도 없는 혁명군 중좌의 모습으로 돌아가 줬으면 하는 바람이야."

"저어, 제가 꼭 그런 사람이었던 것은 아닙니다."

"아니긴 개뿔. 남북한 통틀어 영웅 칭호를 받은 사람이 너 하나라고 들었다. 의사 노릇은 당분간 잊고, 네가 잘하는 투쟁이나 좀 해 봐."

"예……."

안상혁이 기죽은 얼굴로 답했다.

"나를 실망시키지 마. 너에게 진짜 큰일을 할 수 있는 기회를 주고 있는 거니까."

"명심하겠습니다."

*　　*　　*

마침내 비행기가 페로제도 국제공항에 도착했다.

탑승객들은 군인들의 철저한 통제 아래 트럭으로 갈아타야 했다.

말이 통하지 않는 군인들의 총구 앞에서 탑승객들은 양떼처럼 움직였다.

1시간가량 내달린 끝에 트럭이 멈춰선 곳에는 '피난민 보호소'라는 거대한 간판이 설치되어 있었다.

그제야 탑승객들의 입에서 "와아!" 하는 환호성이 터져 나왔다.

보호소의 거대한 철문이 열렸다.

시간이 지날수록 보강된 보호 시설은 처음과 달리 거대한 요새의 위용을 갖추고 있었다.

군인들은 탑승객들을 가장 끝 쪽의 수용 시설로 안내했다.

강유진은 몰려든 구경꾼들을 무심한 눈으로 바라보았다.

옷차림만 봐서는 어느 나라 사람인지 구별이 가지 않았다.

그러나 사람들이 조금 더 다가오자 그들의 국적을 짐작할 수 있었다. 그들은 한국인과 중국인, 그리고 일본인들이었다.

강유진은 보호소 맞은편에 보이는 거대한 탑으로 시선을 돌렸다.

"역시 흑탑인가……."

검은색의 거대한 탑은 루인족의 건축양식(建築樣式)을 다르고 있었다.

페로제도의 주인이 사도라는 것은 의심할 여지가 없다.

한 떼의 사람들이 다가와 한국어로 소리쳤다.

여러 사람이 동시에 떠들어서 좀처럼 알아듣기 힘들었지만 종합해 보면 "천국의 광장에서 이번 달 입주 환영 파티가 열리고 있다"라는 내용이었다.

호기심 많은 누군가가 "천국의 광장이 어디냐?"고 물었다.

그러자 사람들이 웃으며 "천국의 계단 앞에 있는 공터"라고 답했다.

또 다른 누군가가 "천국의 계단은 어디냐?"고 물었다.

엄마 손을 잡고 나온 여자아이가 그것도 모르냐며 흑탑의 옆에 오도카니 서 있는 하얀색 저층 아파트를 가리켜 보였다.

"아저씨! 저 아파트가 천국의 계단이에요! 우리 집은 다음 달에 저기로 가요! 부럽죠?"

그 말뜻을 몰라 어리둥절해하는 사람에게 아이의 부모가 천국의 계단에 대해 설명해 주었다.

뒤늦게 새로운 입주자들의 입에서 부럽다는 듯 탄성이 흘러나왔다.

그들을 지켜보던 강유진이 안상혁에게 말했다.

"상혁아."

"예."

"너 여기서 혁명 좀 많이 해야겠다."

"예, 실망시켜 드리지 않겠습니다."

안상혁이 전단지로 가득 찬 가방을 움켜잡았다.

자신이 직접 기획 제작한 페로제도의 실상을 고발하는 전단지다. 무려 3개 국어로 된 그것을 위해 강남의 자경단이 마지막까지 애를 썼다.

"나도 혁명 좀 하러 가야겠다."

말과 함께 강유진의 몸이 허공으로 떠올랐다.

"헉!"

놀란 안상혁의 입에서 헛바람 소리가 새어 나왔다.

곧이어 사방에서 놀란 소리가 터져 나왔다.

"으아아! 사람이 난다!"

"헉! 정말!"

"뭐야? 이벤트인가?"

"척 보니 와이어 액션이네. 근데 정말 기술 좋아졌다."

"페로제도니까 저런 게 가능하지. 다른 데서는 돈 주고도 못 봐."

"그런가? 역시, 페로제도야."

"와우! 대단해!"

강유진은 사람들의 억측을 뒤로하고 흑탑을 향해 날아갔다.

잠시 후 흑탑의 50여 미터 앞에 내려선 강유진이 큰소리로 외쳤다.

"그레이 사도! 세티쉬 카르나크! 쥐구멍 속에 숨어 있지 말고 당장 튀어나와라! 얼굴 좀 보자!"

…….

적막이 흘렀다.

곧이어 멀리서 총소리가 들려왔다.

강유진의 얼굴에 희미한 미소가 떠올랐다.

땅에서도 벌써 안상혁이 혁명을 시작한 모양이다.

흑탑에서 열한 명이 걸어 나왔다.

그중 하나인 그레이 사도가 묘한 표정으로 강유진을 반겼다.

"역시, 살아 있었군. 엘에게 영광을."

그레이 사도의 말에 마신 세티쉬 카르나크가 냉소를 쳤다.

"흥! 영광 좋아하시네. 그런데 강유진, 네놈이 죽고 싶어 안달이 난 놈인 줄은 몰랐다. 여기가 어디인 줄 알았다면 평생 숨어 지냈어야지 감히 찾아오다니."

"하하! 너야 말로 아직 덜 죽었구나. 오늘은 뼈마디를 죄다 꺾어 확실하게 보내 주마. 각오하고 있는 게 좋을게다."

"으흐흐! 그 말로 너의 운명은 정해졌다."

세티쉬 카르나크의 눈이 살기로 충만해졌다.

조금 전까지만 해도 그레이의 권유로 공생을 모색해 볼까 고민했다. 그러나 뼈마디를 다 꺾겠다는 말에 과거의 기억이 떠올랐다. 순간 애써 눌러 두었던 마신의 자존심과 인간의 복수심이 융합했고, 그 결과 머릿속은 오직 '죽음' 으로만 가득했다.

"나의 충직한 종들이여, 놈을 죽여라."

세티쉬 카르나크의 명령에 사도들이 강유진에게로 천천히 걸어갔다.

선두에 서 있던 사도들의 수장 후안 페르난데스가 떨리는 음성으로 물었다.

"나는 사도들의 수장인 후안 페르난데스요. 그대가 정말…… '에르 라크리마' 요?"

강유진이 후안 페르난데스라는 노인을 묵묵히 바라보았다. 외형으로만 따지자면 그는 '반지의 제왕' 에 나왔던 빛의 마법사 간달프를 빼닮았다.

"그전에 나도 하나 묻자. 아시아 사람들에게 무슨 짓을 한 거지?"

후안 페르난데스는 강유진의 반말에 특별한 반응을 보이지 않았다. 사실 '시간을 거슬러 온 자' 들 사이에 육체의 나이란 의미가 없었다.

"흑마석(black mana cristal)을 마정석(pure mana cristal)으로 변환시키는 과정에 아시아인의 영혼 에너지(mental energy)가 필요했소."

"……그것을 빼앗긴 인간은 어떻게 되나?"

"영혼의 힘이 다하면 죽소. 혹시 인간의 육신에 대해 물은 거라면, 우리는 그들을 소각시켰소."

후안 페르난데스는 강유진의 질문에 숨김없이 답했다. 기본적으로 강유진을 인간이 아닌 동족, 즉 루인족이라고 생각했기 때문이다.

강유진이 무심한 음성으로 물었다.

"역시 그랬군…… 마정석이 필요한 이유는?"

후안 페르난데스는 저도 모르게 마신 세티쉬 카르나크를 힐끔 돌아보았다.

본래 사도들이 마정석을 만들기로 결정한 것은 더 강한 힘을 얻어 세티쉬 카르나크로부터 자유를 획득하기 위해서였다.

하지만 지금 이 자리에서 그걸 말할 수는 없었다.

"우리 루인족들의 생존을 위해서요."

"너희 루인족의 생존을 위해 몇 명의 인간이 제물로 사용되어야 하지?"

"백만? 혹은 그 이상이오."

"……."

강유진은 루인족의 끔찍한 말 앞에 오히려 들끓던 마음이 가라앉는 걸 느꼈다.

인간과 루인족은 이렇게나 서로를 닮아 있었다.

'엘이 진실로 원한 건 뭐였을까?'

그런 강유진에게 후안 페르난데스가 다시 물었다.

"자아, 이제는 나의 질문에 답을 주시오. 그대는 정말 에르 라크리마요?"

강유진이 사도들을 둘러보았다.

모두가 호기심 가득한 얼굴로 자신을 보고 있었다. 자신이 에르 라크리마인지 아닌지가 어지간히 중요한 모양이다.

"그게 왜 궁금한지 모르겠지만 말해 주지. 나는 엘을 만났어. 그러니 내가 에르 라크리마겠지. 이제 됐나?"

"그렇다면…… 당신은 우리가 왜 창조되었는지 아시오? 엘께서 우리에게 원하는 게 무엇인지 아시오?"

후안 페르난데스가 간절한 얼굴로 강유진을 바라보았다.

그것이야 말로 루인족 최고의 마법사들인 사도들이 죽도록 알고 싶어 하는 우주의 신비였다.

뜨거운 열망으로 이글거리는 후안 페르난데스의 눈을 응시하던 강유진이 고개를 끄덕였다.

"알아. 전에는 몰랐는데, 이젠 확실히 알아."

"그게 무엇이오?"

"너희들의 멸망. 몰랐나? 내가 에르 라크리마인 것을."

뜻밖의 대답에 큰 충격을 받은 듯 후안 페르난데스의 상체가 휘청거렸다.

"에르 라크리마…… 정말 엘께서는 우리를 버리신 건가……."

"그래, 엘은 너희들의 잔악한 행위에 눈물을 흘리고 있을 거야. 너희들은 극단적으로 이기적인 생물에 불과해."

사도들의 얼굴이 흉하게 일그러졌다.

잠시 후 후안 페르난데스가 결심한 듯 단호한 어조로 말했다.

"정녕 엘께서 우리를 버렸다면…… 우리도 엘을 버릴 것이다."

그러나 강유진은 후안 페르난데스에게 조금의 평화도 허락하지 않았다.

"푸하하핫! 너희가 엘을 버린 게 아니라니까. 엘은 이미 너희를 잊었어. 너희는 근본을 잊어버린 망령에 불과해."

"감히 네놈이…… 루인족이라면 네놈의 이름을 말해 보아라. 너는 누구냐?"

치밀어 오르는 분노를 다스리지 못한 후안 페르난데스의 움켜쥔 주먹이 부들부들 떨렸다.

"나는 강유진이다."

후안 페르난데스가 이해할 수 없다는 눈으로 강유진을 노려보았다.

"너는 루인족이 아니라는 말이냐!"

"그래, 나는 인간이다. 인간은 에르 라크리마가 될 수 없다는 법이라도 있냐?"

"후후, 이제 보니 융합에 실패해 과거를 잊은 미친놈이었구나! 사도들이여, 요조라 사도의 복수를 해야 할 시간이 되었다."

그 말이 신호인 듯 열 명의 사도는 품안에서 검게 빛나는 수정을 꺼냈다.

검은 수정안에는 은하수 같은 별무리가 떠다니다가 가끔씩 밝은 빛을 내뿜었다.

강유진은 저 검은 수정이 아시아인들의 영혼 에너지로 만들어진 마정석이라는 것을 알 수 있었다.

열 사도의 손에 들린 수정 하나하나에 얼마나 많은 사람들의 생명이 깃들어 있을까?

어린 소녀의 낭랑한 음성이 귀에 울렸다.

"아저씨! 저 아파트가 천국의 계단이에요! 우리 집은 다음 달에 저기로 가요! 부럽죠?"

모두가 그런 마음으로 죽었을 것이다.

강유진이 먹먹한 가슴으로 수정을 바라보고 있을 때다.

후안 페르난데스를 비롯한 열 명의 사도가 망설임 없이 수정을 삼켰다.

한순간 눈이 멀 정도의 광채가 사도들의 몸에서 폭발적으로 흘러나왔다.

빛이 가라앉자 후안 페르난데스가 만족한 얼굴로 중얼거렸다.

"후후, 이거야 말로 신의 권능이로구나. 제국의 마법사들이 마정석의 제작을 금지한 이유를 알 것도 같군."

마정석 하나로 신이 될 수 있다면 누가 그 것을 마다할까! 마정석을 만든다고 루인족은 스스로 멸망했을지도 모른다.

하지만 다행히 여기는 인간의 세상이다.

마정석을 필요로 하는 마법사도 고작 열 명 남짓이다.

그에 비해 인간은 지천으로 널려 있다.

"네가 에르 라크리마라고 해도 관계없다. 우리는 이미 신이 되었으니까. 인간족 에르 라크리마여! 신벌(神罰)을 받아라."

후안 페르난데스가 손끝으로 강유진을 가리켰다.

우우우웅.

미증유의 에너지가 후안 페르난데스의 손끝에 뭉쳤다가, 이내 강유진을 향해 탄환처럼 날아갔다.

콰콰콰콱.

강유진의 앞에 보이지 않는 막이 생겨나 후안 페르난데스의 힘을 밀쳐 냈다.

강력한 반발력에 후안 페르난데스의 상체가 뒤로 가볍게 흔들렸다.

"놈! 신들의 전장(戰場)으로 오너라!"

후안 페르난데스가 돌연 지면을 박차고 하늘로 솟아올랐다.

약속한 듯 나머지 여덟 명의 사도도 날아올랐다.

아홉 명의 사도들은 이내 짙은 구름에 가려 보이지 않게 되었다.

강유진이 우두커니 서 있는 그레이 사도에게 물었다.

"너는 살고 싶으냐?"

"하아! 나는 이미 죽은 망령일 뿐이다."

"그래, 모든 것은 엘의 뜻대로……."

"……."

착잡한 눈으로 강유진을 바라보던 그레이 사도가 뒤늦게 하늘로 떠올랐다.

강유진이 홀로 남아 있는 마신 세티쉬 카르나크를 향해 차갑게 말했다.

"약속하지. 오래 걸리지 않을 거야."

"으흐흐……."

피처럼 검붉은 빛 속에서 세티쉬 카르나크가 나직이 웃었다.

꽈르르릉, 꽝, 꽝.

짙은 회색 구름 속에서 쉬지 않고 천둥번개소리가 들려왔다.

잠시 후 새까맣게 타 버린 시체 하나가 떨어져 내렸다.

퍼어억.

지면에 충돌한 시체는 단번에 가루가 되어 흩어졌다.

정도의 차이가 있었지만 지상도 시끄럽기는 마찬가지였다.

안상혁의 선동과 전단지에 넘어간 남자들이 보호소를 지키고 있던 위원회 직속의 군인들로부터 총을 빼앗아 저항하기 시작한 것이다.

진실과 거짓 사이에서 아시아인들은 갈팡질팡할 수밖에 없었다.

안상혁은 혼란을 틈타 수십 명의 무장한 남자들을 이끌고 천국의 계단이라 불리는 주거 단지로 들어갔다.

주거 단지를 샅샅이 뒤지던 안상혁은 단지의 지하에서 무장 군인들과 일대 접전을 벌였다.

힘겹게 그들을 물리친 안상혁은 그곳에서 거대한 문(門)-탱크 한 대가 들어갈 수 있을 정도로 큰 문이었다-을 발견했다.

검은색의 강철 문에는 안상혁이 처음 보는 기이한 문자가 새겨져 있었다.

어렵게 문을 열고 안으로 들어간 안상혁은 끔찍한 광경에 한동안 움직이지도 못할 정도로 충격을 받았다.

강철문의 안쪽에서 위원회 소속의 군인들이 수천 명의 아시아 사람들을 해체하고 있었던 것이다.

그들 중 수백 명은 아직도 살아서 꿈틀거리고 있었다.

안상혁과 무장한 피난민들은 위원회 소속의 군인들과-그들은 사도들로부터 영생을 약속받고 아시아인의 해체를 돕고 있었다-다시 혈전을 벌여야 했다.

그 전투에서 위원회 소속의 하사관을 생포한 안상혁은 그를 통해 페로제도에서 일어나는 사건의 전말을 알고 인간의 악랄함에 치를 떨었다.

이윽고 '위원회가 백만이 넘는 아시아인을 죽이고 그 시체를 소각했다.'는 소식이 피난민 보호소에 알려진다.

그 반인간적인 끔찍한 소식에 위원회 소속의 경비대조차 전투를 멈추고 보호소 외곽으로 물러나고 말았다.

곧이어 경비대는 사건의 진상을 조사하기 위해 소규모 조사단을 파견했다.

갈기갈기 찢어진 시체들과 소각로를 발견한 조사단은 허겁지겁 병력을 수도로 철수시켰다.

하지만 그들로부터 뜻밖의 보고를 받은 페로제도의 총리 레오나드 요한센은 비상 조치권을 발동해 보호소를 외부와 차단해 버렸다. 그 역시 위원회의 입김에서 자유로울 수 없는 사람이었던 것이다. 그때부터 그는 위원회로부터 어떤 지시가 내려오기를 하염없이 기다렸다.

그러는 동안 아시아인들은 '천국의 계단'을 '통곡의 문'이라 부르며 그 앞에서 각국의 전통에 따라 희생자들의 넋을 위로했다.

그렇게 지상의 일이 일단락 지어지고 있을 때도, 하늘에서는 여전히 뇌성번개가 작렬하고 있었다,

세티쉬 카르나크가 잔뜩 인상을 찌푸렸다.

벌써 여섯 명의 사도가 재로 변해 사라졌다.

이제 남은 사도는 고작 넷.

하지만 절망적이었다. 열 명의 사도가 하지 못한 일을 네 명의 사도가 해낼 수 있을 리가 없지 않은가!

"쯧! 준비를 해 둬야 하는 건가."

그러는 동안에 다시 한 구의 시체가 떨어졌다.

퍼어억.

시체는 지면에 닿자마자 먼지처럼 곱게 부서져 흩어졌다.

저런 현상 또한 이해할 수가 없었다.

어떻게 죽었기에 시체가 먼지가 된단 말인가?

"어리석은 마법사들 같으니. 뭐? 신의 권능이라고?'

고작 그따위 파워 업을 신의 권능이라고 믿었다니 한심했다. 정말 마정석이 신의 권능이라면 루인족이 멸망했을 리가 없지 않은가!

가만히 귀를 기울이니 인간들이 벌인 소동은 벌써 가라앉은 것 같다. 이제는 통곡 소리만 간간이 들려올 뿐이다.

세티쉬 카르나크는 육신의 동족인 인간에게 눈곱만큼 미안한 마음이 들었다.

사도, 즉 루인족 마법사들이 마정석 제작에 열을 올린 것은 자신을 견제하기 위해서였다. 그걸 알면서도 묵인했다. 어차피 자신은 피와 죽음을 자양분(滋養分)으로 삼는 마신이다. 아시아인들의 희생으로 힘을 키운 것은 마법사들만이 아니다. 자신도 마탑에서 아시아인들의 절망과 고통을 먹고 살찌웠던 것이다.

퍼어억.

퍼억.

두 개의 시체가 연속으로 떨어져 흩어졌다.

마지막으로 남은 건 누구일까?

마신 세티쉬 카르나크는 마지막은 그레이일 거라고 생각했다.

그리고 그레이마저 당한다면 정말 자신도 소멸될지 모른다는 생각을 했다.

모두가 생각뿐이다.

마신 세티쉬 카르나크는 이런 복잡한 생각들이 싫었다. 이런 건 인간만의 특질이다. 마신은, 이런 생각을 하지 않는다.

"씨발…… 진짜 젓같네."

마신이 된 이후로 처음 인간의 욕이 나왔다.

곧 먼지가 될 그레이 사도를 생각하니 괜히 조급해졌다.

한때 사랑했던 사이먼(Simon)이 죽는다.

"씨발…… 씨발……."

자꾸만 입안이 마른다.

이것 역시 인간 장우석의 감정이다.

마신 세티쉬 카르나크는 그래서 일부러 자리에서 움직이지 않았다. 마신이니까. 인간의 감정을 초월해야 마땅하다. 라고 그는 생각했다.

"너는 누구지?"

강유진의 물음에 그레이의 회색 얼굴에 검은 선이 그려졌다. 웃고 있는 것이다.

"……나는 또 다른 너다."

"무슨 소리냐……."

"나의 오래된 기억 속에 엘의 모습이 있다. 바로 너처럼. 어쩌면 나는 엘의 일부였을 지도 모른다."

"넌 엘의 기억을 가진 자였구나."

강유진은 그레이의 말을 어렴풋이 이해할 수 있었다.

그레이의 미소가 더 짙어졌다.

"에르 라크리마…… 그 이름의 진정한 의미를 이제는 알 것도 같다."

"그래, 잘 가라."

아이엔이 쏟아내는 뮤토 사크리시움의 힘을 이기지 못해 가슴에 구멍이 뚫린 그레이의 몸이 천천히 구름 속으로 꺼져 들었다.

그는 지구상에 남아 있던 마지막 루인족이기도 했다.

강유진은 회색 구름을 밟고 서서 그레이의 마지막 말을 생각하고 또 생각했다.

그레이는 "너처럼 나는 엘의 일부였을지도 모른다."라고 했다.

나는 엘의 일부인가?

지금 자신의 모습을 보면 아니라고 말하기도 어렵다.

문득 강유진의 귓가에 세티쉬 카르나크의 절규가 들려왔다.

"강유지이이인-"

마신도 비로소 그레이의 죽음을 알게 된 것이리라.

강유진은 엘이 원하던 마지막 시간이 도래했음을 알았다.

엘이 창조한 모든 것을 완전히 없애는 것이 자신의 사명이다.

한줄기 번개처럼 지상으로 떨어져 내리던 강유진은 문득 생각했다.

그런데 인간은 누가 만들었지?

꽈르르르릉.

눈부신 번개가 지상에 떨어졌다.

마신 세티쉬 카르나크의 머리 위로 강유진의 몸이 떨어져 내린 것이다.

순간 마신 세티쉬 카르나크의 몸은 가루가 되어 허공으로 흩어졌다.

마신 세티쉬 카르나크가 서 있던 자리에 거대한 구덩이가 생겼다.

그건 오래전 강유진의 집 앞마당에 있던 싱크홀(sinkhole)처럼 크고 깊었다.

천둥소리에 놀란 사람들이 하나둘씩 흑탑 앞으로 모였다.

그중에는 멀리서 동양 남자-그가 세티쉬 카르나크였지만 안상혁은 몰랐다-를 훔쳐보고 있던 안상혁도 있었다.

안상혁은 강유진과 동양 남자가 충돌하는 장면도 봤다.

어떻게 강유진이 번개가 될 수 있었는지는 모른다. 그 찰나지간에 어떻게 자신이 그를 알아봤는지도 모른다. 그러나 분명한 것은 강유진이 그 남자를 가루로 만들고 땅에 처박혔다는 사실이다. 이 거대한 구멍이 그 증거였다.

구멍 속을 들여다보던 안상혁은 다시 고개를 돌렸다. 처음 보는 기이한 형상의 흑탑이 눈에 가득 들어왔다. 철문의 문자도 그렇고, 이 탑의 외벽에 새겨진 기하학적인 문양도 그렇고, 온통 처음 보는 것들뿐이다. 철문과 탑의 재료가 주변에서 볼 수 있는 것이 아니었다면 외계의 문명이라고 생각했을 정도다.

"사람이다!"

"사람이 올라온다!"

"아이고! 저러다가 큰일 나겠네! 누가 밧줄 좀 가져와요!"

"이를 어쩐데!"

사람들이 발을 동동 구르는 소리에 안상혁은 머리를 세차게 흔들었다.

그리고 구멍으로 시선을 돌렸다.

"강 선생님?"

거대한 구멍 안에서 벽을 타고 올라오는 사람은 강유진이었다.

강유진은 거의 다 나와서 대뜸 안상혁에게 손을 내밀었다.

안상혁이 그 손을 잡아끌자 "영차!" 하고 힘쓰는 소리와 함께 강유진의 몸도 세상으로 나왔다.

"대체 어떻게 된 일입니까?"

안상혁의 물음에 강유진은 웃기만 했다.

바로 그때 몰려든 사람들 틈 속에서 뾰족한 여자의 음성이 들려왔다.

"어머! 강 선생님!"

귀가 밝은 강유진이 소리의 주인에게 손을 흔들어 보였다.

그러자 암사자처럼 한달음에 달려온 임지연이 강유진의 멱살을 잡고 흔들었다.

"뭐예요! 왜 연락도 없었어요! 뭐 하다가 이제 나타난 거예요!

나는 죽은 줄 알았다고요! 도대체 왜! 왜!"

"하하, 너무 흔들지 마세요. 숨 막혀 죽겠습니다."

강유진이 임지연의 두 손을 부드럽게 잡았다.

"왜 이제야 와요! 왜요!"

"그날 저도 죽다가 겨우 살아났습니다. 좀 쎈 놈이 터졌잖아요."

그 말이 끝나기가 무섭게 임지연의 손이 강유진의 몸을 더듬었다.

"아! 맞아! 몸은 괜찮아요? 어디 다친 데는 없어요?"

"하하, 어딜 자꾸 만지고 그러세요. 보는 사람도 많은데."

강유진이 얼굴을 붉히며 뒷걸음질 쳤다.

그러거나 말거나 임지연은 강유진의 몸에서 떨어지지 않았다.

갑작스러운 사태에 안상혁은 어리둥절한 모습이다.

인간 같지 않은 강유진에게 막 덤벼드는 여자가 있다니!

아니, 저 무시무시한 강유진이 소년처럼 얼굴을 붉히다니!

입을 쩍 벌리고 서 있는 안상혁에게 한 여자가 다가갔다.

"저 두 분 잘 어울리죠?"

"아, 네. 그런데 누구십니까?"

"저는 임지연 박사님의 경호를 담당하고 있는 김미연이라고 해요. 그러는 댁은 누구시죠? 강 선생님과 함께 온 분 같던데."

"맞습니다. 저는……."

안상혁은 김미연에게 강남의 자경단장을 만나서 지금까지의 일을 간략하게 설명해 주었다.

"그랬군요. 그런데 안상혁 씨, 당신이 누군지는 말하지 않은 것 같은데요?"

"아, 저는 의사로 있다가…… 강 선생님의 부름을 받고 일행이 된 사람입니다."

"그러시군요. 그런데 어디서 낯이 많이 익은 것 같은데…… 혹시 정부 쪽 관계자세요?"

"아하하, 전혀 아닙니다."

당황한 안상혁이 어색하게 웃어 보였다.

정부 쪽 관계자라니! 오히려 반정부 투쟁을 하다가 강유진에게 코가 꿰인 몸이다.

"오홍! 그러시군요."

김미연이 호감 가득한 눈으로 안상혁을 살폈다.

일단 강유진의 부름을 받았다면 보통 사람은 아니다. 임지연 박사가 강유진을 대하는 걸 보고 은근히 배가 아팠는데, 이 남자를 보고 있자니 마음의 상처가 치유되는 느낌이다.

그런 김미연의 시선이 부담스러웠던 안상혁은 슬그머니 화제를 돌렸다.

"김미연 씨, 페로제도의 군 병력이 보호소를 포위하고 있는데…… 괜찮을까요?"

안상혁의 말에 김미연이 콧방귀를 뀌었다.

"흥! 강 선생님이 계신데 무슨 걱정이에요? 저 사람들이 우리에게 페로제도를 빼앗기지나 않을까 걱정한다면 모를까."

"그, 그런가요."

씨도 안 먹히는 소리였다. 그제야 안상혁은 김미연과 임지연 박사가 강유진의 능력을 알고 있다는 생각이 들었다.

'가만, 알면서도 저렇게 행동한다는 거잖아?'

그제야 안상혁은 조금 전에 김미연이 한 말의 의미를 어느 정도 이해할 수 있었다.

* * *

결국 페로제도에서 아시아인들을 모두 돌려보내고, 강유진에게 비행기를 한 대 기증하는 것으로 사건은 일단락 지어졌다.

페로제도의 총리 레오나드 요한센이 성자(聖者)라서 그렇게 베풀어 준 것은 아니다.

처음에 그는 말도 안 되는 소리라고 무시했다. 그러나 얼마 지나지 않아 '흑탑의 위원회가 강유진에게 몰살당했다.'는 것을 알고 태도를 바꾸었다. 물론 보호소를 포위하고 있던 3개 대대 병력이 강유진 한 사람에게 박살 난 것도 태도 변화의 요인 중 하나였다.

핵폭탄이 두 개나 떨어졌다는 LA는 완전히 사막화되어 있었다.

핵전쟁의 여파로 태평양 건너 아시아가 눈 속에 파묻혀 있다면, 미국 서부 지역은 사막으로 변한 뒤였다.

사막의 모래밭 위로 비행기 한 대가 미끄러지듯 내려앉았다.

잠시 후 비행기에서 동양인으로 보이는 이남 이녀가 내렸다.

강유진과 안상혁, 그리고 임지연 박사와 김미연이다.

본래 강유진은 페로제도에서 임지연 박사와 김미연을 한국으로 돌려보내려고 했다. 그러나 임지연 박사가 떨어지려고 하지 않아 할 수 없이 김미연까지 동행하게 된 것이었다.

주변을 살피던 김미연이 고개를 설레설레 저었다.

"휘유~ 완전히 사막이네요. 도로 표시판을 보니 확실히 얼바인(Irvine)인데…… 덕분에 사람 찾기는 더 쉬워질 것 같죠?"

"더 쉬워요?"

실없는 말 같은데 안상혁은 무심코 되물었다.

요 며칠 김미연과 집중적으로 대화를 하다 보니 그녀의 말에 자동으로 반응하게 된 것인데, 아직 본인은 자각하지 못했다.

"다 사막이니까, 사람이 물 있는 곳에 집중적으로 모일 거 아니에요. 그러니 더 쉽지 않겠어요? 건물 찾기도 그렇고."

"아……."

안상혁은 고개를 끄덕였다. 일리가 있는 말 같다.

모녀가 살던 집에 도착했지만 역시나 사람의 흔적은 없었다.

어디로 간다는 글도 보이지 않았다.

결국 강유진은 일단 사람들이 많이 모이는 곳을 찾아보기로 했다.

핵공격 직전에 피하라고 사람을 보냈다니 그리 멀리 가지는 못했을 거라는 생각에서다.

해가 떨어지자 보이지 않던 사람들이 하나둘씩 모습을 드러냈다.

강유진은 사람들에게 물어 한국 사람들이 모여 있다는 우드스톤(Wood Stone) 초등학교를 찾아갔다.

작은 초등학교의 강당에 터를 잡고 어렵게 연명하고 있는 한국인은 모두 열세 가정이었다.

제대로 먹지 못해서 바싹 마른 박한나라는 이름의 여자가 조심스럽게 말했다.

"근처 20마일 내에 있는 한국인은 우리밖에 없어요."

"모두 여기에 있습니까?"

박한나가 강당을 한 번 훑어본 후에 답했다.

"절반 정도 남았네요. 그런데 찾는 가족 이름이 어떻게 되세요?”

“아이의 엄마 이름은 김소연이고, 딸의 이름은 강하연입니다.”

“아! 기억났어요! 그런데 어쩌죠. 그 사람들이라면 한 달 전에 남쪽으로 내려갔어요. 보다시피 이곳은 음식도 물도 다 떨어져 가거든요.”

“남쪽이요? 혹시 어딘지 아십니까?”

“그건 잘 모르겠지만…… 남쪽으로 가는 사람들의 대부분은 크리스털 코브 주립공원(Crystal Cove State Park)이나 엘 모로 캐년(El Moro Canyon)으로 가요. 여기보다는 그곳이 더 낫다는 소문이 있어서요. 보셨다시피 여기는 완전히 사막이 돼서…….”

“크리스털 코브 주립 공원과 엘 모로 캐년요? 알겠습니다. 감사합니다.”

강유진은 가지고 있던 초코바 몇 개를 박한나에게 건네주었다.

박한나는 받자마자 허겁지겁 까서 입에 넣었다.

그리고 행복한 듯 눈을 감고 파르르 떨었다.

그런 여자를 안쓰럽게 바라보던 강유진은 짧은 한숨과 함께 돌아섰다.

여자의 얼굴에 딸이 겹쳐 보여 더 괴로웠다.

*　　*　　*

열 살이나 됐음직한 동양인 소녀 하나가 갈색 먼지로 더럽혀진 플라스틱 병(Plastic Bottle)을 움켜쥐고 종종걸음으로 걷고 있다.

그녀가 가고 있는 곳은 엘 모로 캐년에 누군가 파 놓은 우물이다.

소녀의 입에서 한숨이 흘러나왔다.

사람들이 사우스 웰이라 부르는 우물 주변은 오늘도 사람들로 북적거렸다. 대부분 근처의 피난민들이다.

소녀의 시선이 개미 떼처럼 길게 이어진 사람들의 머리로 향했다.

얼핏 봐도 백여 명이나 된다.

그래도 공짜로 물을 얻을 수 있는 곳은 여기밖에 없다.

소녀는 가장 끝에 가서 줄을 섰다.

얼마 지나지 않아 소녀의 뒤로 더 긴 줄이 만들어졌다.

몇 시간이 지났는지 알 수도 없다.

소녀는 자기 차례가 되자 먼지투성이의 물병을 작은 우물에 담갔다.

꼴꼴꼴꼴.

공기가 빠져나간 자리에 물이 차는 소리가 들렸다.

플라스틱 병의 입구까지 물을 채우려고 하는데 뒷사람이 소녀의 어깨를 밀쳤다.

"충분해! 그만 꺼져!"

"……."

소녀는 아무런 말도 못 하고 비칠거리는 걸음으로 물러났다.

그래도 아쉬운 듯 소녀의 눈은 좀처럼 우물에서 떨어지지 못했다.

열이 나서 누워 있는 엄마를 생각하면 조금 더 필요할지도 모른다는 생각에서다.

"뭘 봐! 이년아! 꺼지라니까!"

"……."

결국 소녀는 고개를 떨구고 말았다.

돌아서는 소녀의 어깨를 큼지막한 손이 다독거렸다.

무심코 고개를 들던 소녀의 입이 함지박만 하게 벌어졌다.

"아빠!"

강하연의 입에서 뾰족한 탄성이 터져 나왔다.

강유진이 딸의 어깨를 감싸 안고 물을 뜨고 있던 백인 남자에게 시선을 돌렸다.

남자가 조금은 미안하다는 얼굴로 어깨를 으쓱해 보였다.

강유진이 딸의 손을 잡고 다시 우물로 걸어갔다.

줄을 서서 자기 차례를 기다리고 있던 사람들의 입에서 "우~" 하고 야유가 터져 나왔다.

강유진은 욕설을 귓등으로 흘리고 남자에게 다가갔다.

남자의 커다란 사각형의 플라스틱 물통은 아직 반도 차지 않은 상태였다.

"충분해. 꺼져."

"푸하핫! 뭐라고? 어디서 원숭이 한 마리가……."

남자의 말은 채 이어지지 못했다.

안상혁이 다가가 남자의 턱을 후려쳤던 것이다.

쿠당탕.

남자와 플라스틱 물통이 볼품없게 나뒹굴었다.

자리에서 벌떡 일어난 남자가 어딘가로 소리를 버럭 내질렀다. 곧이어 스킨헤드의 남자 둘이 어기적거리는 걸음으로 다가왔다.

귀찮다는 듯 고개를 흔들던 안상혁이 슬쩍 옷자락을 들춰 보였다.

남자와 그의 일행인 스킨헤드의 남자들 표정이 굳었다.

동양 남자의 허리춤에 꼽혀 있는 권총 홀더와 그 안에 있는 권총을 발견한 것이다.

안상혁의 K5 권총을 발견한 스킨헤드들은 어색하게 웃으며 친구를 잡았다.

그리고 친구의 옷에 묻은 흙을 몇 번 터는 시늉을 하다가 이내 바닥에 떨어진 물통을 들고 사라졌다.

강유진은 보란 듯이 플라스틱 병에 물을 가득 채우고, 다시 세수까지 시원하게 하고 나서야 우물을 떠났다.

동양 남자들의 등장으로 잠시 소란스럽던 우물 주변은 다시 일상으로 돌아갔다.

강유진이 딸에게 목마를 태우고 걸어가며 물었다.

“무슨 일 있으면 전화하라고 했잖아. 왜 전화 안 했어?”

“아빠가 전화를 안 받았잖아!”

“내가 전화를 안 받았다고? 그럴 리가?”

“진짜 안 받았다니까!”

아빠의 머리를 움켜잡고 말싸움을 하던 강하연이 갑자기 조용해졌다.

뒤늦게 다가오는 두 여자를 발견한 것이다.

누군가 싶어 가만히 보니 지난번에 왔던 비서 언니와 그 언니보다 백배는 더 예쁜 언니다.

백배는 예쁜 언니가 웃으며 말했다.

“안녕? 나는 아빠 여자 친구인 임지연이야. 네가 강하연이구나? 만나서 반가워.”

“또 만났네? 나는 알지? 아빠 비서.”

“아, 에…… 안녕하세요?”

비서가 아니라 아빠 여자 친구란다.

강하연은 옛날에 엄마가 남자 친구를 소개했을 때와는 비교도 되지 않을 정도로 화가 났다.

"아빠! 뭐 하는 사람이야! 대체! 누구냐고!"
강하연이 강유진의 머리털을 잡고 마구 흔들어 댔다.
"나? 당연히 하연이 아빠지!"
강유진이 목마를 태운 채 앞으로 달려 나갔다.
엘은 자신에게 '엘의 의지를 잇는 사람' 이라고 했다.
다섯 차원의 정령들은 자신에게 '여행자의 운명' 이라고도 했다.
엘의 기억을 가진 그레이 사도는 '멸망의 이름' 이라고 했다.
어떤 것이든 상관없다.
지금의 자신은 임지연의 남자 친구고, 강하연의 아빠다.
강유진은 그것에 만족하기로 했다.

* * *

한국으로 돌아가는 비행기 안에서 안상혁이 물었다.
"강 선생님, 통곡의 문 지하에 적혀 있던 글은 뭔가요?"
"우리는 모두 근원으로 돌아가리라."
"그리고 흑탑에 새겨져 있던 기하학적인 문양을 유심히 보시던데…… 혹시 그 의미도 알고 계십니까?"
"하아!"
강유진의 입에서 한숨이 흘러나왔다.

그 기하학적인 문양의 의미는 환영(幻影)의 마법주문이다.

누군가 그곳에 강력한 환상을 심어 두었다.

강유진은 그가 마신 세티쉬 카르나크일 거라고 생각했다.

"초고대문명의 시대에 존재했던 마신이라 불리는 존재의 비기 중 하나야. 원하는 것을 보게 해 주는 환영의 주문이지. 좀 쉬자."

"강 선생님은 정말 모르는 게 없는 분 같습니다. 왜 다들 선생님이라고 부르는지 알 것 같아요."

"천만에. 그들이 나를 선생님이라고 부르는 건, 네가 그러는 것처럼 그럴 듯한 호칭이 없어서야."

"……그럼 뭐라고 부릅니까?"

"좋은 한국말 있잖아. 형."

"……."

한참 머뭇거리던 안상혁이 다시 물었다.

"그런데, 왜 제게 잘해 주십니까?"

"의사잖아 인마. 네가 아직 딸 키우는 아빠의 심정을 몰라서 그래."

강유진이 왼쪽으로 고개를 돌렸다.

딸 하연이 자신의 팔을 꼭 잡은 채로 잠들어 있다.

그 옆에 역시 항생제를 먹고 잠든 김소연이 보인다. 그녀는 불쌍할 정도로 말랐지만 어딘지 편안해 보이는 얼굴이다.

강유진은 몰려오는 피로감에 슬며시 눈을 감았다.

통로 쪽에 앉아서 졸고 있는 안상혁의 어깨를 누군가 가볍게 건드렸다.

“응? 네?”

“김미연 씨가 보자고 하니까 저와 잠깐 자리 좀 바꾸셔야겠어요.”

임지연의 음성에 강유진은 눈을 떴다.

안상혁을 몰아내고 자리를 차지한 임지연이 생글생글 웃으며 말했다.

“자아, 이제 우리 얘기도 좀 해 볼까요?”

〈완결〉

魔劍王
마검왕
나민채 퓨전무협 장편소설
FUSION ORIENTAL FANTASY STORY
『죽지 않는 무림지존』, 『천지를 먹다』
베스트 셀러 작가 나민채의 신작!
강호와 현실을 자유롭게 넘나들며 벌이는 스펙터클한 퓨전 무협.
강호의 미교 소교주, 현실의 고등학생이라는 두개의 삶.
나를 다른 세상으로 부른 흑천마검에는 놀라운 비밀이 숨어 있다!
dream books
드림북스

『투신』, 『마신』, 『뇌신』의 작가
김강현 판타지 장편소설
거신
초고대 문명이 남긴 유적의 주인,
그가 기간틱 마스터가 되는 그 날
누구도 본 적 없는 강철 거신이 눈을 뜨리라!
dream books
드림북스

Shapiro
샤피로
쥬논 판타지 장편소설
FANTASYSTORY & ADVENTURE
『규토대제』, 『흡혈왕 바하문트』의 베스트 작가!
쥬논 판타지 장편소설
불사의 비밀을 좇는 샤피로의
처절한 싸움이 시작된다!
잃어버린 기억을 찾아, 자신의 광기어린 복수를 이루기 위해!
매일 밤 사내는 흑고양이의 심장을 가진 샤피로가 되어
죽음과 환상의 경계를 넘나든다.